人民共和國文化與文學叢書

十 編

李 怡 主編

第 **4** 冊

當代文學中的城市敘述

張鴻聲、師琛博 著

花木蘭文化事業有限公司

國家圖書館出版品預行編目資料

當代文學中的城市敘述／張鴻聲、師琛博 著 -- 初版 -- 新北
市：花木蘭文化事業有限公司，2022〔民 111〕
目 2+190 面；19×26 公分
（人民共和國文化與文學叢書 十編；第 4 冊）
ISBN 978-986-518-944-0（精裝）
1.CST：中國當代文學 2.CST：文學評論
820.8   111009786

特邀編委（以姓氏筆畫為序）：

ISBN-978-986-518-944-0

吳義勤 孟繁華 張 檸
張志忠 張清華 陳思和
陳曉明 程光煒 劉福春
（臺灣）宋如珊
（日本）岩佐昌暲
（新西蘭）王一燕
（澳大利亞）鄭 怡

人民共和國文化與文學叢書
十 編 第四冊   ISBN：978-986-518-944-0

當代文學中的城市敘述

作　　者　張鴻聲、師琛博
主　　編　李 怡
企　　劃　四川大學中國詩歌研究院
總 編 輯　杜潔祥
副總編輯　楊嘉樂
編輯主任　許郁翎
編　　輯　張雅淋、潘玟靜、劉子瑄　美術編輯　陳逸婷
出　　版　花木蘭文化事業有限公司
發 行 人　高小娟
聯絡地址　235 新北市中和區中安街七二號十三樓
　　　　　電話：02-2923-1455／傳真：02-2923-1452
網　　址　http://www.huamulan.tw 信箱 service@huamulans.com
印　　刷　普羅文化出版廣告事業
初　　版　2022 年 9 月
定　　價　十編 17 冊（精裝）新台幣 43,000 元

當代文學中的城市敘述

張鴻聲、師琛博 著

作者簡介

　　張鴻聲，中國傳媒大學教授，博士生導師，研究生院院長。兼任教育部中文教學指導委員會委員、中國現代文學研究會理事、中國當代文學研究會理事、中國魯迅研究會理事等。黨派與社會兼職有民盟中央委員、民盟中央宣傳委員會主任、北京市政協委員等。主持國家社科基金、北京市社科重點項目若干，出版專著十餘部，主編叢書多種，發表論文近 200 篇，獲省部級科研獎多項。

　　師琛博，中國傳媒大學人文學院中國現當代文學專業碩士研究生，發表論文多篇。

提　　要

　　作為一種新的研究範式，「文學中的城市」研究以注重超越城市經驗之上的思考，構成其對城市文學的文本性敘述以及文化訴求。本書以「當代文學中的城市」為研究對象，以不同於「反映論」或「表現論」的社會學研究方法，從總體角度把握「城市的公共性與日常性」、「當代城市作為資產階級勢力遺存」以及「城市工業題材創作與工業倫理」等宏觀問題。同時，以當代文學中聚焦的「上海」、「北京」兩座城市為典型，著重研究分析了「新上海」城市形象的國家意義，以及文學中的「新北京」城市形象，提出了當代文學中的上海作為新中國民族與階級解放的意義、「新上海」國家工業化推廣意義、北京作為典型社會主義新城市的空間意義轉移以及城市在當代國家進程中傳統性的延續和現代性的建立等頗具建樹的研究觀點。此外，著者籍代表作家的文學文本進行發掘論證，對城市的傳統物理意義的空間和社會性呈現進行討論，闡明了當代文學中的城市於創作、閱讀以及解析過程之中的獨立文化意義。論著以嶄新深入的角度呈現當代都市文學中的「完整的、被遺忘的大多數」，再次突破既有的「城市文學」研究思路，在內容與研究範式上均呈現出新銳與成熟的特質。

人民共和國時代的現代文學研究——
《人民共和國文化與文學叢書·十編》引言

李　怡

　　中華人民共和國成立七十餘年，書寫了風雨兼程的當代中國史，與民國時期的學術史不同，中國現代文學研究被成功地納入了國家社會發展體制當中，成為國家文化事業的有機組成部分，因此，我們的學術研究理所當然地深植於這一宏大的國家文化發展的機體之上，每時每刻無不反映著國家社會的細微的動向，尤其是中國現代文學研究，幾乎就是呈現中國知識分子對於新中國理想奮鬥的思想的過程，表達對這一過程的文學性的態度，較之於其他學科更需要體現一種政治的態度，這個意義上說，七十年新中國歷史的風雨也生動體現在了中國現代文學的學術發展之中。從新中國建立之初的「現代文學學科體制」的確立，到 1950～1970 年代的對過去歷史的評判和刪選，再到新時期的「回到中國現代文學本身」，一直到 1990 年代以降的「知識考古」及多種可能的學術態勢的出現，無不折射出新中國歷史的成就、輝煌與種種的曲折。文學與國家歷史的多方位緊密聯繫印證了中國現代文學研究在當下的一種有影響力的訴求：文學與社會歷史的深入的對話。

　　研究共和國文學，也必須瞭解共和國時代之於中國現代文學的學術態度。

一、納入國家思想系統的中國現代文學研究

　　中國現代文學研究伴隨著五四新文學的誕生就出現了，作為現代文學的開山之作《狂人日記》發表的第二年，傅斯年就在《新潮》雜誌第 1 卷第 2 號上介紹了《狂人日記》並作了點評。1922 年胡適應上海《申報》之邀，撰寫

了《五十年來中國之文學》，已經為僅僅有五年歷史的新文學闢專節論述。但是整個民國時期，新文學並未成為一門獨立學科。在一開始，新文學是作為或長或短文學史敘述的一個「尾巴」而附屬於中國古代文學史或近代文學史之後的，諸如上世紀二十年代影響較大的文學史著作如趙景深《中國文學小史》（1926 年）、陳之展《中國近代文學之變遷》（1929 年），分別以「最近的中國文學」和「十年以來的文學革命運動」附屬於古代文學和近代文學之後。朱自清 1929 年在清華大學開設「中國新文學研究」，但到了 1933 年這門課不再開設，為上課而編寫的《中國新文學研究綱要》，也並沒有公開發行。1933年王哲甫《中國新文學運動史》出版，這部具有開創之功的新文學史著作，最重要的貢獻就在於新文學獲得了獨立的歷史敘述形態。1935 年上海良友圖書公司出版了由趙家璧主編的十卷本《中國新文學大系》，作為對新文學第一個十年的總結，由新文學歷史的開創者和參與者共同建立了對新文學的評價體系。至此，新文學在文學史上獲得了獨立性而成為人們研究關注的對象。但是，從總體上看，民國時期的中國現代文學研究還是學者和文學家們的個人興趣的產物，這裡並沒有國家學術機構和文化管理部門的統一的規劃和安排，連「中國現代文學」這一門學科也沒有納入為教育部的統一計劃，而由不同的學校根據自身情況各行其是。

　　新中國的成立徹底改變了這一學術格局。中華人民共和國的成立，意味著歷史進入一個新的階段。被作為中國現代革命史重要組成部分的現代文學史，成為建構革命意識形態的重要領域，中國現代文學在性質上就和以往文學截然分開。雖然中國現代文學僅僅有三十多年的歷史，但其所承擔的歷史敘述和意識形態建構功能卻是古代文學無法比擬的。由此拉開了在國家思想文化系統中對中國現代文學性質與價值內涵反覆闡釋的歷史大幕。現代文學既在國家思想文化的大體系中獲得了建構現代民族國家的非凡意義，但也被這一體系所束縛甚至異化。王瑤《中國新文學史》的寫作和出版就是標誌性的事件。按教育部 1950 年所通過的《高等學校文法兩學院各系課程草案》，「中國新文學史」是大學中文系核心必修課，在教材缺乏的情況下，王瑤應各學校要求完成《中國新文學史稿》（上冊）並於 1951 年 9 月由北京開明書店出版，下冊拖至 1952 年完稿並於 1953 年 8 月由上海新文藝出版社出版。但隨之而來的批判則可以看出，一方面是國家層面主動規劃和關心著中國現代文學的學術發展，使得學科真正建立，學術發展有了更高層面的支持和更

大範圍的響應，未來的空間陡然間如此開闊，但是，不言而喻的是，國家政治本身的風風雨雨也將直接作用於一個學科學術的內部，在某些特定的時刻，產生的限制作用可能超出了學者本身的預期。王瑤編寫和出版《中國新文學史》最終必須納入集體討論，不斷接受集體從各自的政策理解出發做出的修改和批評意見。面對各種批判，王瑤自己發表了《從錯誤中汲取教訓》，檢討自己「為學術而學術的客觀主義傾向。」〔註1〕

新中國成立，意味著必須從新的意識形態的需要出發整理和規範「現代文學」的傳統。十七年期間出現了對 20 年代到 40 年代已出版作品的修改熱潮。1951 年到 1952 年，開明書店出版了兩輯作品選，稱之為「開明選集本」。第一輯是已故作家選集，第二輯是仍健在的 12 位作家的選集。包括郭沫若、茅盾、葉聖陶、曹禺、老舍、丁玲、艾青等。許多作家趁選集出版對作品進行了修改。1952 年到 1957 年，人民文學出版社又出版了一批被稱為「白皮」和「綠皮」的選集和單行本，同樣作家對舊作做了很大的修改。像「開明選集本」的《雷雨》，去掉了序幕和尾聲，重寫了第四幕；老舍的《駱駝祥子》節錄本刪去了近 7 萬多字，相比原著少了近五分之二。這些在建國前曾經出版了的現代文學作品，都按當時的政治指導思想做了不同程度的修改，向主流意識更加靠攏。通過對新文學的梳理甄別，標識出新中國認可的新文學遺產。

伴隨著對已出版作品的修改與甄別，十七年時期現代文學研究的重心是通過文學史的撰寫規範出革命意識形態認可的闡釋與接受的話語模式。1950年代以來興起的現代文學修史熱，清晰呈現出現代文學在向政治革命意識形態靠攏的過程中如何逐步消泯了自身的特性，到了文革時期，文學史完全異化成路線鬥爭的傳聲筒，這是 1960 年代與 1950 年代的主要差異：從蔡儀的《中國新文學史講話》（1952 年），到丁易的《中國現代文學史略》、張畢來的《新文學史綱（第 1 卷）》（1955 年），劉綬松《中國新文學史初稿》（1956 年）。1950 年代，雖然政治色彩越來越濃厚，但多少保留了一些學者個人化的評判和史識見解。到了 1958 年之後，隨著「反右」運動而來的階級鬥爭擴大化，個人性的修史被群眾運動式的集體編寫所取代，經過所謂的「拔白旗，插紅旗」的雙反運動，群眾運動式的學術佔領了所謂的「資產階級知識分子」的學術領地。全國出現了大量的集體編寫的文學史，多數未能出版發行，當時有代表性是復旦大學中文系學生集體編寫的《中國現代文學史》和《中國現

〔註1〕王瑤：從錯誤中汲取教訓〔N〕，文藝報，1955-10-30（27）。

代文藝思想鬥爭史》，吉林大學中文系和中國人民大學語文系師生分別編寫的兩種《中國現代文學史》。充斥著火藥味濃烈的戰鬥豪情，文學史徹底淪為政治鬥爭的工具。文革時期更是出現了大量以工農兵戰鬥小組冠名文學史和作品選講，學術研究的正常狀態完全被破壞，以個人獨立思考為基礎的學術研究已經被完全摒棄了。正如作為歷史親歷者的王瑤後來所反思的，「一次又一次的政治運動，批判掉了一批又一批的現代文學作家和作品，到『文化大革命』的十年動亂中，在『否定一切，打倒一切』的思潮影響下，三十年的現代文學史只能研究魯迅一人，政治鬥爭的需要代替了學術研究，滋長了與馬克思主義根本不相容的實用主義學風，講假話，隱瞞歷史真相，以致造成了現代文學這門歷史學科的極大危機」。〔註2〕

至此，中國現代文學的學術危機可謂是格外深重了。

二、1980 年代：作為思想啟蒙運動一部分的學術研究

中國現代文學研究重新煥發出生命力是在 1980 年代。伴隨著國家改革開放的大潮，中國現代文學迎來了重要的發展期。

新時期中國現代文學研究的首要任務是盡力恢復被極左政治掃蕩一空的文學記憶，展示中國現代文學歷史原本豐富多彩的景觀。一系列「平反」式的學術研究得以展開，正如錢理群所總結的，「一方面，是要讓歷次政治運動中被排斥在文學之外的作家作品歸位，恢復其被剝奪的被研究的權利，恢復其應有的歷史地位；另一方面，則是對原有的研究對象與課題在新的研究視野、觀念與方法下進行新的開掘與闡釋，而這兩個方面都具有重新評價的性質與意義」。〔註3〕在這樣的「平反」式的作家重評和研究視野的擴展中，原來受到批判的胡適、新月派、七月派等作家流派、被忽略的自由主義作家沈從文、錢鍾書、張愛玲等開始重新獲得正視，甚至以鴛鴦蝴蝶派為代表的通俗文學也在現代文學發展的整體視野中獲得應有的地位。突破了僅從政治立場審視文學的狹窄視野，以現代精神為追求目標的歷史闡釋框架起到了很好的「擴容」作用，這就是所謂的「主流」、「支流」與「逆流」之說，借助於這一原本並非完善的概括，我們的現代文學終於不僅保有主流，也容納了若干

〔註2〕王瑤：中國現代文學研究的歷史和現狀〔J〕，華中師大學報，1984（4）：2。
〔註3〕錢理群：我們所走過的道路──《中國現代文學研究叢刊》100 期回顧〔J〕，中國現代文學研究叢刊，2004（4）：5。

支流，理解了一些逆流，一句話，可以研究的空間大大的擴展了。

在研究空間內部不斷拓展的同時，80年代現代文學研究視野的擴展更引人注目，這就是在「走向世界」的開闊視野中，應用比較文學的研究方法，考察中國現代文學與外國文學的關係，建立起中國現代文學和世界文學之間廣泛而深入的聯繫。代表作有李萬鈞的《論外國短篇小說對魯迅的影響》（1979年）、王瑤的《論魯迅與外國文學的關係》、溫儒敏的《魯迅前期美學思想與廚川白村》（1981年）。陝西人民出版社推出了「魯迅研究叢書」，魯迅與外國文學的關係成為其中重要的選題，例如戈寶權的《魯迅在世界文學上的地位》、土冨仁《魯迅前期小說與俄羅斯文學》、張華的《魯迅與外國作家》等。80年代的現代文學研究首先是以魯迅為中心，建立起與世界文學的廣泛聯繫，這樣的比較研究有力地證明了現代文學的價值不僅僅侷限於革命史的框架內，現代文學是中國社會由傳統向現代的轉變中並逐步融入世界潮流的精神歷程的反映，現代化作為衡量文學的尺度所體現出的「進化」色彩，反映出當時的研究者急於思想突圍的歷史激情，並由此激發起人們對「總體文學」——「世界文學」壯麗圖景的想像。曾小逸主編的《走向世界》，陳思和的《中國新文學整體觀》、黃子平、陳平原和錢理群的《二十世紀中國文學三人談》，對20世紀80年文學史總體架構影響深遠的這幾部著作都洋溢著飽滿的「走向世界」的激情。掙脫了數十年的文化封閉而與世界展開對話，現代文學研究的視野陡然開闊。「走向世界」既是我們主動融入世界潮流的過程，也是世界湧向中國的過程，由此出現了各種西方思想文化潮水般湧入中國的壯麗景象。在名目繁多的方法轉換中，是人們急於創新的迫切心情，而這樣的研究方法所引起的思想與觀念的大換血，終於更新了我們原有的僵化研究模式，開拓出了豐富的文學審美新境界，讓中國現代文學的學術研究有了自我生長的基礎和未來發展的空間。與此同時，國外漢學家的論述逐步進入中國，帶給了我們新的視野，如夏志清《中國現代小說史》、司馬長風《中國新文學史》，給予中國學者極大的衝擊。在多向度的衝擊回應中，現代文學的研究成為1980年代學術研究的顯學。

相對於在和西方文學相比較的視野中來發掘現代文學的世界文學因素並論證其現代價值而言，真正有撼動力量的還是中國學者從思想啟蒙出發對中國現代文學學術思想方法的反思和探索。一系列名為「回到中國現代文學本身」的研究決堤而出，大大地推進了我們的學術認知。這其中影響最大的包

括王富仁對魯迅小說的闡釋，錢理群對魯迅「心靈世界」的分析，汪暉對「魯迅研究歷史的批判」，以及凌宇的沈從文研究，藍棣之的新詩研究，劉納對五四文學的研究，陳平原對中國現代小說模式的研究，趙園對老舍等的研究，吳福輝對京派海派的研究，陳思和對巴金的研究，楊義對眾多小說家創作現象的打撈和陳述等等。這些研究的一個鮮明特點，就是立足於中國現代作家的獨立創造性，展現出現代文學在中國思想文化發展史上所具有的獨特認識價值和審美價值。作為 1980 年代文學史研究的兩大重要口號（概念）也清晰地體現了中國學者擺脫政治意識形態束縛，尋找中國現代文學獨立發展規律的努力，這就是「二十世紀中國文學」與「重寫文學史」，如今，這兩個口號早已經在海內外廣泛傳播，成為國際學界認可的基本概念。

今天的人們對「文學」更傾向於一種「反本質主義」的理解，因而對 1980 年代的「回到本身」的訴求常常不以為然。但是，平心而論，在新時期思想啟蒙的潮流之中，「回到本身」與其說是對文學的迷信不如說是借助這一響亮的口號來祛除極左政治對學術發展的干擾，使得中國的現代文學研究能夠在學術自主的方向上發展，理解了這一點，我們就能夠進一步發現，1980 年代的中國學術雖然高舉「文學本身」的大旗，卻並沒有陷入「純文學」的迷信之中，而是在極力張揚文學性的背後指向「人性復歸」與精神啟蒙，而並非是簡單地回到純粹的文學藝術當中。同樣借助回到魯迅、回到五四等，在重新評估研究對象的選擇中，有著當時人們更為迫切的思想文化問題需要解決。正如王富仁在回顧新時期以來的魯迅研究歷史時所指出的：「迄今為止，魯迅作品之得到中國讀者的重視，仍然不在於它們在藝術上的成功……中國讀者重視魯迅的原因在可見的將來依然是由於他的思想和文化批判。」〔註4〕「回到魯迅」的學術追求是借助魯迅實現思想獨立，「這時期魯迅研究中的啟蒙派的根本特徵是：努力擺脫凌駕於自我以及凌駕於魯迅之上的另一種權威性語言的干擾，用自我的現實人生體驗直接與魯迅及其作品實現思想和感情的溝通。」。〔註5〕80 年代現代文學研究中無論是影響研究下對現代文學中西方精神文化元素的勘探，還是重寫文學史中敘史模式的重建，或是對歷史起源的

〔註4〕王富仁：中國魯迅研究的歷史與現狀（連載十一）〔J〕，魯迅研究月刊，1994（12）：45。

〔註5〕王富仁：中國魯迅研究的歷史與現狀（連載十）〔J〕，魯迅研究月刊，1994（11）：39。

返回，最核心的問題就是思想解放，人們相信文學具有療傷和復歸人性的作用，同時也是獨立精神重建的需要。80 年代的主流思想被稱之為「新啟蒙」，其意義就是借助國家改革開放和思想解放的歷史大趨勢，既和主流意識形態分享著對現代化的認可與想像，也內含著知識分子重建自我獨立精神的追求。因此 80 年現代文學不在於多麼準確地理解了西方，而是借助西方、借助五四，借助魯迅激活了自身的學術創造力。相比 90 年代日益規範的學術化取向，80 年代現代研究最主要的貢獻就是開拓了研究空間，更新了學術話語，激活了研究者獨立的精神創造力。當然，感性的激情難免忽略了更為深入的歷史探尋和更為準確東西對比。在思想解放激情的裹挾下，難免忽略了對歷史細節的追問和辨析。這為 90 年代的知識考古和文化研究留下展開空間，但是 80 年代的帶有綜合性的學術追求中，文化和歷史也是 80 年代現代文學研究的自覺學術追求。錢理群當時就指出：「我覺得『二十世紀中國文學』這個概念還要求一種綜合研究的方法，這是由我們的研究對象所決定的。現代中國很少『為藝術而藝術』的純文學家，很少作家把自己的探索集中於純文學的領域，他們涉及的領域是十分廣闊的，不僅文學，更包括了哲學、歷史學、倫理學、宗教學、經濟學、人類學、社會學、民俗學、語言學、心理學，幾乎是現代社會科學的一切領域。不少人對現代自然科學也同樣有很深的造詣。不少人是作家、學者、戰士的統一。這一切必然或多或少、或隱或顯地體現到他們的思想、創作活動和文學作品中來。就像我們剛才講到的，是一個四面八方撞擊而產生的一個文學浪潮。只有綜合研究的方法，才能把握這個浪潮的具體的總貌。」〔註6〕，80 年代對現代文學研究綜合性的強調，顯然認識到現代文學與社會歷史文化廣闊的聯繫，只不過 80 年代更多的是從靜態的構成要素角度理解現代文學的內部和外部之間的聯繫，而不是從動態的生產與創造的角度進行深入開掘，但 80 年代這樣的學術理念與追求也為 90 年代之後學術規範之下現代文學研究的「精耕細作」奠定了基礎。

三、1990 年代：進入「規範」的中國現代文學研究

1990 年代，中國社會發生了很大的改變。在國家政治的新的格局中，知識分子對 1980 年代啟蒙過程中「西化」傾向的批判成為必然，同時，如何借

〔註6〕陳平原、錢理群、黃子平：「二十世紀中國文學」三人談・方法〔J〕，讀書，1986（3）。

助「學術規範」建立起更「科學」、「理智」也更符合學術規則的研究態度開始佔據主流，當然，這種種的「規範」之中也天然地包含著知識分子審時度勢，自我規範的意圖。在這個時代，不是過去所謂的「救亡」壓倒了「啟蒙」，而是「規範化」的訴求一點一點地擠乾了「啟蒙」的激情。

1990 年代的現代文學研究首先以學術規範為名的對 1980 年代現代文學研究進行反思與清理。《學人》雜誌的創刊通常被認為是 1990 年代學術轉型的標誌，值得一提的，三位主編中陳平原和汪暉都是 1980 年代中國現代文學研究的代表性人物。

進入「規範」時代的中國現代文學研究有兩個值得注意的傾向：

一是學術研究從激情式的宣判轉入冷靜的知識考古，將學術的結論蘊藏在事實與知識的敘述之中。從 1990 年代開始，《中國現代文學叢刊》開始倡導更具學術含量的研究選題。分別在 1991 年第 2 期開設「現代作家與地域文化專欄」，1993 年第 4 期設「現代作家與宗教文化」專欄，1994 年第 1 期開闢「淪陷區文學研究專號」，1994 年第 4 期組織了「現代女性文學研究」專欄。這種學術化的取向，極大地推進了現代文學向縱深領域拓展，出現了一批富有代表性的成果。如嚴家炎主持的「二十世紀中國文學與區域文化叢書」（1995 年）和「二十世紀中國文學研究叢書」（1999～2000 年），前者是探討地域文化和現代文學的關係，後者側重文學思潮和藝術表現研究。在某一個領域深耕細作的學者大多推出自己的代表作，如劉納的《嬗變——辛亥革命時期的中國文學》（1998 年），從中國文學發展的內部梳理五四文學的發生；范伯群主編的《中國近現代通俗文學史》（2000 年），有關現代文學的擴容討論終於在通俗文學的研究上有了實質性的成果；再如文學與城市文化的研究包括趙園的《北京：城與人》（1991 年）、李今的《海派文化與都市文化》（2000 年）等研究成果。隨著學術對象的擴展，不但民國時期的舊體詩詞、地方戲劇等受到關注，而且和現代文學相關的出版傳媒，稿酬制度，期刊雜誌，文學社團，中小學及大學的文學教育等作為社會生產性的制度因素一併成為學術研究對象。劉納的《創造社與泰東書局》（1999）；魯湘元的《稿酬怎樣攪動文壇——市場經濟與中國近代文學》（1998 年）；錢理群主編的「二十世紀中國文學與大學文化叢書」等都是這方面具有代表性的研究成果。90 年代中期，作為現代文學學科重要奠基人的樊駿曾認為「我們的學科，已經不再年輕，正在走向成熟。」而成熟的標誌，就是學術性成果的陸續推出，「就整體而言，

我們正努力把工作的重點和目的轉移到學術建設上來，看重它的學術內容學術價值，注意科學的理性的規範，使研究成果具有較多的學術品格與較高的學術品位，從而逐步成為真正意義上的學術工作。」〔註7〕

　　二是對文獻史料的越來越重視，大量的文獻被挖掘和呈現，同時提出了現代文獻的一系列問題，例如版本、年譜、副文本等等，文獻理論的建設也越發引起人們的重視。從 80 年代學界不斷提出建立「中國現代文學文獻學」的呼籲。《中國現代文學研究叢刊》1985 年第 1 期刊登了馬良春《關於建立中國現代文學「史料學」的建議》，提出了文獻史料的七分法：專題性研究史料、工具性史料、敘事性史料、作品史料、傳記性史料、文獻史料和考辨史料。1989 年《新文學史料》在第 1、2、4 期上連續刊登了樊駿的八萬多字的長文《這是一項宏大的系統工程——關於中國現代文學史料工作的總體考察》，樊駿先生就指出：「如果我們不把史料工作僅僅理解為拾遺補缺、剪刀漿糊之類的簡單勞動，而承認它有自己的領域和職責、嚴密的方法和要求，特殊的品格和價值——不只在整個文學研究事業中佔有不容忽視、無法替代的位置，而且它本身就是一項宏大的系統工程，一門獨立的複雜的學問；那麼就不難發現迄今所做的，無論就史料工作理應包羅的眾多方面和廣泛內容，還是史料工作必須達到的嚴謹程度和科學水平而言，都還存在許多不足。」1989 年成立了中華文學史料學會，並編輯出版了會刊《中華文學史料》。借助 90 年代「學術性」被格外強調，「學術規範」問題獲得鄭重強調和肯定的大環境，許多學者自覺投入到文獻收藏、整理與研究的領域，涉及現代文學史料的一系列新課題得以深入展開，例如版本問題、手稿問題、副文本問題、目錄、校勘、輯佚、辨偽等，對文獻史料作為獨立學科的價值、意義和研究方法等方面都展開了前所未有的討論。其中的重要成果有賈植芳、俞桂元主編的《中國現代文學總書目》（1993 年）、陳平原、錢理群等編《二十世紀中國小說理論資料》五卷（1997 年），錢理群主編的「中國淪陷區文學大系」（1998～2000），延續這一努力，劉增人等於 2005 年推出了 100 多萬字的《中國現代文學期刊史論》，既有「中國現代文學期刊敘錄」，又有「中國現代文學期刊研究資料目錄」的史料彙編。不僅史料的收集整理在學術研究上獲得了深入發展，「五四」以來許多重要作家的全集、文集和選集在 90 年代被重新編輯出版。如浙

〔註7〕 樊駿：我們的學科，已經不再年輕，正在走向成熟〔J〕，中國現代文學研究叢刊，1995（2）：196～197。

江文藝出版社推出的《中國現代經典作家詩文全編書系》，共 40 種，再如冠以經典薈萃、解讀賞析之類的更是不勝枚舉。這些選本文集的出版，現代文學研究領域的許多學者都參與其中，既普及了現代文學的影響力，又在無形中重新篩選著經典作家。比如 90 年代隨著有關張愛玲各種各樣的全集、選集本的推出，在全國迅速形成了張愛玲熱，為張愛玲的經典化產生了重要作用。

　　1990 年代現代文學研究的學術化轉向，包含著意味深長的思想史意義。作為這一轉向的倡導者的汪暉，在 1990 年代就解釋了這一轉向所包含的思想意義：「學術規範與學術史的討論本是極為專門的問題，但卻引起了學術界以至文化界的廣泛注意，此事自有學術發展的內在邏輯，但更需要在 1989 年之後的特定歷史情境中加以解釋。否則我們無法理解：這樣專門的問題為什麼會變成一個社會文化事件，更無從理解這樣的問題在朋友們的心中引發的理性的激情。學者們從對 80 年代學術的批評發展為對近百年中國現代學術的主要趨勢的反思。這一面是將學術的失範視為社會失範的原因或結果，從而對學術規範和學術歷史的反思是對社會歷史過程進行反思的一種特殊方式；另一方面則是借助於學術，內省晚清以來在西學東漸背景下建立的現代性的歷史觀，雖然這種反思遠不是清晰和自覺的。參加討論的學者大多是 80 年代學術文化運動的參與者，這種反思式的討論除了學術上的自我批評以外，還涉及在政治上無能為力的知識者在特定情境中重建自己的認同的努力，是一種化被動為主動的社會行為和歷史姿態。」〔註8〕汪暉為 1990 年代的學術化轉向設定了這麼幾層意思：1990 年代的學術化轉向是建立在對 1980 年代學術的反思基礎上，而且將學術的失範和社會的失範聯繫起來，進而對學術規範和學術史的反思也就對社會歷史的一種特殊反思，由此對所謂主導學術發展的現代性歷史觀進行批判。汪暉後來甚至認為：「儘管『新啟蒙』思潮本身錯綜複雜，並在 80 年代後期發生了嚴重的分化，但歷史地看，中國『新啟蒙』思想的基本立場和歷史意義，就在於它是為整個國家的改革實踐提供意識形態的基礎的。」〔註9〕一方面認為 80 年代以新啟蒙為特點的學術追求是造成社會失範的原因或結果，一方面又認為這一學術追求為改革實踐提供了意識

〔註 8〕羅崗、倪文尖編：90 年代思想文選（第一卷）〔C〕，南寧：廣西人民出版社，2000 年：6～7。

〔註 9〕羅崗、倪文尖編：90 年代思想文選（第一卷）〔C〕，南寧：廣西人民出版社，2000 年：280。

形態基礎，在這帶有矛盾性的表述中，依然跳不出從社會政治框架衡量學術意義的思維。但由此所引發的問題卻是值得深思的：現代文學作為一門學科的根本基礎和合法性何在？1990年代的學術轉向，試圖以學術化的取向在和政治保持適當的距離中重建學科的合法性，即所謂的告別革命，回歸學術，學術研究只是社會分工中的一環，即陳思和所言的崗位意識：「我所說的崗位意識，是知識分子在當代社會中的一種自我分界。……（崗位的）第一種含義是知識分子的謀生職業，即可以寄託知識分子理想的工作。……另一層更為深刻也更為內在的意義，即知識分子如何維繫文化傳統的精血」。〔註10〕這就更顯豁的表達出1990年代學術轉型所抱有的思想追求，現代文學不再是批判性知識和思想的策源地，而是學科分工之下的眾多門類之一，消退理想主義者曾經賦予自身的思想光芒和啟蒙幻覺，回歸到基本謀生層面，以工匠的精神維持一種有距離的理性主義清醒。

不過，這種學術化的轉型和1990年代興起的後學思潮相互疊加，卻也開始動搖了現代文學這門學科的基礎。如果說學術化轉向是帶著某種認真的反思，並在學術層面上對現代文學研究做出了一定的推進，而90年代伴隨著後學理論的興起，則從思想觀念上擾亂了對現代文學的認識和評價。借助於西方文化內部的反叛和解構理論，將對西方自文藝復興至啟蒙運動所形成的「現代性」傳統展開猛烈批判的後現代主義（還包括解構主義、後殖民主義等等）挪用於中國，以此宣布中國的「現代性終結」，讓埋頭於現代化追求和想像的人們無比的尷尬和震驚：

> 「現代性」無疑是一個西方化的過程。這裡有一個明顯的文化等級制，西方被視為世界的中心，而中國已自居於「他者」位置，處於邊緣。中國的知識分子由於民族及個人身份危機的巨大衝擊，已從「古典性」的中心化的話語中擺脫出來，經歷了巨大的「知識」轉換（從鴉片戰爭到「五四」的整個過程可以被視為這一轉換的過程，而「五四」則可以被看作這一轉換的完成），開始以西方式的「主體」的「視點」來觀看和審視中國。〔註11〕

〔註10〕陳思和：知識分子在現代社會轉型期的三種價值取向〔J〕，上海文化，1993（1）。

〔註11〕張頤武：「現代性」終結——一個無法迴避的課題〔J〕，戰略與管理，1994（3）：106。

以西方最新的後學理論對五四以來的現代文學做出了理論上的宣判，作為「他者」狀況反映的現代文學的價值受到了懷疑。「現代性」作為 90 年代現代文學研究的核心關鍵詞，就是在這樣的質疑聲中登陸中國學術界。人們既在各種意義飄忽不定的現代性理論中進行知識考古式的辨析和確認，又在不斷的懷疑和顛覆中迷失了對自我感受的判斷。這種用最新的西方理論宣判另一種西方理論的終結的學術追求卻反諷般地認為是在維護我們的「本土性」和「中華性」，而其中的曖昧，恰如一位學人所指出的：「在我看來，必須意識到 90 年代大陸一些批評家所鼓吹的『後現代主義』與官方新意識形態之間的高度默契。比如，有學者把大眾文化褒揚為所謂『社會主義初級階段特色』，異常輕易地把反思都嘲弄為知識分子的精英立場；也有人脫離本土的社會文化經驗，激昂地宣告『現代性』的終結，歡呼中國在『走向一個小康』的理想時刻。這就不僅徹底地把『後現代』變成了一個完全『不及物』的能指符號，而且成為了對市場和意識形態地有力支持和論證。」〔註12〕

正是在「現代性」理論的困擾中，1990 年代後期，人們逐漸認識到源自於西方的「現代性」理論並不能準確概括中國的歷史經驗，而文學做為感性的藝術，絕非是既定思想理念的印證。1980 年代我們在急於走向世界的激情中，只揭示了西方思想文化如何影響了現代文學，還沒有更從容深入的展示出現代作家作為精神文化創造者的獨立性和主體性。但是無論十七年時期現代文學作為新民主主義革命的有力組成部分，還是 1980 年代的現代化想像，現代文學都是和國家文化的發展建設緊密聯繫在一起，學科合法性並未引起人們的思考。1990 年代的學術化取向和現代性內涵的考古發掘，都在逼問著現代文學一旦從總體性的國家文化結構中脫離出來，在資本和市場成為社會主導的今天，現代文學如何重建自身的學科合法性，就成為新世紀以來現代文學學術研究的核心問題。作為具有強烈歷史實踐品格和批判精神的現代文學，顯然不能在純粹的學術化取向中獲得自身存在的意義，需要在與社會政治保持適度張力的同時激活現代文學研究在思想生產中的價值和意義。

四、新世紀以後：思想分化中的現代文學研究

1980 年代的現代文學研究貫穿著思想解放與觀念更新的歷史訴求：1990

〔註12〕張春田：從「新啟蒙」到「後革命」——重思「90 年代」的中國現代文學研究〔J〕，現代中文學刊，2010（3）：59。

年代則是探尋學科研究的基礎與合法性何在，而新世紀開啟的文史對話則屬於重新構建學術自主性的追求。

面對遭遇學科危機的現代文學研究，1990年代後期已經顯現的知識分子的思想分化在中國現代文學研究中更加明顯地表現了出來。圍繞對二十世紀重要遺產——革命的不同的認知，不同思想派別對中國現代文學的肯定和否定趨向各自發展，距離越來越大。「新左派」認定「革命」是20世紀重要的遺產，對左翼文學價值的挖掘具有對抗全球資本主義滲透的特殊價值，「再解讀」思潮就是對左翼——延安一直至當代文學「十七年」的重新肯定，這無疑是打開了重新認識中國現代文學「革命文化」的新路徑，但是，他們同時也將1980年代的思想啟蒙等同於自由主義，並認定正是自由主義的興起、「告別革命」的提出遮蔽了左翼文學的歷史價值，無疑也是將更複雜的歷史演變做了十分簡略的歸納，而對歷史複雜的任何一次簡單的處理都可能損害分歧雙方原本存在的思想溝通，讓知識分子陣營的分化進一步加劇。當然，所謂自由主義知識分子群體也未能及時從1980年代的「平反「邏輯中深化發展，繼續將歷史上左翼文化糾纏於當代極左政治，放棄了發掘左翼文化正義價值的耐性，甚至對魯迅與左翼這樣的重大而複雜的話題也作出某些情緒性的判斷，這便深深地影響了他們理論的說服力，也阻斷了他們深入觀察當代全球性的左翼思潮的新的理論基礎，並基於「理解之同情」的方向與之認真對話。

新世紀以來中國現代文學研究的推進和發展，首先體現在超越左／右的對立思維、在整合過往的學術發展經驗的基礎上建構基於真實歷史情境的文學發展觀，對中國現代文學研究更有推動性的努力是文學史觀念的繼續拓展，以及新的學術方法的嘗試。

我們看到，1980年代後期的「重寫文學史」的願望並沒有就此告終，在新世紀，出現了多種多樣的探索。

一是從語言角度嘗試現代文學史的新寫作。展開了中國現代文學研究的語言維度的努力，先後出現了曹萬生主編的《中國現代漢語文學史》（2007年）和朱壽桐主編的《漢語新文學通史》（2010年）。這兩部文學史最大的特點是從語言的角度整合以往限於歷史性質判別和國別民族區分而呈現出某種「斷裂」的文學史敘述。曹著是從現代漢語角度來整合中國現代文學和當代文學，從而將五四之後以現代漢語寫作的文學作品作為文學史分析的整體，「中國現代漢語文學包容了啟蒙論、革命論、再啟蒙論、後現代論、消費性與傳媒論

所主張的內容」。〔註13〕那些曾經矛盾重重的意識形態因素在工具性的語言之下獲得了某種統一。在這樣的語言表達工具論之下的文學史視野中，和現代文學並行的文言寫作自然被排除在外，而臺灣文學港澳文學甚至旅外華人以現代漢語寫作的文學都被納入，甚至網絡文學、影視文學和歌詞也受到關注。但其中內涵的問題是現代漢語作為僅有百年歷史的語言形態，其未完成性對把握現代漢語的特點造成了不小的困擾，以這樣一種仍在變化發展的語言形態作為貫穿所有文學發展的歷史線索，依然存在不少困難。如果說曹著重在語言表達作為工具性的統一，那麼朱著則側重於語言作為文化統一體的意義。文學作為一種文化形態，其基礎在於語言，「由同一種語言傳達出來的『共同體』的興味與情趣，也即是同一語言形成的文化認同」，「文學中所體現的國族氣派和文化風格，最終也還是落實在語言本身」，〔註14〕那麼作為語言文化統一形態的「漢語新文學」這一概念所承擔的文學史功能就是：「超越乃至克服了國家板塊、政治地域對於新文學的某種規定和制約，從而使得新文學研究能夠擺脫政治化的學術預期，在漢語審美表達的規律性探討方面建構起新的學術路徑」〔註15〕。顯然朱著的重點在以語言的文化和審美為紐帶，打破地域和國別的阻隔、中心與邊緣的區分。朱著所體現的龐大的文學史擴容問題，體現出可貴的學術勇氣，但在這樣體系龐大的通史中，語言的維度是否能夠替代國別與民族的角度，還需要進一步思考。

二是嘗試從國家歷史的具體情態出發概括百年來文學的發展，提出了「民國文學史」、「共和國文學史」等新概念。早在 1999 年陳福康借助史學界的概念，建議「現代文學」之名不妨用「民國文學」取代。後來張福貴、丁帆、湯溢澤、趙步陽等學者就這一命名有了進一步闡發。〔註16〕在這帶有歷史還原意味的命名的基礎上，李怡提出了「民國機制」的觀點，這一概念就是希望進入文史對話的縱深領域，即立足於國家歷史情境的內部，對百年來中國文學轉換演變的複雜過程、歷史意義和文化功能提出新的解釋，這也就是從國

〔註13〕曹萬生主編：中國現代漢語文學史〔M〕，北京：中國人民大學出版社，2007：8。

〔註14〕朱壽桐主編：漢語新文學通史〔M〕，廣州：廣東人民出版社，2010：12～13。

〔註15〕朱壽桐主編：漢語新文學通史〔M〕，廣州：廣東人民出版社，2010：8。

〔註16〕參見張福貴：從「現代文學」到「民國文學」——再談中國現代文學的命名問題〔J〕，文藝爭鳴，2011（11）及丁帆：給新文學史重新斷代的理由——關於「民國文學」構想及其他的幾點補充意見〔J〕，中國現代文學研究叢刊，2011（3）等。

家歷史情境中的社會機制入手,分析推動和限制文學發展的歷史要素。〔註17〕
這些探索引起了學術界不同的反應,也先後出現了一些質疑之聲,不過,重
要的還是究竟從這一視角出發能否推進我們對現代文學具體問題的理解。在
這方面花城出版社先後推出了「民國文學史論」第一輯、第二輯,共 17 冊,
山東文藝出版社也推出了 10 冊的「民國歷史文化與中國現代文學研究」的大
型叢書,數十冊著作分別從多個方面展示了民國視角的文學史意義,可以說
是初步展示了相關研究的成果,在未來,這些研究能否深入展開是決定民國
視角有效性的關鍵。

值得一提的還有源於海外華文文學界的概念——華語語系文學。目前,
這一概念在海外學界影響較大,不過,不同的學者(如史書美與王德威)各
自的論述也並不相同,史書美更明確地將這一概念當作對抗中國大陸現代文
學精神統攝性的方式,而王德威則傾向於強調這一概念對於不同區域華文文
學的包容性。華語語系文學的提出的確有助於海外華文寫作擺脫對中國中心
的依附,建構各自獨特的文學主體性,不過,主體性的建立是否一定需要在
對抗或者排斥「母國」文化的程序中建立?甚至將對抗當作一種近於生理般
的反應?是一個值得認真思考的問題。

新世紀以來,方法論上的最重要的探索就是「文史對話」的研究成為許
多人認可並嘗試的方法。「文史對話」研究取向,從 1980 年代的重返歷史和
1990 年代的文化研究的興起密切相關。1980 年代在「撥亂反正」政策調整下
的作家重評就是一種基於歷史事實的文史對話,而在 1980 年代興起的「文化
熱」,也可以看成是將歷史轉化為文化要素,以「文化視角」對現代文學文本
與文學發展演變進行的歷史分析。在 1980 年代非常樸素的文史對話方式中,
我們看到一面借助外來理論,一面在「原始」史料的收集整理、作品閱讀的
基礎上,艱難地形成屬於中國文學發展實際的學術概念。而隨著 1990 年代西
方大量以文化研究和知識考古為代表的後學理論湧入中國後。特別是受文化
理論的影響,1980 年代基於樸素的文化視角研究現代文學的歷史化取向,轉
變為文化研究之下的泛歷史化研究。1990 年代的「文化研究」不同於 1980 年
代「文化視角」的區別在於:1980 年代文化只是文學文本的一個構成性或背
景性的要素,是以文學文本為中心的研究;而受西方文化研究理論的影響,

〔註17〕 李怡:民國機制:中國現代文學的一種闡釋框架〔J〕,廣東社會科學,2010
　　　　(6):132。

1990 年代的文化研究是將社會歷史看成泛文本，歷史文化本身的各種元素不再是論述文學文本的背景性因素，它們也是作為文本成為研究考察的對象。在文化研究轉向影響下的 90 年代中後期的現代文學研究，突破了以文學文本為中心，而從權力話語的角度將文學文本放在複雜的歷史文化中進行分析，這樣文化研究就和歷史研究獲得了某種重合，特別是受福柯、新曆史主義等理論的影響，文學文本和其他文本之間的權力關係成為關注的重點。

這樣就形成了 1980 年代作家重評與文化視角之下的文史對話，和 9190 年中後期已降的在文化研究理論啟發和構造之下的文史對話，而這兩種文史對話之間的矛盾或者說差異，根本的問題在於如何基於中國經驗而重構我們學術研究的自主性問題。1980 年代的文史對話是置身在中國學術走出國門、引入西方思潮的強烈風浪中，緊張的歷史追問後面飄動著頗為扎眼的「西化」外衣，而對中國問題的思考和關注則容易被後來者有意無意的忽略，特別在西方理論影響和中國問題發現之間的平衡與錯位中的學術創新焦慮，更讓我們容易將自己的學術自主性建構問題遮蔽。文化研究之下的權力話語分析確實打開了進入堅硬歷史骨骼的有效路徑，但這樣的分析在解構權力、拆解宏達敘述的同時，則很容易被各種先行的理論替代了歷史本身，而真實的歷史實踐問題則很容易被規整為各種脫離實際的理論構造。而且在瓦解元敘述的泛文本分析中，歷史被解構成碎片，文學本身也淹沒在各種繁複的話語分析中而不再成為審美經驗的感性表達，歷史和文學喪失了區分，實質上也消解了文史對話的真正展開。所以當下文史對話的展開，必須在更高的層次上融合過往的學術經驗。中國學術研究的自主性必須基於對自身歷史經驗的分析和提煉，形成符合中國文學自身發展的學術概念和話語體系，但是這樣強調本土經驗的優先性，特別是對「中國特色」和「中國道路」的道德化強調中，我們卻要警惕來自狹隘的民族主義的干擾和破壞；同時對於西方理論資源，必須看成是不斷打開我們認識外界世界的有力武器，而不能用理論替代對歷史經驗的分析。因此當下以文史對話為追求的現代文學研究，不僅僅是對西方理論話語的超越，更是對自身學術發展經驗的反思與提升。質言之，應該是對 1980 年代啟蒙精神與 1990 年代學術化取向的深度融合。

在以文史對話為導向的學術自主性建構中，作為可借鑒的資源，我們首先可以激活有著深厚中國學術傳統的「大文學」史觀，這一「大文學」概念的意義在於：一是突破西方純文學理論的文體限制，將中國作家多樣化的寫作

納入研究範圍，諸如日記、書信及其他思想隨筆，包括像現代雜文這種富有爭議的形式也由此獲得理所當然的存在理由；二是對文學與歷史文化相互對話的根據與研究思路有自覺的理論把握，特別是「大文學」這一概念本身的中國文化內涵，將為我們「跨界」闡釋中國文學提供理論支撐。當然在今天看來，最需要思考的問題是如何在「文史對話」之中呈現「文學」的特點，文史對話在我們而言還是為了解決文學的疑問而不是歷史學的考證。如此在呈現中國文學的歷史複雜性的同時，也建構出屬於我們自己的具有自主性的學術話語體系，從而為未來的現代文學研究開闢出廣闊的學術前景。

此文與王永祥先生合著

目

次

第一章　綜　論

第一節　「文學中的城市」與「城市想像」研究

　　作為一種新的研究範式，「文學中的城市」研究不同於以往的「城市文學」研究。後者注重城市經驗，大體採用「反映論」的研究模式與社會學研究方法；而前者研究則注重超越城市經驗之上的對城市的敘述，也即城市文學的文本性。在後者中，「城市想像」研究是一種重要的研究策略。基於城市經驗與城市敘述的不同性，它強調被賦予意義的「文本中的城市」，而意義的賦予則表明人們對文本的文化訴求。

一、「城市文學」與「文學中的城市」

　　上世紀 80 年代以來，關於中國現當代（特別是現代）城市文學的研究漸成熱點。對於上海文學的研究，既是城市文學研究的開創領域，同時也是最高成就的體現。嚴家炎先生對新感覺派的流派研究，吳福輝先生對於施蟄存作品的閱讀，余鳳高對新感覺派藝術體式的論析，分別以作品論、流派論、作家論的研究面貌出現，都是新時期以來城市文學研究的最初成果。在 90 年代，以吳福輝、李今、李潔非為代表，這種研究推諸至整個 20～40 年代的海派與 80～90 年代的城市文學。其中，吳福輝基本上造成了以城市文化參透城市文學文本研究的高峰。與 80 年代不同的是，這種研究已經突破了流派研究的性質，對造成城市文學的社會形態、作家隊伍構成、文本表現形態以及體式技法，均能從一種獨立的、自足的文學形態去認知，從而使城市文學研究

取得了與五四以來的新文學、左翼文學、解放區文學、鄉土文學、革命歷史文學研究同等重要的位置。〔註1〕

此後，對於城市文學的研究，還造成了現代文學史敘述總體格局的變化。首先，各種權威的文學史著作都將城市文學作為重要的文學史形態納入文學史脈絡。在《中國現代文學三十年》1998年的修訂本中，將「文學的現代化」作為現代文學的主流，其中，「現代化進程中的城與鄉、沿海與內地的不平衡，所出現的『現代都市與鄉土中國』的對峙與互滲」〔註2〕已成為文學史考察的基本標尺。而且，與上海城市文學相應的研究範式也作為了對其他文學史現象的立論基礎。比如該書在談到30、40年代話劇創作時，便分別採用了「職業化、營業性劇場戲劇」、「大後方、上海孤島：『劇場戲劇』再度興起」與「淪陷區：職業化、商業化的『劇場戲劇』的繁榮」等論述框架。在多數現當代文學史與某些通史中，城市文學也成為獨具形態的重要論述對象，如孔範今主編《20世紀中國文學史》、楊匡漢、孟繁華主編《共和國文學50年》與張炯、鄧紹基、樊駿主編之《中華文學通史》。其次，由於城市文學研究，特別是海派研究的成果燦然，改變了部分或全部文學史敘述的方式。在80年代前後的左翼、啟蒙文學史敘述中，城市文學沒有應有的位置。隨著李歐梵、王德威等域外研究力量的推動，由海派文學研究中抽取的「日常性」、「晚清現代性」等概念不僅為現當代文學史事實中的個體性、私人性、消費性提供了合法依據，而且已成為新的重要的文學史整體闡述原則。

〔註1〕在討論現代城市文學的論著中，嚴家炎先生的《新感覺派和心理分析小說》一文，可看作是這種研究的創始性論文之一。這篇論文還作為了「中國現當代文學流派創作選」選本之一的《新感覺派小說選》的前言，既是對這個流派研究的開啟，同時又借助於對流派作品選集的閱讀倡導而將研究的興趣推諸眾人。之後，吳福輝所著《都市漩流中的海派小說》打破了流派研究的性質，將海派作為一個自足的文學形態去認知，堪稱此類著作中之最大者。爾後，李今的博士論文（一部分單篇論文在《文學評論》、《中國現代文學研究叢刊》上刊出）《海派小說與現代都市文化》在承續吳福輝的研究中又增添若干新質。至此，對於現代城市文學（特別是上海城市文學）的研究已經蔚然大觀。這中間還有許道明著《海派文學論》（復旦大學出版社1999年版）、李嶸明著《浮世代代傳》（華文出版社1997年版）以及晚近李俊國著《中國都市文化與都市小說》（中國社會科學出版社2003年版）等等。筆者也曾出版《都市文化與中國現代都市小說》（河南大學出版社1997年）。論及海派重要作家的學術性書籍（如關於張愛玲）已蔚為大觀，至於討論海派文學的單篇論文，更難以計數。

〔註2〕錢理群、溫儒敏、吳福輝著：《中國現代文學三十年‧前言》，北京大學出版社1998年版，第1頁。

　　更重要的是，隨著 90 年代左翼與啟蒙兩種文學史敘述相繼弱化，在文學史敘述的等級因素中，源自城市文學的現代性，特別是日常性文學史敘述幾乎一枝獨秀。而我們當下熱衷的「市民」、「市民社會」、「公共領域」的探討，以及 90 年代後期被神話了的「市場意識形態」，更是為其提供了社會的政治與經濟依據。而且，對於城市文學的研究，由於得到了來自左翼意識形態減弱、市民社會興起的社會轉型時期各種社會思潮的支持，進而以極強的歷史闡述性出現，與史學研究中所謂「新史學」，特別是法國年鑑學派方法中的注重民間社會形態、「公共領域」、行會、商會、社團研究相吻合，因此，關於城市文學與媒體輿論、大眾傳播、經濟制度、學校教育、出版機構、流行生活等等公共社會領域的關聯，又成為了新的熱點，構成了某種現代中國整體史觀的一種。

　　在此，筆者不打算全面評價這一現象（對此的評述，參見拙文）〔註3〕，而只是力圖梳理新時期以來城市文學研究的歷程與動態。我們可以看出，現當代城市文學研究大致經歷了作家作品論—流派論—形態論—文學史論—現代中國史觀等各個階段，有日漸超出傳統城市文學題材、流派、形態研究範圍的跡象。在許多研究中，人們的關注點，從「文學表現城市形態」開始轉移至「文學對城市性的表達」，甚至是基於城市性表達而來的歷史觀念。那麼，這一現象預示著什麼呢？我們似乎已經不能固守著傳統的城市文學研究了，那麼，為什麼呢？而且，我們正在進行什麼樣的研究呢？

　　事實上，迄今為止，傳統的城市文學研究大體採用了「反映論」式的研究模式，這種研究方法大都以題材為限定，同時被理解為一種文學形態，並以堅定的社會學、歷史學理論為基礎，認為城市文學作品來自城市經驗，是客觀的城市生活的再現，因而特別適用於在表現方法上屬於傳統寫實主義的文學作品。但問題在於：首先，題材限定固然帶來了研究在社會學、歷史學意義上的深入，但在一定程度上卻忽略了城市生活固然造成了人們的城市意識與知識，而敘述城市時，城市意識與城市知識卻往往是超出了城市文學題材和形態的。由於人們的城市知識無處不在，城市敘述也表現在非城市文學類的其他各種文學形態中，如鄉土文學、知識分子文學等等，這是很難歸入傳統的「城市文學」研究視野的。另外，研究中對城市文學形態的限定，使某些雖屬於城市題材但又不是典型城市文學形態的大量文本在「城市文學」

〔註3〕張鴻聲：《現代文學史敘述中的記憶與遺忘》，載《文藝報》2004 年 12 月 28
　　日。

研究中長期處於空缺位置。比如，學界對 1949～1976 年間城市題材文學的研究明顯缺失。這體現在：在研究對象上，該時期城市題材由於不是獨立的文學形態，或在研究中被略去，或者被肢解在廠礦文學、文革文學等中作簡單描述。在闡釋上，按照嚴格的題材與形態限定，整體的城市文學便分裂為 1949 年以前與 80 年代以後，兩者之間的三十年完全被排除。因此，另兩個階段的文學闡釋也難以承續，以致無法將整個二十世紀城市文學納入研究範圍。事實上，該時期的城市題材雖不是嚴格意義上的城市文學，但仍屬於整體的二十世紀中國「文學中的城市」體現，它必然存在著對城市性的某種想像與表述，也必然存在著某種城市敘述。〔註4〕

其次，在現代城市文學作品中（尤其是上海文學），既使是對同一時期城市社會的表現，也會因作家流派的不同而表現出巨大的差異性，比如左翼城市文學與海派的創作。即使是流派內部也是如此。比如，同樣表現上海，劉吶鷗與穆時英在進行著對上海的西方式想像，而施蟄存則從鄉土角度看待上海；同樣表現上海的鄉土性，施蟄存將鄉土外化於上海，而張愛玲則將鄉土視為上海城市的內部邏輯。這便是城市文學的文本性，而「反映論」則忽視了文學的這一基本特徵。而且，中國現代最典型的城市文學恰恰並非經典意義上的寫實形態，反而以現代主義創作居多，比如新感覺派，對城市外在形態的展現似乎並不比對城市作用於作家內心感受的描摹更多。通常意義上，他們以自我強烈的主觀性透入都市生活，感覺、想像成份明顯多於「經驗」成分。即使是茅盾的《子夜》，也有除寫實之外對上海現代性的憧憬成分。這種注重對城市的心理感覺的表述，使我們很難全然以寫實主義式的研究去面對它。

可以說，傳統的城市文學研究，強調的是城市之於作家的經驗性，但是，在文學與城市的關係中，城市文學之於城市，也絕非只有「反映」、「再現」一種單純的關係，而可能是一種超出經驗與「寫實」的複雜互動關聯。何況，城市經驗之於作家，也是千差萬別。因此，城市的歷史與形態和城市文學文本之間便構成了極其複雜的非對應關係，這一切，可能會以對城市的不同表述體現出來。而城市敘述也絕不以城市題材為限，它可以存在於各種題材之中。也就是說，城市敘述有時存在於城市文學形態中，有時則不能表現為城市文學形態。

〔註4〕如果採用「文學中的城市」研究，那麼，各種形態文學對城市的表述，也包括非典型的城市題材文學，如京派、50～70 年代城市題材，都可以納入研究範圍。

　　所以，鑒於城市文學研究自身，逐漸以「城市性表述」涵蓋了「文學再現城市」，從概念上來說，「文學中的城市」這一概念，要比「城市文學」能夠揭示更多城市對文學的作用與兩者的複雜關聯。後者是立足於城市題材與形態自身，揭示城市文學的發生、發展、流變過程以及其內在構成規律，基本上屬於傳統的文學研究或文學史研究；而前者並不侷限於城市題材與城市文學形態，它更關心城市所造成於人的城市知識，帶來的對城市的不同敘述，以印證於某一階段、某一地域的精神訴求。從方法論的角度來說，它更接近文化研究。

　　在國外學界，對於「文學中的城市」研究已有一些論述。Richard Lehan 出版於 1998 年的 The city in the Literature 一書（加利福尼亞大學出版社）明確提出「文學中的城市」這一概念，而這一概念在書中主要被認為是對城市不同的敘述模式。它著重考察了歐美城市不同發展階段文學的表現方式，除了現實主義與自然主義之外，「對高度發展和機構複雜的城市的逃避和拒斥，構成了現代主義（印象主義、唯美主義、象徵主義）的源泉。現代主義轉而表現城市壓力的主觀印象和內心現實」。有人曾這樣概括其描述的城市的表現模式與過程：「現代主義的這些主題基本上對城市持否定的態度，這裡也表現出作者的立場：城市從早期的神聖城市到啟蒙時期的城市，最後到現代大都市，基本上處在一個不斷『墮落』的過程中。與此相對應的是，城市中的人從較早時候（如巴爾扎克筆下）的活躍的、積極的參與性的力量逐漸退化為受城市控制、對城市無能為力而退縮到內心領域中的漫遊者和旁觀者。」〔註5〕該書將商業城市、工業城市與後工業城市分別與現實主義（自然主義）、現代主義與後現代主義相對應，事實上是在找尋文學中對於城市的不同表述問題。

　　關於對城市的表述，德國評論家克勞斯・謝爾普（Klaus Scherpe）將其分為四類模式。〔註6〕美籍華裔學者張英進對其概括如下：

　　　　「第一類模式來源於德國 18、19 世紀小說中描寫的那種『鄉村烏托邦』和『城市夢魘』的直接對立。在這一模式中，一種早期的、

〔註5〕季劍青：《體例與方法》，《現代中國》第五輯，湖北教育出版社 2004 年 10 月版。

〔註6〕原文見克勞斯・謝爾普：《作為敘述者的城市：阿爾弗雷德・多布林的〈亞力山大廣場〉》，載安德雷斯・於森、戴維・巴斯里克編《現代性和文本：德國現代主義的修正》，哥倫比亞大學出版社 1989 年版，162～179 頁。未有中譯本。

據信是平靜和安寧的主觀主體受到新興的工業文明的威脅」。第二類模式見於「19世紀批判社會的自然主義小說，其中鄉村與城市的對立退位於階級鬥爭。……城市的生活和經驗被縮小為個人和群體的對立。」第三種模式見於現代的作品，其中「巴黎流蕩子的沉思姿態」表明「城市經驗的潛在的想像力」，其「審美主體自然而然地觀察審美客體，用凝視的目光捕捉和把握這客體」。第四類模式是「功能性的結構敘述」，通過這種敘述，「城市因其商品和人的劇烈流動而被重新構造為『第二自然』，這一新構造據其在時間和空間上的自給自足，相輔相成的方式而產生。」換言之，在第四類模式中，城市成為自己的代理人，在文本中自由地展開自我敘述。〔註7〕

克勞斯・謝爾普對城市敘述的描述與 Richard Lehan 有相似之處，他們不僅都相當重視城市的表述問題，而且都勾勒出了城市表述的歷史發展，並都認為在城市表述中流貫著從現實主義到現代主義的線索。所不同者在於，克勞斯・謝爾普把「鄉村烏托邦與夢魘的直接對立」這一浪漫主義傾向也歸之於城市表述，無疑是更加擴大了「文學中的城市」的含義。

　　簡言之，城市不單是一個擁有街道、建築等物理意義的空間和社會性呈現，也是一種文學或文化上的結構體。它存在於文本本身的創作、閱讀過程與解析之中。如果說傳統的城市文學研究較多地存在於前者中的話，那麼「文學中的城市」則思索城市文學的文本性與文本的文學性，以及怎樣把城市的物理層面、社會層面與文學文本有效地結合起來。像新歷史主義所說的，既需探索「文學文本周圍的社會存在」，也要探求文學文本中的社會存在。〔註8〕

二、「文學中的城市」與「城市想像」研究

　　在「文學中的城市」研究，也即在對城市表述的研究中，「想像」或「想像性」成為一個極其重要的概念與方法。在 Richard Lehan 的 The city in the Literature 中，作者一方面承認城市文本的變化是因城市的變化而來，另一方面又強調「文學賦予城市一種想像性的現實」。陳平原曾評述說「該書將『文學想像』作為城市存在的利弊得失之編年史來閱讀。從『啟蒙時代的倫敦』，

〔註7〕張英進：《都市的線條：三十年代中國現代派筆下的上海》，載《中國現代文學研究叢刊》1997年第3期。
〔註8〕張京媛主編：《新歷史主義與文學批評》，北京大學出版社1993年版，第5頁。

一直說到『後現代的洛杉磯』，既涉及物質城市的發展，更注意文學表現的變遷。」〔註9〕張英進在談及他對中國城市文學的研究方法時也說：

> 我將不拘泥於某一作品所表現的城市如何寫實傳真，而只探討在這種文本創作的過程中，城市是如何通過想像性的描寫和敘述而被「製作」成為一個可讀的作品。……我說的製作是符號性的，指的是將城市表現為符號系統，其多層面的意義需要解析破譯，我將重點放在製作的過程而不是其最終的產品——作為文本的城市（或稱城市文本）。〔註10〕

作為心理學名詞，想像一詞的含義為：「在原有感性形象的基礎上創造出新形象的心理過程……這些新形象是已積累的知覺材料經過加工改造所形成的。人類能想像出從未感知過的或實際上不存在的事物的形象，但想像內容總來源於客觀現實。」〔註11〕在談到民族的「想像的共同體」時，汪暉指出：「想像這一概念絕不等同於『虛假意識』，或毫無根據的幻想，它僅僅表明了共同體的形成與人們的認同、意願、意志和想像關係以及支撐這些認同和想像的物質條件有著密切的關係。」〔註12〕因此，在「文學中的城市」研究中，關於想像性概念的介入，並非完全擯斥文學文本的社會客觀性與創作者的經驗性，而事實上，它是聯結創作者的城市生活經驗與文學文本經由創作而造成的生活呈現的一個中介，即：任何關於城市的文本都不可避免地來自城市經驗，但城市文本卻絕不等同於經驗，因為它經過了由經驗到文本的過程，這個過程其實也是想像性城市敘述的過程，城市想像其實就是一種城市表述。

在西方學界，運用想像性城市敘述理念來研究城市與城市文本已不鮮見。除了 Richard Lehan 的 The City in the Literature 之外，卡爾・休斯的《世紀末的維也納》〔註13〕也大致使用這一方法，將維也納看成是由於具體的社會生活與文化情境而成為了奧地利國家的寓言。在對中國現代文學、現代城市文學的

〔註 9〕陳平原：《「五方雜處」說北京》，陳平原、王德威主編：《北京：都市想像與文化記憶》，北京大學出版社 2005 年版，第 546 頁。

〔註10〕張英進：《都市的線條：三十年代中國現代派筆下的上海》，載《中國現代文學研究叢刊》，1997 年第 3 期。

〔註11〕《辭海》，上海辭書出版社 1980 年版，第 1596 頁。

〔註12〕汪暉：《現代中國思想的興起》第一部上卷，第 74 頁。

〔註13〕中譯本為黃文譯，臺灣麥田出版社 2002 年版。

研究中，張英進出版有《中國現代文學和電影中的城市：空間、時間和性別的結構》〔註14〕（未有中譯本）。在國內，趙稀方討論香港文學的《小說香港》，是運用這種方法探索文學與城市之間互動關係的學術著作。作者認為，關於香港的文學文本大致存在著三種敘述：即英國人的殖民敘述、大陸的國族敘述以及香港人的香港敘述。在英國人的殖民敘述中，香港充當了西方人「東方主義」的一個想像範本，以此印證歐洲白人的「啟蒙」事業；而大陸的國族敘事則以中原心態的中心／邊緣構架出發，進行「母親！我要回來」式的香港想像。兩者都忽略了香港在文化意義上的主體性。直至70年代，一種源於大陸價值觀卻又與之不同的香港意識開始出現，才逐漸產生了文學中香港的香港敘述。〔註15〕

香港的情形也許特殊。對於國內城市與文學關係的研究，較早的應是趙園的《北京：城與人》。〔註16〕這部著作並不是一部關於北京的現代城市文學史，而是從確定北京在中國作家心理中的位置入手，事實上，是在為「文學中的北京」進行定位。在整體的20世紀中國現代化不可逆轉的進程中，作為一種文化的共同體，北京其實替代了鄉土中國的國家與文化地位，成為了中國文人的精神故鄉。從這一角度出發，北京也是一個想像中的城市。它既負載著真實的物理空間，同時又被文學建構成一種文本形象。由於寫作時間較早，這一著作還侷限於文學形態，而對於文學又較集中於「京味」風格的分析，使其一定程度上仍保留著城市文學形態研究的痕跡，未能獲得某種討論北京想像的廣泛的可能性。

有意識地倡導以「記憶與想像」來對北京城市與關於北京文學進行研究的，是陳平原先生。2005年10月，北京大學二十世紀中國文化研究中心、中文系與哥倫比亞大學東亞語言文化系聯合主辦「北京：都市想像與文化記憶」國際研討會，會議刊發以及後來收入論文集的研究論文來自各個學科，其中有數篇是關於北京與文學之關係的。其中，梅家玲的《女性小說的都市想像與文化記憶》、董玥的《國家視角與本土化》與賀桂梅的《時空流轉現代》大體也屬於類似角度的研究。在談及「作為研究方法的北京」時，陳平原也以「文學中的城市」為切入點。他說：「借用城市考古的眼光，談論『文學北京』

〔註14〕 美國斯坦福大學出版社1996年版。
〔註15〕 趙稀方：《小說香港》，三聯書店2003年版，第3～7頁。
〔註16〕 趙園：《北京：城與人》，上海人民出版社1991年版。

乃是基於溝通時間與空間、物質文化與精神文化、口頭傳統與書面記載、歷史地理與文學想像，在某種程度上重現八百年古都風韻的設想」，「談論中國的『都市文學』，學界一般傾向於從 20 世紀說起，可假如著眼點是『文學中的都市』，則又當別論」。而在談到「文學中的北京」這一概念時，陳平原徑用「想像」一詞去表述。在《「五方雜處」說北京》一文中，陳平原說：「略微瞭解北京作為都市研究的各個側面，最後還是希望落實在『歷史記憶』與『文學想像』上。……因此，閱讀歷代關於北京的詩文，乃是借文學想像建構都市歷史的一種有效手段」。〔註 17〕

如果說從「文學中的城市」與「城市想像」角度研究北京與北京文學還處於倡導與成果初顯時期的話，那麼，從這一角度研究上海與上海文學，可以說已經取得一些成果。大體來說，這種研究集中於兩個方面，即一是對上海 30、40 年代的文學與城市研究，二是對上海 90 年代的文學與城市研究。

前者主要來自域外，並首推李歐梵先生的《上海摩登》。該書在總體思路上受到了本尼迪克特·安德森關於「想像的共同體」觀念影響，即民族國家的興起往往伴隨著公開化、社群化的過程，並認定上海 30、40 年代的都市性正是中國國家現代性的一種，因此，「摩登上海」的想像，也正是對於中國現代性的建構。對於國家社會的社群化進程，李歐梵借用哈貝馬斯「公共空間」的理論，對於印刷文化、媒介文化的生產、消費、傳播以及再生產等城市文化生成與發展進行描述，並特別以刊物、電影、流行生活為主要表現領域，敘述城市對現代性的共同心理認同，從而剖析出上海城市現代性的特質。吳福輝先生近來的研究，如論文《小報世界中的日常上海》、《老中國土地上的新興神話》也帶有類似特徵。

另一種「文學中的上海」研究則立足於 90 年代。由 80 年代末開啟的關於舊上海的懷舊，至 90 年代已經成為一種世界性文化景觀，並伴隨著港、臺、大陸三地的熱播影視作品，以及各種關於舊上海的書籍、畫冊、影視等，漸至峰巔。「上海懷舊」無疑是文學中上海想像在全球化語境中的一種現代性訴求，其所表現出的對於上海城市文化身份的想像性認知，乃是探討此一問題的關鍵。在這方面，陳惠芬的《「文學上海」與城市文化身份建構》、〔註 18〕

〔註 17〕陳平原、王德威主編：《北京：都市想像與文化記憶》，北京大學出版社 2005 年版，第 544 頁。

〔註 18〕陳惠芬：《文學上海與城市文化身份建構》，載《文學評論》2003 年第 3 期。

郜元寶的《一種新的上海文學的產生——以〈慢船去中國〉為例》,〔註19〕還有王曉明等人對於 90 年代王安憶上海題材創作與對程乃珊、陳丹燕的同題材跨文體寫作研究等等,〔註 20〕大都遵循同一思路。在這些研究中,有論者指出,90 年代的上海題材文學,「為讀者提供的是一個精確的關於上海的公共想像,而不是個體性的對上海、對時代和世界的體驗」,「當一個作家的寫作涉及上海時,他對上海的歷史和現狀很有可能並沒有達到歷史領域或現實調查所追求的那種熟悉程度,但他完全有理由從某種制度性想像直接契入,而構築他們關於上海的想像性敘事。比如,現在流行的一些概念,像『三四十年代的摩登上海』、『國際大都市』、『日常生活』、『欲望』、『時尚』、『消費文化』、『白領』、『小資』、『中西文化交往』、『高速發展』等等」,〔註 21〕論者認為,這構成了 90 年代上海題材文學或「文學上海」的制度性因素。

由此可以看出,關於對「文學中的上海」的研究中,「上海想像」已經漸成熱點,並且,其研究思路是循由「現代性想像」出發,構築由上海城市文學而引發的關於中國社會、中國文學的現代性問題。應當說,這種研究恰當地解決了以往在城市文學題材、形態、文學史框架下研究之不足,觸及了城市文學更深層次的問題,並從現代性問題上擴大了人們對文學史敘述的認知。

但是,這些研究又存在著明顯不足。其最大問題在於,在論述現代性為線索的上海想像時,把日常性現代性作為主要線索,而將中國現代性中的關於「國家」、「革命」的現代性擱置一邊,因而,在研究對象上,30 年代左翼上海與 50～70 年代上海及其文學基本上仍不被納入視野。有人認為:「李歐梵在《上海摩登》中重構了舊上海物質文化生活和消費主義的精神時尚地圖。……《上海摩登》重繪了一幅夜晚的地圖、消費的地圖、尋歡作樂的地圖,同時卻遮蔽了白天的地圖、生產勞動的地圖、貧困破產的地圖,從根本上來說,也就是用一幅資產階級的地圖遮蔽了無產階級的地圖,用資產階級的消費娛樂遮蔽了無產階級的勞動創造」。〔註 22〕事實上,雖然李歐梵在其他

〔註 19〕郜元寶:《一種新的上海文學的產生——以〈慢船去中國〉為例》,載《文藝爭鳴》2004 年第 1 期。

〔註 20〕比如王曉明:《從「淮海路」到「梅家橋」——從王安憶小說創作的轉變談起》,載《文學評論》2002 年第 3 期。

〔註 21〕郜元寶:《一種新的上海文學的產生——以〈慢船去中國〉為例》,載《文藝爭鳴》2004 年第 1 期。

〔註 22〕曠新年:《另一種「上海摩登」》,載《中國現代文學研究叢刊》2004 年 1 期。

一些文章中多次談到關於「革命」的現代性問題，並認為「《新青年》思潮背後的一個新的意識形態和歷史觀」，「導致了一場驚天動地的——也影響深遠的——社會主義革命。我認為這些都是中國人對於『現代性』追求的表現」，〔註23〕但在對具體的上海文學的論述中，恰恰又以日常性現代性遮蔽了其他，表現出文學史敘述中刻意追求「中心性」的弊病。因而，立足於30、40年代上海資產階級的摩登文化的上海想像，便構成了左翼角度的「上海遺忘」。對於50、60年代上海文學與城市的研究，除了張旭東在文章中偶有提及，幾乎不被人看作研究對象。其間的原因，仍是以日常性城市敘事代替了多元現代性敘事，不能被日常性現代性所敘說的50、60年代上海文學當然也就沒有了研究的價值與可能。

可以看出，在對30、40年代上海與90年代對上海以及其文化的研究當中，某些研究者倒是犯了一個與其研究對象（即這兩個時代的文學文本）同樣的錯誤。文學創作者基於中國全球化的想像構築了文學中的上海，而研究者同樣也如此，因為，只有30、40年代海派文學與90年代關於上海的文學，是充分意義上的全球化想像的產物。〔註24〕兩者構成互文關係，其實是不同時期對同一問題的表現而已。另外的幾種中國現代性如「啟蒙的現代性」與「革命的現代性」，既不被這兩個時期的文學表現所重，也不被納入到研究者視野。因此，研究界事實上也無法躍出被批評者的巢臼，因而，對所謂「上海想像」的研究仍不是一種完整的「文學中的上海想像」。

三、文學中的「城市想像」：研究的對象、方法與策略

筆者認為，對中國現代「文學中的城市」研究與「城市想像」研究，作為一種範式，它必須有明晰的闡述策略與闡述範圍。基於現有的「文學中城市」研究，我們應注意到兩點：

其一，在方法上，「城市想像」研究的基礎在於將文學中的城市經驗與城市敘述分離開來，也就是說，「文學中的城市」在很大程度上是不斷被賦予

〔註23〕李歐梵：《漫談中國現代文學中的「頹廢」》，《中國現代文學與現代性十講》，覆旦大學出版社2002年版，第52～53頁。

〔註24〕較能克服這種弊病的是吳福輝先生，他一系列討論海派文學鄉土特徵的論文很值得注意。比如《老中國土地上的新興神話》、《新市民傳奇：海派小說文體與大眾文化姿態》、《洋涇浜文化‧吳越文化‧新興文化》都包含了從中國本土性看待海派的視角，見出他的智慧之處。

意義的，而不完全是城市的自我呈現。在我的看法中，「文學中的城市」其實有兩個，一個是文本意義上，或被文本意義所堆積起的；一個是實際的、作為地域存在的城市。以北京和上海為例，北京在 20 世紀文學中，在不同時期分別被賦予了帝都、家園、社會主義首都與全球化城市等意義。而上海的情形則更複雜。在文學中，上海不斷被賦予各種現代性意義，成為一種現代城市知識的共同體。如反殖民與獨立的國家意義、傳統形態向現代形態過渡的現代化意義等等，並以此構築了上海文學或「文學中的上海」強大的現代性身份，它可能沖淡乃至瓦解了作為實存的「上海」多元、複雜的東方城市特性，以及作家個體的上海經驗。

　　城市「經驗」與「想像」分離的深刻內涵，在於人們城市知識中的文化訴求。一般來說，城市的文化身份是多元的、不統一的，甚至是非邏輯的，而在人們對城市的集體的想像性敘述中，卻往往將它整體化、中心化、邏輯性起來，從而導引出對城市的公共性認知，並在此基礎上，表達城市「經驗」。〔註25〕而事實上，根據這樣的認知表達出的，往往已經不再是「經驗」，而是「想像」。比如，基於國人的現代性想像，漸漸產生了關於上海的公共知識，也造成了近代以來關於上海文學的總體風貌與主流，並構成了文學表現上海的中心性。這一超越經驗的文學寫作有著意識形態特性以及意識形態化的過程，並推廣成全國性的普遍化的城市知識。但是，它與複雜、多元的上海特性、上海「經驗」並不完全對等，或者若即若離。此間的原因在於，上海作為一個近代中國極為特殊的城市，其本身的現代性邏輯之強大，也在於對世界主義背景下整體的所謂「中國現代性與中國現代化」的嚮往這一民族的「想像的共同體」。在這裡，上海實際上充當了現代中國民族國家主體性建構的最大載體。因此，供人閱讀的「文本上海」與作為地域城市的上海是有較大差異的。

〔註25〕霍爾認為，文化身份「它們決不是永恒地固定在某一本質化的過去，而是屈從於歷史、文化和權利的不斷『嬉戲』」，他還認為，「把『文化身份』定義為一種共有的文化，集體的『一個真正的自我』，藏身於許多其他的、更加膚淺或人為地強加的『自我』之中」「按照這個定義，我們的文化身份反映共同的歷史經驗和共有的文化符碼，這種經驗和符碼給作為『一個民族』的我們提供在實際歷史變幻莫測的分化和沉浮之下的一個穩定、不變和連續的指涉和意義框架」。也就是說，文化身份並不客觀也不固定，但我們總在尋找它「共有的文化」來敘述它，這就可能取決於與某種國家民族意志相關的「共同體」。見斯圖亞特·霍爾：《文化身份與族裔散居》，羅鋼、劉象愚主編《文化研究讀本》，中國社會科學出版社 2000 年版，第 208 頁。

也因此，「文學中的上海」與關於上海的文學表現出區別於其他地域文學的特質，通常來說，在形式與文體上排斥地域的經驗性，以突出其國家意義與現代性意義。

其二，在闡述範圍上，「文學中的城市」、「城市想像」既然成為一種研究範式，就必須注意到研究對象的完整性，而不能在遺忘大多數對象的情況下完成研究。筆者認為，對20世紀「文學中的城市想像」研究，必須包括晚清和左翼文學，也應包括50～70年代的文學。其實，晚清民初小說已經開始在世界主義的背景下展開對於城市現代性的想像。在梁啟超等人的政治烏托邦小說、韓邦慶等人的俠邪小說與李伯元、劉鶚等人的譴責小說以及後來的鴛鴦蝴蝶派小說中，文學中的上海分別被賦予了現代民族國家、「文明的出張所」與隔離於內地的「飛地」等想像意義，呈現出近代以來上海想像的初步狀態。而且，幾種想像都以上海融入世界作為潛在框架，呈現出「去中國化」與「去內陸化」的特徵。梁啟超《新中國未來記》、陸士諤《新中國》、徐念慈《新法螺先生譚》等都以未來完成時態將上海當做中國現代化的完成地，這源於中國在資本主義世界格局中對邊緣文化的焦慮與擺脫焦慮的努力，更表明了對當時世界主導格局的認同，甚至不乏「西方主義」式的成分。鴛鴦蝴蝶派描寫上海新事物，固然帶有寫實的經驗成份，但作者的「維新是求」的寫作風氣與對上海繁華的中心地位的認定，也是立足於「新」、「變」、「奇」等現代性基礎上的。而譴責小說中關於上海腐敗、墮落等種種指謫，則初步將上海與鄉土中國作了時間與空間意義上的想像性分離。

再如左翼。對於左翼文學來說，城市知識其實就是國家知識，城市敘述擴大為了國家意義的表現，其個體的城市經驗幾乎不存在。《子夜》對上海敘述的前提，是茅盾對於國家問題的表達，城市構成了茅盾以上海表述中國國家性質的基礎。因而，茅盾是以上海轉喻整個國家，或者說《子夜》是一種在國家意義上的「上海想像」。在世界範圍中，茅盾採用西方中心／東方邊緣的格局，上海被茅盾當作殖民地國家文本，以民族資本主義工業的破產來表現其在全球資本主義格局中的邊緣性。在國家內部，茅盾採用城市（中心）／鄉村（邊緣）的格局，又從潛在層面上對上海作了充分資本主義化的想像描述，在對吳蓀甫、吳老太爺的表現中，對上海作了現代性的憧憬與非中國化的想像。

再說50～70年代「文學中的城市想像」。這一時期的城市題材雖然不是嚴格意義上的城市文學，但仍屬於整體的二十世紀「中國文學中的城市」的

體現，它必然存在著對城市的某種想像與表述。按照梅斯納、德里克、汪暉等學者提出的「社會主義現代性」的論斷，這一時期中國城市仍然具有某種特殊的現代性。它雖然被消除了全球化、日常性、私性、消費性等內容，但國家意義上的公共性、組織社會與大工業邏輯等特性卻被極度突出。這是社會主義國家城市想像的基礎。它不僅與當時意識形態反對資本主義的現代性有關，也是近代以來民族國家建構的必然。因此，該時期的文學在城市溯源上大致採用斷裂論與血統論理解，即消除城市的文化傳統與口岸城市基礎，確立城市唯一的左翼國家革命起源，如《上海的早晨》、《春風化雨》、《霓紅燈下的哨兵》等。在價值立場上，大多消除個人私性、日常性與消費性，突出國家公共性，如《年青的一代》、《千萬不要忘記》、《萬紫千紅總是春》等。同時，國家政治保障下的工業生產特性得到空前強調。工業題材不僅被巨量生產，而且往往伴隨著重大國家生活描寫，並以排除其他生活、文化形態為代價。如艾蕪、草明、蕭軍等老作家與胡萬春、唐克新、萬國儒、陸俊超等工人作家的作品，也包括文革時期大量的工業、車間文學。在文體上，也造成了特殊的形態，文學的個人性、地域性極弱，整體上屬於國家風格。

當然，由於近現代城市性的複雜與多元，事實上，文學中的城市敘述也處於一種非中心的、多元的和不統一的狀態。我們在論述「文學中的城市」、「城市想像」時，應注意到這一研究範式對於文學闡釋的有限性。筆者認為，「城市想像」研究所持的觀點與方法，在整體的現代文學研究中具有某種邊緣性，其本意在於抗拒關於城市文學的社會學研究的中心性。雖然這種研究範式具有一定的闡釋空間，但也只能作為對城市與文學關係的一個方面的揭示，與以往的城市文學研究並不是（也無法做到）彼此的替代關係，而是相互借鑒，相互補充。因此，要避免使其成為一種新的文學歷史化、本質化過程，避免使論述呈現出一種新的中心化，在或記憶或遺忘的情形下強行對文學或文學史進行注解，或者作為文學史闡述的標尺。

第二節　城市的公共性想像與日常性的消失——
　　　　以「十七年」上海題材文學為例

在中國當代城市題材文學中，日常性寫作表現為一個逐漸消亡的過程。那麼，它為什麼消亡，又是怎樣消亡的？這一現象，應該說，與解放後中國

城市單一的國家工業化功能，和強烈國家意義的公共性有關，包含著重要的國家政治經濟學意義。由於原有口岸城市的私性生活形態逐漸終止，社會主義的公共性被突出強調。在「十七年」文學的表現策略上，人物屬性、生活時間和空間方面的日常性常常在國家公共性的層面被意義化，以表現其向公共性意義的過渡。本文擬就「十七年」的城市功能、私性生活形態的消亡、日常性如何在公共性的層面被意義化，以及其中包含的倫理教化和社會控制意義等幾個方面，對此加以論述。

一、城市私性生活形態的消亡

在中國社會主義初期，國家工業化的前提之一是城市單一的公共性功能，包括政治的、生產的與生活的。但是，社會主義中國城市的公共性並非西方思想家如哈貝馬斯理論原有的含義，而有著強烈的中國語境。

一般來說，「公共」與「私人」概念指的是機構化了的政治權力與外在於國家控制的私人經濟活動與私人生活。事實上，哈貝馬斯提出的「公共領域」更多的是一個對話性空間。它不僅在於資本主義興起後產生的印刷媒體，更在於直接的口語對話交流的個體觀念中。因此，傳統公共性在古希臘城邦時就已產生，即在共享空間中以面對面交流為形式的「公共生活」。文藝復興後以市鎮為主要場所的各種公共領域（如沙龍、劇場、咖啡屋等），構成了資本主義時代由私人領域產生的公共空間。在葛蘭西的表述中，「公共空間」是從屬於其市民社會埋論的，因為市民社會的基礎就是私人生活領域。他將上層建築分為兩種：「現在我們固定兩個主要的上層建築方面———一個可以稱為『市民社會』，即是通常稱作『私人的』有機體的總稱；另一個可以稱作『政治社會』或『國家』。這兩個方面中的一個方面符合於統治集團對整個社會行使的『領導權』功能，另一個則符合通過國家或『法律上的』政府行使的『直接統治』或指揮」。他又說：「我所謂市民社會是指一個社會集團通過像社會、工會或者學校這樣一些所謂的私人組織而行使的整個國家的領導權。」〔註26〕

因此，所謂「公共領域」與「私人領域」，其實都是「市民社會」的產物。如前所述，以上海為中心的現代中國公共領域與哈貝馬斯所說的以歐洲經驗為底色的公共領域有諸多不同：「其在發生形態上基本與市民社會無涉，而主要

〔註26〕轉引自李青宜：《「西方馬克思主義」的當代資本主義理論》，重慶出版社1990年版，第137～139頁。

與民族國家的建構，社會的變革這些政治主題相關」。〔註27〕在解放後的中國，民族國家的建立與國家工業化的完成，並不依賴於此，而是恰恰相反。毛澤東關於國家建設的思想，儘管是關於工業化的部分，他所希望的也是以強大的國家力量保障工業化的進行，並以避開資本主義性——包括經濟金融體制、生活方式消費邏輯與文化意識形態——或者說是反對資本主義性來獲取，有明顯的反資本主義傾向（包括後來的反對修正主義）。德里克曾指出社會主義中國這一情形，他認為，社會主義中國的問題在於全面與世界資本主義分離，因此群眾運動是為了糾正精英主義的政治與官僚體制之弊，自力更生也不是「自絕於現代化」，而文革則是「解決了新興後殖民社會既要發展經濟又要兼顧凝聚社會的窘境，它似乎還解決了經濟進步的資本主義社會與社會主義社會在發展中遇到的異化問題」。〔註28〕這個結論是否符合實際暫且不說，但德里克對社會主義階段反抗資本主義這一點應當說是有道理的。在談到「政治掛帥」時，德里克認為這是「意味著公共價值優先於私人價值」的體現。〔註29〕劉小楓亦認為，中國民族國家的建構方向偏向盧梭的理念，即現代的民主社會主義，強調民族國家的至高無上的權力。〔註30〕由此，在社會主義中國，所謂「公共性」其實是一種國家性。這並非如一些人所說，社會主義中國完全屬於鄉村式社會形態，因為，國家性同樣發生於鄉村，「通過公有化運動，特別是『人民公社』的建立，毛澤東使自己的以農業為主的國家實現了社會動員，把整個社會組織到國家的主要目標之中。」〔註31〕

在城市生活中與國家政治的公共性相對應的是日常性原則。日常性也是一種現代性，它產生於現代市民社會，與英國經驗主義中追求「直接價值的有限合理性」的世俗化傳統有關。在中國，從晚清小說開始，基於私人生活領域的日常生活敘事傳統便在口岸城市的文學中出現，比如鴛鴦蝴蝶派文學中的一夫一妻嚴格的市民倫理就體現出這一點。經由張愛玲、蘇青等人，口岸城市中的日常性敘事已經成為一個小傳統，具有抵制烏托邦意義系統的作用，

〔註27〕許紀霖：《都市空間視野中的知識分子研究》，載《天津社會科學》2004 年第 3 期。
〔註28〕德里克：《世界資本主義視野下的兩個文化革命》，載《二十一世紀》1996 年 10 月。
〔註29〕德里克：《世界資本主義視野下的兩個文化革命》，載《二十一世紀》1996 年 10 月。
〔註30〕劉小楓：《現代性社會理論緒論》，上海三聯書店 1998 年版，第 100 頁。
〔註31〕汪暉：《當代中國的思想狀況與現代性問題》，載《天涯》1997 年 5 期。

這在李歐梵、王德威的論述中多有體現。

在解放後的左翼文學傳統中，消除日常性敘事的標誌性事件是對於蕭也牧《我們夫婦之間》的批判。〔註32〕《我們夫婦之間》明顯具有兩個系統：一是敘事系統，二是意義系統。後者是一番大道理：知識分子與工農結合，以及這種結合在解放後城市中的新狀態；前者則是夫妻兩人——具有鄉村背景的張同志與城市出生的李克之間的衝突，以及張同志最後的改變。作為左翼作家，蕭也牧是從「左翼」立場出發的，他試圖寫出左翼的主題——知識分子與工農的結合。這是一個屬於「公共」的話題，但敘事系統卻表現出日常性原則，從而，敘事系統成為意義系統的反抗因素，「公共性」的話題被日常私性敘事瓦解了。

《我們夫婦之間》發表於《人民文學》第一卷三期。發表後先是獲得好評、轉載，並被拍成電影，〔註33〕但旋即遭到極其猛烈的批判，批判者中有馮雪峰、丁玲、陳湧這樣的大家。〔註34〕以丁玲等人的敏銳，已經覺察出問題的核心是對日常生活進行超驗性意義表達（即所謂公共性意義），還是僅僅以日常性來處理題材。這篇小說之所以成為當代文學中的異數，原因即在於，它第一次在當代文壇上顯示出日常的「私性表現」與左翼關於「革命道理」的公共性表達的分離，也表明了在解放後文壇進行「個人私性」表達的一種企圖。故爾，作品中的城市生活並沒有完全與對城市的資產階級想像合拍，並以「不能要求城市完全和農村一樣的」曖昧詞句對城市作了非階級、非倫理的評斷，而且，甚至將城市中產階級傳統與「大國家」的國民精神統一起來，〔註35〕這無疑構成了對新中國文學公共性表達的抵制。

〔註32〕關於這次事件對日常性敘事的消除，詳見張鴻聲《當代文學中日常性敘事的消亡——重讀蕭也牧〈我們夫婦之間〉，載《中國現代文學研究叢刊》2005 年 5 期。

〔註33〕如白村：《談「生活平淡」與追求「轟轟烈烈」的故事創作態度》，載《光明日報》1951 年 4 月 7 日。同名電影為上海崑崙影片公司拍攝。

〔註34〕批判文章有陳湧：《蕭也牧創作的一些傾向》，載《人民日報》1951 年 6 月 10 日；李定中（馮雪峰）：《反對玩弄人民的態度，反對新的低級趣味》，載《文藝報》4 卷 5 期；葉秀夫：《蕭也牧作品怎樣違反生活的真實》，載《文藝報》4 卷 8 期；丁玲：《作為一種傾向來看》，載《文藝報》4 卷 8 期，等等。

〔註35〕如張同志在民族國家精神上找到了城市日常性基礎：「組織上號召過我們：現在我們新國家成立了！我們的行動、態度，要代表大國家的精神；風衣扣要扣好，走路不要東張西望，不要一面走一面吃東西，在可能條件下要講究整潔樸素，不腐化不浪費就行」。

在批判《我們夫婦之間》的同時，《人民日報》大力舉薦馬烽的短篇小說《結婚》。該作品雖屬尋常農村故事，但《編者按語》認為其「表現了新中國的農村青年，在中國共產黨的領導和教育之下，怎樣積極參加社會活動，怎樣正確處理個人與集體和生活與政治的關係」。《結婚》表現出的是以日常生活展示重大政治意義的模式，因此《我們夫婦之間》的問題並不是在城鄉題材等級上的，而是在日常私性題材中承不承認「私性」合理性的問題。連同早此一年關於「可不可以寫小資產階級」的討論，以及此後對「人性論」、「寫中間人物論」的批判，城市日常性被杜絕。此後的城市文學一方面將筆觸僅僅涉及關於工業化的廠礦題材，一方面將日常性的私人生活領域歸之於社會公共性的敵人。《我們夫婦之間》雖然是以北京而非上海為背景，但上海作為繁榮的口岸城市，在私性生活空間上要比北京明顯得多。我們看到，在此後以批判資產階級私人生活為題的作品中，上海絕對佔據了頭籌。〔註36〕

二、私人生活的資產階級想像

1962年至1965年，新中國話劇創作出現高峰，並由官方組織了大規模的地區性與全國性劇目演出與評獎，並以單冊形式出版，其中以上海城市為背景的有《霓虹燈下的哨兵》、《年青的一代》。有人認為兩齣劇提出了「新人新事新主題」，之所以「新」，是由於「能從常見的生活現象中發現和觀察到階級鬥爭」。這一情形被認為具有突出的時代意義：「在階級鬥爭激烈存在的今天，資產階級思想無時無刻不在影響和腐蝕我們的年青一代。即使是血統工人的後代或者是革命烈士的子女，也免不了會受到資產階級思想的影響。」〔註37〕

事實上，這兩齣劇之「新」在於成功解決了蕭也牧《我們夫婦之間》的「問題」。在《我們夫婦之間》中，日常生活因沒有歸入超驗性意義而備受指謫，而在《年青的一代》中這一情形則得到克服。《千萬不要忘記》作者叢深最初構想寫出一種「批判習慣勢力」的主題，因此初稿定名為「祝你健康」。但經過1963年北京彙報演出，特別是通過學習列寧《共產主義運動中的「左派」幼稚病》和中共八屆十中全會公報，找到了以「階級和階級鬥爭的顯微鏡

〔註36〕叢深的《千萬不要忘記》背景似乎是哈爾濱，雖非上海，但也有口岸城市形態。

〔註37〕賈霽：《新人新事新主題——談一九六三年話劇創作的幾點收穫》，載《戲劇》1964年第2期。

來分析工廠的日常生活」。〔註38〕作者將年青人受到腐蝕而貪戀浮華生活歸於階級鬥爭內容，「這種階級鬥爭，沒有槍聲，沒有炮聲，常常在說說笑笑之間進行著。」〔註39〕這兩個劇本，都將日常生活超驗化為涉及「階級」、「階級鬥爭」等重大公共性意義，如唐小兵所說的：「在於劇本隱約地透露出一種深刻的焦慮，關於革命階段的日常生活焦慮」，〔註40〕也即是說，如何用超驗意義解析日常生活中的私性。

　　首先，日常性生活內容被認定為與「物質」、「欲望」、「身體」和「享樂」相關的人性基本屬性。在《霓虹燈下的哨兵》中，這一特性主要體現資產階級「物慾」。童阿男攜女友林媛媛閒逛馬路、上國際飯店，這在他看來，具有消費上的民主與平等意義：「為什麼國際飯店去不得？解放了，平等……」，但作品顯然並不肯定「物質」具有的超越差異的普遍性意義，而將消費場所看作資產階級生活符號，這與 50 年代左翼傳統是一致的。在連長魯大成看來，跳舞廳、咖啡館都屬此列。而陳喜丟掉春妮織的布襪子，改穿尼龍襪這一著名細節，使「物質生活」與身體及其表達具有了政治公共意義，不再是純粹的私人生活。再如，洪滿堂使用旱煙管，春妮用手娟包「雞子」（雞蛋）並用針線包縫襪子，以及趙大大「黑不溜秋」的身體特徵，都表明了物質與身體具有的農耕文化色彩，在解放區傳統這一點上，獲得了社會主義時代的合法性。《霓虹燈下的哨兵》所表現出的焦慮在於「革命隊伍」在進入上海後接受資產階級生活的恐懼感。當童阿男攜林媛媛去國際飯店時，排長陳喜不僅批准，還按照上海規矩對阿男叮囑一番：「帽子戴正，風衣扣扣好，你是解放軍了，別叫上海人笑話！要錢用嗎？」在這裡，陳喜已經表現出對上海人身份的某種欲求：風衣扣與帽子是軍人形象，而「要錢用」則是上海的生活方式。更可怕的是陳喜在接受上海生活是時顯得平靜，沒有一絲掙扎。在這裡，「錢」、「物」、「消費」以及身體特徵（比如羅克文與林乃嫻「一個戴眼鏡，一個穿高跟鞋，都不是好東西」），都具有階級符號性。在這個隊伍中，陳喜、童阿男與趙大大在劇本結尾時又要赴朝參戰，對於趙大大來說，是將革命傳統帶入新的戰鬥的敘事需要，而對陳喜與童阿男來說，則是需要繼續改造的

〔註38〕叢深：《〈千萬不要忘記〉主題的形式》，載《戲劇報》1964 年第 4 期。

〔註39〕叢深：《千萬不要忘記》，中國戲劇出版社 1964 年版，第 128 頁。

〔註40〕唐小兵：《英雄與凡人的時代：解讀 20 世紀》，上海文藝出版社 2001 年版，第 140 頁。

敘事延伸。文中點明這一點：陳喜縫製了一雙棉手套交給童阿男，這一細節表明了作者對兩人赴朝的某種處理動機，即在生活層面需要不斷被改造。類似的模式還大量存在，比如胡萬春小說以及被改編成電影的《家庭問題》，〔註41〕其中福民在生活、語言與身體方面的特徵，如「留著青年式的頭髮，身穿著長毛絨翻領茄克」，看不上「羅宋帽」，滿口「愛克司」、「未知數」，吃飯時不珍惜食物等，都屬此類。日常性還被等同於與公共性相背離的個人理想生活。艾明之的《幸福》明顯把「幸福」理解為公共的與私人的。《年青的一代》則泛化為「上海」：林育生謀求留在上海。這裡的「上海」是一個泛化指代，即和上海相關的一切工作、生活方式等。

其次，私性生活被視為彌漫於舊上海的「等價交換」資本主義式的價值信仰，其中又包括知識與財富地位的等價性，勞動與報酬的等價性。這原是一種現代社會最基本的市場準則：勞動商品化。林育生、福民（《家庭問題》）與韓小強表現出前者：有了知識必須有相應的社會位置。《家庭問題》中大姨媽對福民中專畢業當工人頗為不滿：「念了十幾年書，出來當工人！要當工人何必下那麼大本錢讀書？你呀，盡做些賠本的生意！」屬於後者的情況有王家有、韓小強，即勞動與報酬的等價性。王家有把請假看成在等價前提下可以被允許的行為：「反正請假可以明扣工錢，廠裏又沒有吃虧！」韓小強的臺詞「八小時以外是我的自由」也含有此類意思。至文革期間，這一寫作模式更廣泛地表現在知青題材以及眾多「社會主義、資本主義爭奪接班人」的主題形態中。在包括上山下鄉、艱苦的工作等題材裏，都大量出現對「等價交換」市場原則的批判。作品強調的是以消除勞動力與勞動成為社會交換的對社會主義公共性的認同。這是一種將生活整體化與有機化的超驗方法，它不允許人的生活被城市各種形態分割，而必經確保人們以單一的公共性完全被融入國家生活之中。

因此，個人私性生活之所以不能獲得肯定，源於其資產階級的符碼指代，在國家公共生活中，它並不完全是私人問題。〔註42〕在作品中這有二點說明，其一是私性生活被理解為舊上海資本主義生活方式遺存，因此在劇中，每一個「受腐蝕」的青年背後皆有一個或幾個反面、落後人物，後者帶有明顯的

〔註41〕小說為胡萬春原著，電影為胡萬春、傅超武編劇，張伐、張良主演。劇本由上海文化出版社1964年出版。
〔註42〕比如《幸福》中的車間主任因為不干涉王家有等人的私人生活而被斥為「官僚主義」。

舊上海痕跡。在《幸福》中，引誘王家有墮落的，是一個綽號「六加一」的醫生〔註43〕，以及一個私營工廠的小老闆。在《年青的一代》中則是一個叫小吳的不良青年，其游手好閒之狀暗示出「家中有錢」；在《家庭問題》中則是具有市儈味道的外婆與大姨媽。在《海港》中，由於文革文學模式的影響，是被處理為「階級敵人」且具有舊上海帳房先生背景的特務錢守維，其舊上海遺存是碼頭上的等級制度，如他所說：「靠我們這些人還能管好碼頭」，以及他作過「外國大班」的背景。

事實上，上述作品所涉及的落後人物，其行為由於符合日常邏輯而顯得較為生活化，因而比之正面形象史容易顯出性格的豐滿與塑造上的成功。比如曹禺就對《千萬不要忘記》中的丁少純這一形象表示出讚賞。他說：「大約一個人物寫活了，他就彷彿可以離開作者的筆下，有了獨立的生命」，〔註44〕其原因在於，丁少純這一人物多少還符合生活的經驗性，而正面人物則完全超越經驗成為一種公共性原則想像的產物。

三、私人生活向公共意義的過渡

日常性生活的意義化、超驗化過程就在這裡：它必經被引向一個進入公共性的路途，將生活細節整合成關於意義本源的元敘事，而克服現代社會應有的「公」與「私」的分離狀態，否則就被批評為「狹小的角度取材，片面追求對人物的細節描寫，片面追求人物性格的複雜性和情節的曲折離奇，捨棄或忽略了重要的方面，而將瑣細的東西加以腐俗的渲染，流露了不健康的思想和感情，或是將我們的生活加以庸俗化」，〔註45〕超驗的過程表現為對個體屬性的全面否定，包括身體、情感與物質生活。這在《幸福》當中已有顯示。《幸福》中的正面人物劉傳豪也有某種屬於私性的生活，比如對收藏郵票有極大興趣，但又被嚴格地控制在規則之內。事實上，作品強調的是他「克制欲望」的含義，而非欲望本身。劉傳豪也深愛著師傅的女兒胡淑芬，

〔註43〕「六加一」代表了在公共性之外個人生活的自由狀態，但這被看成是「主義」之區別：星期一到星期六，他穿制服，看病，他認為這是過社會主義；星期天，他換了西裝，逛跳舞場，找女朋友，就是過資本主義，所以叫「六加一」。

〔註44〕曹禺：《話劇的新收穫——〈千萬不要忘記〉觀後感》，載《文學評論》1964年3期。

〔註45〕張靈、曾文淵、孫雪嶺、吳長華：《一九五九年上海短篇小說創作簡評》，載《上海文學》1960年2期（2月5日），總第5期。

但他壓抑自己〔註46〕。《年青的一代》中林嵐聲稱「不找愛人」，原因是「怕找了愛人丟了事業」。而蕭繼業，則以否定身體來獲取對公共事業的投入〔註47〕，他在私人生活與公共性社會之間建立了一條必然性的關聯線索，從而保證了私人生活的「被意義化」。他斥責育生說：

> 使誰的生活變得更幸福？是僅僅使你個人的生活變得更幸福，還是使千百萬人因為你和大家的勞動變得幸福？你要使日子過得豐富、多彩。對的，我們今天的生活是有史以來最豐富、最多彩的了，但決不是在你的小房間裏，而是在廣大人民群眾火熱的鬥爭裏！

換言之，劉傳豪與蕭繼業都架起一條由私性過渡到公共性的邏輯之橋，因為私性的獲得本身被看作源於公共性保障的一種結果。就像蕭繼業說的：「如果全國沒有解放，像你我這樣的工人的兒子，別說大學畢業了，連命都難保，哪裏談得上你想的那一套個人幸福？」

電影劇本《萬紫千紅總是春》（沉浮、翟白音、田念萱著）以一種較平易的方式，完成了整體社群形態從私人生活到公共意義上的過渡。作品的主題是敘述上海一個里弄日常形態被工業化組織改造為公共生產，在日常性（私性）與公共性（超驗意義）之間表達替代的邏輯關係。在里弄中，徐大媽是有名的烹調高手，擅長配菜，並精通廣東菜、湖南菜、寧波菜的燒製；阿風會裁剪、針線。這原本屬於私性生活技能，只構成人物的家庭屬性。作品中專門交代蔡桂貞——一位淑賢能幹的女性，其全部生活內容是相夫教子。但隨著里弄日常形態向工業化組織的過渡，生活技能逐漸變成公共意義上的生產技能。里弄成立經刺繡組、編織組、縫紉組、紙盒組，徐大媽成為公共食堂的負責人，阿風則成為縫紉組的骨幹。當蔡桂貞參加了里弄生產後，其身份由主婦轉向生產能手，兒子雲生高興地投入母親懷中說：「我知道，媽媽是工人。」這裡並非是女性解放的主題顯現，因為婦女們雖然從家庭中走出，但受制於更為不自由的生產紀律之中。有論者認為該劇反映的是「為爭取婦女解放和家庭制、與大男子主義思想作鬥爭」的主題〔註48〕，實際情形卻複雜的多。

〔註46〕胡淑芬送票給劉傳豪去看自己的演出，王家有為捧胡淑芬卻討票不得，但劉傳豪居然將票讓予王家有。這在戲劇結構上造成「誤會」的喜劇性，在意義呈現上則顯示出劉傳豪壓抑個人慾望的對「私性」的否定。

〔註47〕蕭繼業起初被診斷可能殘廢。

〔註48〕翟白音：《略談上海十年來的電影文學創作》，載《上海文學》1959年第12期。

同樣，茹志娟的《如願》儘管也涉及到街道生活，但其著眼的是生產小組、食堂、托兒所、掃盲班等等公共事物，並作為「大躍進」的一種寫照。〔註49〕作品著眼的是其公共性社會角色，「工人」的含義不在於其經濟與人格上的「獨立」，而在於生產──公共性的勞動。

如同人物屬性上要消除私性而突出公共意義一樣，在空間與時間處理上，這類作品力圖呈現出公共性表達，其基本策略是將時間和空間的日常性在國家公共性的層面意義化。

首先，在場景安排上多為車間與辦公室，既使是私人居室，也多處理為客廳，這樣既可以突出公共性事務，同時也可避免因生活瑣事而導致的日常性生活內容的糾葛。《年青的一代》中三幕場景都設在林堅家，其中兩幕在林家客廳，一幕在林家門前。「客廳」所要強調的透過窗戶所見到的遠處的「工廠」與「近郊的景色」，它使私人居室處於公共場景的包圍之下。在第二幕中，作品以「附近學校傳來廣播體操的音樂聲」構成對門前「休息」、「乘涼」等生活內容的侵犯。空間的公共性與私性在大多數時間會成為「公」、「私」對照的一種暗示。客廳的功能並非日常生活的。這裡幾乎不發生生活起居的情節，其最大意義其實是其會議功能。這是在空間意義上將「公」與「私」整合統一的描寫策略。《年青的一代》、《鍛鍊》等劇涉及對青年人的階級教育的情節都發生在客廳。在《年青的一代》中的結尾，由於眾青年湧入，而使「臺上立刻變得活潑而有生氣」，「幾輛滿載支持邊疆建設的青年卡車隊駛過，傳來了陣陣的歌聲，臺上青年熱情地對他們揮手」。在這裡，敘述的重心由於臺上青年的「揮手」而轉移至室外。室內室外，構成對「知識青年到農村去」這一敘述的呼應性空間。

其二是社區建築的公共性。此期上海題材文學大都以「工人新村」等標準化新社區為空間的展示。《萬紫千紅總是春》是一部為數極少的描寫里弄生活的劇作，但是它突出里弄日常生活形態向公共性形態的過渡，公共生活意義取代私性生活的過程。於是這種轉換頗具有代表性。開頭一段還有關於菜場日常生活的描寫，但馬上，社會公共性內容便將其瓦解：「在建築物的牆上，到處掛著紅布橫幅並帖有許多張大字報、服務公約和清潔衛生公約」。值得注意的還有，里弄居然有一個廣場，甚至於還出現了禮堂這種建築，許多公共性社會動員在這裡發生。因此，劇本不是為了表現里弄生活的個體性，而是恰恰恰相反，是為了表現里弄以個體為主的私性市民生活的消亡。

〔註49〕茹志娟：《如願》，載《文藝月報》1959 年 5 月號。

公共性對私性的瓦解還包括時間敘述。與空間處理相一致的是，公共性時間的建立將私人時間與公共時間在意義闡釋上也構成聯結。我們看到，除了工作時間外，私人時間如何被利用是許多作品的焦點，關於「革命」、「階級教育」、「階級爭奪」等主題恰恰發生於「八小時外」的私人時間中。《幸福》中的王家有、「六加一」，《海港》中的韓小強等青年，其墮落的可能性都與「八小鐘以外」有關，以致韓小強「八小時以外是我的自由」被斥為「這種話像咱們工人階級說的嗎？」韓小強「錯誤」之處在於沒有在「公共性時間」與「私性時間」以「革命」或「集體」的意義建立聯結。叢深談到創作《千萬不要忘記》時，曾指出該劇「還提出了如何安排和組織社會生活的問題，一天有二十四個小時怎麼安排？戲裏讓我們看到把八小時工作安排好，還不能保證不出問題。除了八小時工作，八小時睡覺，最後八小時怎樣安排？安排得不好，就會出去打野鴨子（打野鴨子不要緊，不要陷入泥坑！），就會受到姚母的影響。」〔註50〕正面人物的公共性顯現是把「八小時以外」中的私性取消。《年青的一代》中的林崗與蕭繼業都是由於到開會或出差才偶回一次上海，但來到上海後也並不先回家。《鍛鍊》裏的衛奮華是由於農田出現枯苗病蟲害，在縣農業站解決不了時才回上海。到大躍進時期，這一寫作模式又衍化為工作而加班，取消作息時間等等。

四、公共性建立的倫理學意義

我們看到，在對於城市青年私性生活日常生活的批判中，公共性的勝利是通過對年青人的「教育」來完成的。公共性有很強的烏托邦色彩，而「教育」便成為通向烏托邦理想的一種控制力量。作品中的人物，事實上都是圍繞著「教育」、「感化」這一核心情節而設置，或者是縱向的祖父、父親，或者是橫向的兄妹、朋友、同事。眾多人群圍繞著「教育」、「感化」而存在著等級差別。比如最終完成「教化」任務的，通常為「年青人」的父輩與祖輩。在《年青的一代》中是林育生的養父與犧牲的父母；在《鍛鍊》中感化馬一龍的是馬奶奶；在《霓虹燈下的哨兵》中說服童阿男的是周德貴，即阿男的父執輩；《海港》當中則是馬洪亮──韓小強的舅舅。通常這種現象被理解為「父權」的社會組織基礎，比如唐小兵便認為《千萬不要忘記》中的丁海寬

〔註50〕叢深：《〈千萬不要忘記〉主題的形成》，載《戲劇報》1964 年第 4 期。

與丁爺爺的出現表現了「以父權為基本組織原則」。〔註51〕這種看法無疑是正確的，但問題並不止於此。事實上，在「墮落的年青人」身旁，還有相當多的同輩，比如：蕭繼業、劉傳豪、林嵐，衛奮華、福新等等。雖然他（她們）並不構成「感化」、「教育」情節的核心力量，但無疑，其設置不可能沒有考慮。這至少說明，「感化」、「教育」本身是一種社會控制力量，並因此導出有關「控制」的組織化形式，父輩與同輩都只構成「控制」組織化形式中的一員，而非全部。

關於「控制」的組織化形式並非有形的社會力量，它並沒有產生於現代組織社會中。關於社會組織，韋伯認為，現代社會是組織社會，「經濟的生產借助合理核算的企業家而成為資本主義式的，官方的管理借助於有法律教養的專業官員而成為官僚主義化的，這樣，這兩樣活動就按企業形式或機關形式組織起來」〔註52〕韓毓海對此解釋說：「人的社會成為一個客觀化的自我控制的系統，它像機器一樣自行運轉，因而人類普遍價值和主觀情感很難對它進行干涉。當然它也不是將人類普遍價值完全排斥掉，而是對其篩選後，將它消解為一系列的客觀化的社會功能。這樣人類普遍價值就被客觀化、工具化、功能化、或者說是形式化」。〔註53〕很顯然，價值的「客觀化，工具化，功能化」與倫理化的意義是相反的，也即是說，源於消除城市日常性消除的「意義化」並不來源於現代社會的社會組織原則，而源於一種「非組織」的原則。

個體權益的法律制度保障在「控制」的組織化形式當中完全被排除掉，比如韓小強，王家有等人的行為並不觸及任何制度，但仍然成為「意義」的敵人。最明顯的是《年青的一代》，當蕭繼業指責林育生時，林育生對他一連串的反問，如有無個人幸福？個人慾望是否違法？國家利益是否只有到邊疆一途？這三者皆涉及到個人權益及其國家、法律的保障問題，但蕭繼業無任何正面回答。當林育生質問蕭繼業「按照自己的願望自己的理想過生活，

〔註51〕唐小兵：《〈千萬不要忘記〉的歷史意義：關於日常生活的焦慮及其現代性》，《英雄與凡人的時代——解讀 20 世紀》，上海文藝出版社 2001 年版，第 147 頁。

〔註52〕哈貝馬斯：《交往行動理論》第 2 卷，洪佩郁、藺青譯，重慶出版社 1995 年版，第 398 頁。

〔註53〕韓毓海：《從「紅玫瑰」到「紅旗」》，上海遠東出版社 1998 年版，第 49 頁。

這又有什麼不合法的呢？」蕭繼業王顧左右而言他：「又是自己、自己！開口自己，閉口合法，你究竟把國家和集體利益放在哪兒去了呢？」很顯然，在蕭繼業看來，「合法」的東西不一定都有「意義」，「意義」並不在法律的概念上，也不在制度化的社會組織上。因而，蕭繼業一套關於國家的說教根本無法說服林育生，能夠感化林育生等人的是父輩的英勇犧牲的事蹟與祖父輩的倫理性意義。「國家」在這裡已經被虛化，倫理特徵上升為實體。也就是說，作為社會「控制」，其遵循的仍舊是倫理化原則。

從「教化墮落的年青人」的人群當中，我們依稀可見辯識出父祖輩與同輩的倫理背景，這樣一來，鄉村文化的面貌便漸漸呈現出來，而關於「父權」控制的說法也有了依託，因此，鄉村——倫理構成穩定的價值體系上的關聯。

我們看到，具有倫理權威的人物都有明晰的鄉村背景。比如《霓虹燈下的哨兵》中的洪滿堂（其體現的文化符號是不具有太多智力因素的伙夫職業與物質符號「煙袋簡」）與春妮，在《海港》、《火紅的年代》中是具有工人與農民雙重身份的馬洪亮與田師傅，《鍛鍊》中是馬奶奶（其雖在工廠工作，但沒有職業化色彩，突出特徵是「管閒事」）。居次等的父輩倫理權威人物，雖不是來自鄉村，但也有一種「非城市」或「非上海」的特徵，如《年青的一代》中的林堅與《鍛鍊》中的姚祖勤，雖然家住上海，但工作地點都在外地，因此，「控制」的權力基礎仍是鄉村文化的倫理性。蕭繼業等正面青年形象也仍然是鄉村倫理文化控制的產物，其與林育生的不同點在於，一者被迫接受教化，一者自覺認同。通過以上鄉村背景人物，在其公共性超驗意義之上，作品與鄉村之間建立了連結關係，這在作品中有兩種模式呈現：一者是馬洪亮等人進城，將鄉村倫理文化帶入上海，構成倫理結構與「控制」力量的完整性；一者是上海青年到鄉村去，進入一種鄉村文化。後者，已經成為某種理念化產物，以至於「鄉村」本身便成為某種意義所在。比如《家庭問題》中，與貪圖享樂的福民相對應的廠長女兒小玲，一出場就在宿舍前空地上刨地，一把鋤頭總在身邊；爾後又主動要求去農村，特別是北方農村去鍛鍊。在《年青的一代》中，對公共性的認定存在著地域與職業上的等級因素，對於林嵐來說，她關於理想的等級因素明顯地表現為電影學院——農學院——農村——井岡山農村，對蕭繼業來說則是上海——「山溝」——邊疆的「山溝」。類似的情況還有《鍛鍊》中的衛奮華、姚慧英與《不夜城》中的張文錚。

在以國家公共性抵抗城市日常性主題的作品中，上海是一個反覆在文學中出現的城市，而鄉村，在公共性方面，則被賦予等級上較高的想像性意義。究其原委，在於新中國國家公共性與鄉村組織的同構。由於新中國並沒有產生現代意義上的「公共領域」，因此，公共性所要借助的思想資源，只能是傳統倫理價值。當然，這裡也存在著對於鄉村的「想像」，即對於鄉村在公共性意義上的普遍性化、統一化原則，因為它一開始就被排除了鄉村的美學的、宗族的、小生產的、非組織的種種意義。

第三節　「十七年」文學：城市現代性的另一種表達

對 20 世紀中國城市文學的研究已經蔚為大觀，但也隱含著巨大的不足。其最明顯的問題是「斷代」，即對 1949～1976 年間城市題材作品研究的嚴重缺失。從表面上看，導致這一情況出現的原因是，這一時期的城市題材多數並不表現甚至是有意迴避城市文化形態。如果將城市文學看作對城市形態的表現的話，這一時期自然很難談得上有著獨立形態意義的城市文學。在各種當代文學的著述中，城市題材作品往往被忽略，或者被肢解在「廠礦文學」、「文革」文學等中作簡單地描述。一般情形中，這些作品被當作了「工業文學」。但從更深層次上講，「斷代」的問題其實另有原因。近年來，中西方學界都有「文學中的城市」概念的提出。按照這個說法，「十七年」時期的城市題材，雖然不是嚴格意義上的城市文學，但肯定也存在著對城市的表述。只是，目前學界對於城市文學研究的最大策略是城市現代性闡述，但這種「現代性」，又僅僅被理解為口岸城市的日常性、消費性、公共領域、市民文化之類。對「十七年」城市題材的文學，顯然無法使用這一研究策略。由於沒有相應的研究方法，即使納入研究之列，也無法研究西方的梅斯納〔註54〕、德里克〔註55〕，中國的汪暉〔註56〕、劉小楓等學者都曾指出，該時期中國社會仍然具有某種特殊的現代性。應當說，這一時期的城市現代性並不缺乏，甚至還非常強烈。在 20 世紀 50 年代之初，中國口岸城市原有的現代化過程與新中國的

〔註54〕見梅斯納：《毛澤東的中國及其發展——中華人民共和國史》，張瑛等譯，社會科學文獻出版社 1992 年版。
〔註55〕見德里克：《世界資本主義視野下的兩個文化大革命》，《二十一世紀》1996年 10 月。
〔註56〕見汪暉：《當代中國的思想狀況與現代性問題》，《天涯》1997 年 5 期。

國家使命之間，有著某種邏輯上的銜接：「民族國家的建構有兩種基本類型：資本主義式的和社會主義式的」，「社會主義民主式的民族國家的理想，源流於法國啟蒙運動，它同樣是現代性的一種構想。中國的社會主義建設是現代性方案之一」〔註57〕。事實上，不管是「新民主主義」還是「社會主義」，都是一種現代性過程。前者是後者的基礎，後者是前者的延續。情形也如有些學者所說，「恰恰是根據典型的現代化理論，社會主義的人民中國不但在現代化的生產力方面，而且在整個社會結構特別是社會動員方面，也是充分『現代的』」〔註58〕。不過，這種現代性特徵與此前與此後都不同。新中國的國家現代化理想，被限定在了某一層面，即「社會主義」性質的現代化，而遠非現代性的全部含義。與產生於市民社會之上的資本主義國家相比，某些後發國家的現代化進程，採用具有極強「公共性」的社會主義制度。國家「公共化」因素的加入，使中國現代化的設計有了某種獨特性質。

中國當代城市的特性由此被確定。在新中國的現代性設計裏，已經勾畫出了新中國城市的「社會主義」性質。即：一是「公共性」，「也即集體化和公有化」。這當然首先是生產資料、所有制的「公共性」，但同時也「指全社會個人及其財產、思想、情感、話語都屬於集體，服從於集體」〔註59〕。二是以工業化為現代性的核心，甚至是唯一內容。「公共化」和工業化是相輔相成的關係，也即，「公共性」保證了社會主義的工業化方向，而工業化則是社會主義「公共性」在經濟上的表現形式。只是，在以「公共性」為基礎的社會主義工業化的概念中，口岸城市原有的自由經濟、豐富多彩的消費性、日常生活內容，都在某種程度上被視為國家現代化的障礙。因此，「十七年」中國的城市現代性設計包含了三個方面：首先，必須排除口岸城市原有歷史線索的多元性，尋找到城市歷史起源與發展中的「左翼」主導意義——也即社會主義的線索；其次，在城市現代性中，只有其符合社會主義工業化的一面才被許可存在；第三，城市的資本主義私人性、消費性的日常生活，必須被「公共性」加以改造甚至剷除，以保障高速的社會主義工業化進程。因此，城市的「左翼」性質、城市的「公共性」和工業化，便是「十七年」城市現代性的

〔註57〕劉小楓：《現代性社會理論緒論》，第388頁，上海三聯書店1998年版。

〔註58〕韓毓海：《20世紀中國：學術與社會·文學卷》，第240頁，山東人民出版社2001年版。

〔註59〕王一川：《中國現代的卡里斯馬典型》，第160頁，雲南人民出版社1994年版。

基本內容。當然，這也構成了這一時期文學城市敘述的基本原則。

筆者曾經歸納了近代以來上海等城市形象的兩大譜系：一是城市脫離殖民體系獲得解放，二是城市在近代化、工業化進程中包含的現代性價值〔註60〕。辯證地看，「十七年」文學對城市的表述，也承續了上海開埠以來中國城市形象的譜系，並將現代性譜系嫁接於社會主義國家意識形態的圖景之上。但是，「十七年」文學只將城市表述為「公共性」的大工業生產樣態，並規定為唯一的城市意義，而將其他的現代性意義消除，也就忽視了城市原本具有的多元形態。

一、「左翼」的城市起源與歷史

「十七年」文學對於城市社會主義現代性的認定，首先在於對城市歷史「左翼」性質的確立。以上海為例。1959 年，在經歷了 10 年的經濟建設之後，對於上海城市社會主義特性的認識，開始成為一個國家話題〔註61〕。在官方的影響下，上海全民都參與到討論之中。其中，關於上海的「左翼」歷史線索是討論的核心，即：舊上海不僅是「冒險家的樂園」，同時「又是我國工人階級最集中的地方，是中國革命的搖籃，上海的工人階級在黨的領導下一直在進行著鬥爭。上海的工人群眾是有光榮的革命傳統的」〔註62〕。很明顯，這種對於上海城市起源和歷史的基本看法，脫胎於中國近代史意義的意識形態。其隱含的潛在話語是：「紅色血統」是近代城市的基本歷史線索，並與新中國城市在現代性邏輯上形成關聯。對於城市敘述來說，要賦予其「紅色的」意義，必須將它置於「革命史」的範疇裏。在這裡，「革命」不僅是一場運動，一種意識，更構成了城市「時間」的本質。因為「『革命』的最初意義及其仍然擁有的基本意義，是圍繞一個軌道所做的進步運動，以及完成這一個運動所需要的時間。歷史上的大多數革命都把自己設想成回歸到一種較純淨的初始狀態，任何一貫的革命理論也都隱含著一種循環的歷史觀，——無論那些

〔註60〕《上海文學》、《文藝月刊》、《收穫》等刊物中均有大量文章發表。1959年，特寫集《上海解放十年》出版。上海文藝出版社出版《上海十年文學選集》（1949～1959），包括了各種文體結集共十種。

〔註61〕《上海文學》、《文藝月刊》、《收穫》等刊物中均有大量文章發表。1959年，特寫集《上海解放十年》出版。上海文藝出版社出版《上海十年文學選集》（1949～1959），包括了各種文體結集共十種。

〔註62〕姚延人、周良才、楊秉岩：《歡呼〈上海解放十年〉的出版》，《上海文學》1960 年 4 期。

前後相繼的週期被看成交替式的（光明、黑暗），還是根據一種較系統的進步學說被看成有象徵意義的螺旋式上升」〔註63〕。城市起源與進程，構成了一部完整的「左翼」政治史，或者說就是一部黨史。於是，城市的「紅色敘事」大規模出現了。

中國共產黨的建立是上海「左翼」歷史的起點，話劇《戰上海》劇中人所說的「多好的城市，我們黨就誕生在這裡」這句話，直接點明了中共黨史的上海淵源。因此，直接選取中共一大會址與龍華古塔為場景是常見的情況。如果出現南京路或外白渡橋等場景，則是著眼於反殖民主義的鬥爭。電影劇本《聶耳》中先後出現的外灘、寶興路、龍華、碼頭、江灣市政府，等等，基本上就是一部空間意義的革命史。此類詩歌有肖崗《上海，英雄的城》、黎家《星光從這裡點燃》、仇學寶《龍華古塔放歌》、謝其規的《上海抒情・大廈》。這種情形，在1959年出版的《上海十年文學選集・詩選》和1980年出版的多人詩集《啊，黃浦江》中體現得非常集中。敘事類作品更多。話劇《霓虹燈下的哨兵》以南京路為場景表達「紅色血統」，將南京路歸之為殖民者、「國民黨反動派」以及「革命同志和工人兄弟」三種線索。也就是說，即使是「南京路」這樣的資產階級符號，「革命」也具有本地性。在《戰上海》中，上海的「紅色血統」作為隱性線索，一直伴隨著整個劇情：作品中的解放軍軍長曾在北伐戰爭時組織過上海工人運動，是作品中黨史的人格化體現；上海工人家庭出身的班長趙強，可以看作上海的第二代革命者。對於後兩者來說，進攻上海其實就是「上海回到我們手中」。所謂「回到」，意味著其原本就是「我們的」。作品甚至還強調了趙強「從小就生長在這裡」的本地人身份。還有，早年與軍長一起從事上海工運的同事林楓，其地下黨身份，更說明了上海「左翼」政治線索的本地性質。三個人的會合，構成了紅色力量分別以外在和內在形式的「回歸」。除了「回歸」，城市「左翼」史還有一種形式。杜宣的話劇《動盪的年代》構築了「上海─九江─南昌─湘贛蘇區」的政治空間結構。這更像一種「倒尋」。劇中人從上海逐漸深入到蘇區腹地，直接與蘇區的紅軍活動相連。後者當時是中共活動的中心。為了體現城市的「紅色血統」，大量以民族資產階級從掙扎到破產為總體敘事的作品，如《上海的早晨》（周而復）、《不夜城》（于伶）、《上海灘的春天》（熊佛西）、《春風化雨》（徐昌霖、羽山）等，都硬性加入了無產階級的建黨、罷工等情節。這一點似乎與茅盾的

〔註63〕卡林內斯庫：《現代性的五幅面孔》，第27頁，商務印書館2002年版。

《子夜》有相似之處。《上海的早晨》中的湯阿英、《上海灘的春天》中的田英、孫達與《不夜城》中的銀娣夫婦，在解放前都參加過反抗資本家的鬥爭，並在解放後成為新時代的幹部。既構成無產階級左翼歷史的線索，又是新中國城市政治性質的說明。與此相伴隨的是城市資本主義性質的逐漸弱化。《上海灘的春天》中的王子澄、《不夜城》中的張文崢等人物，其背叛家庭的行為，都說明了這一點。但這種表現顯得非常說教。由於「左翼」政治敘述在文本結構上一直與資本家經營活動的情節游離，不免有概念化圖解之嫌。

　　表現北京、廣州的作品當然也有相似之處。在歐陽山的《三家巷》中，廣州西關的周、何、陳三家頗有代表性。在空間上，何家的舊式大宅、陳家的花園洋房和周家的竹筒式平房共處一巷，構成了城市無產階級、官僚地主與買辦資產階級三條線索。如歐陽山所說，包括《三家巷》、《苦鬥》在內的系列小說，是要反映「中國革命的來龍去脈」。《三家巷》開頭對於三家巷歷史沿革的講述，從三家「五重親」（即表親、姻親、換帖、鄰居、同學五種關係）的因緣際會開始，但在講敘到周炳一家的時候，「五重親」關係被階級關係替代。因此，《三家巷》開始是民間敘事，之後成為現代性「革命」敘事。不過，由於這些城市的近代產業工人較上海缺乏，其「左翼」歷史的主題表達，顯然處於較弱小的層級。比如以北京為題的作品，多將城市與北京之外的紅色革命史作修辭上的橫向連接。因此在體式上，詩歌作品也遠遠多於敘事類作品。以天安門為場景的詩歌作品，往往將其與人民英雄紀念碑上表現新民主主義革命的巨型浮雕形成意義連接，而不是向北與端門、午門、景山、地安門構成古典性城市的意義，從而將城市空間轉向了對於「左翼」革命史的時間聯想。如郭沫若的《五一節天安門之夜》、臧克家的《我愛新北京》、蕭三的《毛主席來到天安門》、朱子奇《我漫步在天安門廣場上》、徐剛的《天安門組詩》，等等。這種表達上的微妙，使得「北京」承載的「左翼」史意義只能以詩歌式的跳躍、遠譬來進行。否則，「左翼城市史」或者「左翼國家史」的敘述目的就無法完成。而北京本地最主要的「左翼」城市史，是自五四以來的進步學生爭取自由、解放的傳統。因此，五四運動，特別是「一二九」運動，成為《青春之歌》等敘事類作品最常見的城市「左翼」歷史注腳。

　　闡釋城市「左翼」歷史的作品，對於歷史時間進行了符合「左翼」政治革命各個歷史階段的劃分。這是一種現代性時間狀態，構成了完整的「黨史」時間意義。在這種時間敘述中，「代際」成為一種重要敘述範式。在古典敘事中，

「代際」往往構成循環歷史觀，但在「十七年」文學中，常見以人物家族、家庭的「繼承」故事，但由於代際關係與中國近代政治相連接，也就成了現代性的「左翼」城市敘述。《三家巷》開頭還頗有「分久必合、合久必分」的循環歷史觀痕跡；之後，線型的現代性時間意識開始出現。在各類文本中，工人階級的家族歷史與城市重要的政治事件，在時間上是完全迭合的，並形成倫理與政治主題的同構關係。兩者互為強調，使「左翼」敘事主題更加鞏固。一般來說，代際線索往往是在父與子之間（親生父子）或隱性的父子（養父母、養子）之間，也包括擴大了的「父子」關係如叔侄、舅甥、師徒，等等。比如歐陽山的《三家巷》，胡萬春電影劇本《鋼鐵世家》、話劇《一家人》，艾明之的小說《火種》、電影劇本《黃浦江故事》，錢祖武的話劇《鍛鍊》等。但也有像《我的一家》、《為了和平》（柯靈）、《七月流火》（于伶）一類的作品，將代際之間的「事業繼承」線索放在了夫妻之間。事實上，夫妻關係，也被置於革命繼承意義上的代際關係中。夫（或妻）之於妻（或夫），也體現著「父」的角色。《青春之歌》雖然沒有代際與夫妻關係，但在林道靜與盧嘉川、江華之間，有某種「尋父」意味。在敘事功能上，作品還以某種體現革命傳導性的「介質」來體現「事業繼承」。常見的「介質」有「血衣」、「遺書」等上一代遺留的紀念性物品。較典型的是《年青的一代》中的林育生生身父母的「遺書」和京劇《海港》中階級教育展中的「槓棒」。

「十七年」文學作品將舊城市作為背景，是表現城市「左翼史」的起源。但「左翼史」的終極指向，是為了表達新中國城市的社會主義現代化圖景。杜宣創作於 1959 年的「大躍進」時期的話劇《上海戰歌》，雖然也是解放上海的題材，但與《戰上海》就不完全相同。作者稱其主題是表現「軍政全勝」。「軍」當然指的是佔領的意思；所謂「政」，即保護上海的現代工業設施。因此，劇本將工人護廠的情節作為了重點。也就是說，在深層意義上，社會主義生產性是城市「紅色血統」的最終指向。這裡隱含著上海作為無產階級城市「左翼」性質的完整意義，即城市史既是新民主主義的，也是社會主義的；既是「革命」的，也是「生產」的。胡萬春等的話劇《一家人》也是「大躍進」時期的工業題材作品，在劇本第一場的場景中，專意設置了一棵銀杏樹下的「本地老式房子——小工房」的場景。劇中楊家的第一代工人因研究發動機裝置而遭英國人毆打，死於銀杏樹下。這個場景既是對上海「左翼」歷史的重溫，又是「為中國工人爭一口氣」這一關於新上海社會主義工業化圖景

起點的憧憬。前者是城市「左翼史」的源頭，後者是城市「左翼史」的結果。兩劇都創作於「大躍進」時代，可以看出當時對社會主義城市工業生產意義的強調。在北京文學方面，由於舊北京相對缺少殖民歷史，加之新北京的首都地位，對於「新北京」社會主義政治特性的表現相對直接。比如將北京與莫斯科、哈瓦那等城市直接進行比附，如鄒荻帆的《兩都賦》、田間的《北京——平壤》、韓憶萍的《北京——仰光》，作品名稱就提供了一個最直接的對應；或者是出現具有社會主義國際政治意義的建築空間，如北京的中蘇友好大廈（如「金塔的紅星」一類的詩句），對城市性質加以確認。與此相應，北京的傳統形態往往被弱化。在敘事類作品中，老舍的話劇雖然還是較多地出現北京舊城的傳統社區，但也表明了建立社會主義現代性敘事的訴求。劇本情節的發動與推進，依靠的是社區之外新社會的群眾運動。《龍鬚溝》一劇的後半部分，也有從大雜院轉向社會主義街道和廣場的空間敘述企圖。類似艾青的《好！》、馮至的《我們的西郊》、韓憶萍的《東郊之春》、鄒荻帆的《北京》、顧工《在北京獲得的靈感》等詩歌，則將空間敘述從北京老城轉向充滿現代性的郊外新城工廠區。以舊城市為敘述起點，以新城市的未來工業化圖景為終點，是一種完整的社會主義城市政治邏輯。

二、社會主義城市的「公共性」表達

需要辨析的是，20 世紀 50 年代後中國的所謂「公共性」，並非歐洲意義上的「公共領域」，而是表現出一種國家特徵。在「十七年」文學中，真正公共性的表現，只存在於反對官僚主義等「干預」類作品中。在《組織部新來的青年人》、《本報內部消息》、《科長》、《改選》等篇的報社、工會等機構中，官僚主義對於真正的公共利益形成壓制。而按照哈貝馬斯的說法，報社、工會是典型的對話性公共空間。這一類作品也試圖建立一種真正的公共性社會生活。林震、曾剛、黃佳英、老郝等人，都表現了「群眾」基於個體政治利益的訴求。這些作品遭到批判，說明了真正個體意義的政治公共性在當時還沒有建立起來。事實上，「十七年」文學的「公共性」表達，只是集中於其對日常生活的管制方面。所以，在當代之初的文學中，只有將日常生活與重大「公共性」問題相連才是被允許的，否則就會被指責為「趣味」、「噱頭」乃至「歪曲」。

日常生活敘事本是自晚清以來城市文學的一個傳統。既與「左翼」敘事不同，也有別於五四新文學的啟蒙敘事。創作於 1949 年的《我們夫婦之間》

是這個傳統的最後一個承繼者,當然,也是終結者。蕭也牧被認為是第一個試圖表現新中國城市生活的作家。有論者認為,蕭也牧「敏銳地感覺到了生活環境的變化與人的精神生活要求的關係」〔註64〕,它的被批判表明了「進入城市的革命者和左翼文學家對於城市,也對於產生於都市『舊小說』的深刻疑懼」〔註65〕。這些結論無疑是正確的。但是,僅僅從城市題材方面去理解《我們夫婦之間》還不夠。儘管解放區文學傳統對表現城市的確存在著某種禁忌,但事實上,城市題材在整個「十七年」時期仍然大量存在。這種禁忌,主要不是題材問題,而是要表達什麼樣的意義。即:城市題材表現出的是社會「公共性」問題,還是日常性問題?《我們夫婦之間》恰恰因為沒有將日常生活以「公共性」主題來敘寫,而是遵循了日常性原則而遭到批判。在同一時期,還發生過關於「可不可以寫小資產階級」的爭論和對「人性論」、人道主義、「寫『中間人物』論」的批判,城市文學的日常性書寫傳統被規避。因為,「人性」、「中間人物」都是一種日常生活狀態。此後的城市題材作品,都把從日常生活洞悉重大政治問題作為寫作模式。《霓虹燈下的哨兵》、《年青的一代》等後來的劇作就「克服」了蕭也牧《我們夫婦之間》日常性寫作的「弊病」,從日常的「新人新事」發現了「新主題」:「能從常見的生活現象中發現和觀察到階級鬥爭」,因而被稱之為「社會主義教育劇」。叢深創作《千萬不要忘記》的立意在於以「階級和階級鬥爭的顯微鏡來分析工廠的日常生活」〔註66〕,把年青人的生活欲求放大到階級鬥爭的「公共性」視野:「這種階級鬥爭,沒有槍聲,沒有炮聲,常常在說說笑笑之間進行著」〔註67〕。唐小兵在討論《千萬不要忘記》時說:「劇本隱約地透露出一種深刻的焦慮,關於革命階段的日常生活焦慮。」〔註68〕這就是所謂「新主題」的真實含義。

　　將城市日常生活轉化為「公共性」意義表達的原則是,生活細節必須要被縫合成關於「公共性」的意義。茹志鵑的《如願》中的何大媽、《春暖時節》

〔註64〕陳曉明主編:《現代性與中國當代文學轉型》,第150頁,雲南人民出版社2003年版。

〔註65〕洪子誠:《中國當代文學史》,第130頁,203頁,131頁,北京大學出版社1999年版。

〔註66〕叢深:《〈千萬不要忘記〉主題的形式》,《戲劇報》1964年4期。

〔註67〕叢深:《千萬不要忘記》,中國戲劇出版社1964年版,第128頁。

〔註68〕唐小兵:《英雄與凡人的時代:解讀20世紀》,上海文藝出版社2001年版,第140頁。

中的女工靜蘭，艾明之《妻子》中的韓月貞，還有電影劇本《女理髮師》、《萬
紫千紅總是春》中的家庭女性，從表面上看，都因勞動獲得了人的「尊嚴」。
但其實，這種「尊嚴」只在於勞動具有了「公共性」，勞動者成為了「公家人」
才能得到。比如何大媽上班一定要帶上「一隻鋼筆」、「一個登記本」、「手提
袋」。雖然完全派不上用場，但卻是「公共性」勞動的符碼，這使她格外看重。
在這裡，「家務」對於人的尊嚴似乎沒有意義，因為其屬於私人屬性。何大媽
做了一輩子家務，居然算不得「勞動」！但仍然是「家務」，在與「公共性」
發生關聯時又有了意義。《妻子》一篇中韓月貞等女家屬慰問在鋼廠做爐工的
丈夫們時說：「第一，讓男同志吃得好，穿得好，睡得好；第二，保證做好家
務，帶好孩子」。由此看來，作品表現「勞動」是次要的，重要的是表現「公
共性」的「勞動」。這是一種整體性的敘述方式，取消了現代社會應有的「公」
與「私」的分離狀態，包括「公共空間／時間」與「私人空間／時間」的邊
界。否則，就會被批評為「狹小的角度取材，片面追求對人物的細節描寫，片
面追求人物性格的複雜性和情節的曲折離奇，捨棄或忽略了重要的方面，而
將瑣細的東西加以腐俗的渲染，流露了不健康的思想和感情，或是將我們的
生活加以庸俗化」〔註69〕。在這裡，「瑣細」、「細節」指的是文學的原始材料，
但如果不能做「公共性」的處理，便是「庸俗」。李天濟的電影劇本《今天我
休息》就是一個在時間上抹去「公」、「私」分離的典型樣本。相反，話劇《幸
福》（艾明之）中的王家有、「六加一」，話劇《千萬不要忘記》的丁少純，還
有京劇《海港》中的韓小強，其缺乏社會主義的「公共性」，即在於過分強調
「八小時以外」的私人屬性。電影劇本《六十年代第一春》中更有一個女工，
綽號「標準鐘」，因為其下班過於準時，從不加班。劇中經常出現她「已經穿
好大衣，掏出梳子梳了梳頭髮，正要往外走」的下班情形。這一情形還大量
出現在工業生產、「知青」、「爭奪接班人」等題材中。

　　個體性意義，包括身體、情感、性格、家庭屬性與物質性，等等，都被
「公共性」主題全面否定。我們以正面人物身體上的「公共性」特徵為例。
通常，「公共性」表達並不意味著否定一般意義上的身體，只是反對屬於個
人「肉體」的生物學與消費意義，比如衣、食等消費行為以及「性」的要求。
張鉉的小說《上海姑娘》就表明了對於時裝、燙髮化妝品等口岸城市消費品的

〔註69〕小說為胡萬春原著，電影為胡萬春、傅超武編劇，張伐、張良主演。劇本
　　　由上海文化出版社 1964 年出版。

強烈貶斥。一般而言，只有在指涉到資產階級生活時，身體的生物性、消費性書寫才是被允許的。恰如《霓虹燈下的哨兵》裏林乃嫻自稱的「我做人，向來是吃飯睡覺，不問天下大事的」。落後階級是沒有「公共性」的。《上海的早晨》描寫徐義德等人的身體物質享用，儘管篇幅巨大，但仍然被允許，是因為「物質性」恰恰強化了對資產階級政治「腐朽」的表現；馮永祥、江菊霞等人身體的「派頭」，也是資產階級掮客慣有的政治性格。或者如張科長那樣，物質享用成為政治墮落的開始。類似的例證還有《霓虹燈下的哨兵》中有關陳喜「襪子」的細節。而「公共性」的身體，被認為是勞動「工具」，而且是「公共性」的勞動工具。其所要服從的，是「公共化」的國家社會生活和工農業勞動。因此，即使有身體敘述，也必須小心翼翼地進行。在《我們夫婦之間》的結尾，張同志開始在集會和遊行時注重衣著了。本來，這有著身體美學的意味，也是中產階級色彩的市民倫理，屬於張同志的市民化過程，但作者還是將其轉化為了「公共性」敘述：「組織上號召過我們：現在我們新國家成立了！我們的行動、態度，要代表大國家的精神」。《上海的早晨》中，湯阿英穿著簇新的紫紅對襟小襖和藍色嗶嘰布西式女褲，頭髮燙成了波浪式，但這一裝束，是為了出席在中蘇友好大廈舉行的公私合營的國家慶典。身體美學有了政治合法性。

身體雖然具有肉體屬性，但也會演變為極端的「公共性」主題表達，只有在涉及「公共性」人物因獻身事業「受虐」時，人的肉體屬性才出現。洪子誠曾說：「在『樣板』作品中，可以看到人類的追求『精神淨化』的衝動，一種將人從物質的禁錮、拘束中解脫的欲望。這種拒絕物質主義的道德理想，是開展革命運動的意識形態。但與此同時，在這種禁慾式的道德信仰和行為規範中，在自覺地忍受（通過外來力量）施加的折磨，在自虐式的自我完善（通過內心衝突）中，也能看到『無產階級文藝』的『樣板』創造者本來所要『徹底否定』的思想觀念和情感模式。」〔註70〕也就是說，身體的「自虐」是一種「公共性」人格的「自我完善」行為（比如作品中經常出現的「帶病加班」等）。由於身體是服從於「公共性」需要的，幾乎所有身體的「受虐」都發生在正面人物甚至是英雄人物身上。而且，身體受虐的程度也與「公共性」實現的程度成正比例關係。《年青的一代》就以身體是否真的「有病」來做出

〔註70〕比如《幸福》中的車間主任因為不干涉王家有等人的私人生活而被斥為「官僚主義」。

人物是否具有「公共性」人格的判定。蕭繼業雙腿患重病以至幾乎要被鋸掉，是因為長期的野外勘探工作；而林育生聲稱「有病」，卻沒有任何病理和病狀，只是向組織上提出「留在上海」的藉口。在這裡，身體是否真的有病，成為了人物「正面」與「落後」的區分。

　　與「公共性」人格相聯繫的還有人物家庭屬性的缺乏。我們看到，在一些典型的「公共性」表達的作品中，人物多數都未婚或婚姻狀況不明。《年青的一代》中的蕭繼業沒有父母、姐妹也沒有戀愛對象。惟一的親人奶奶與他只是構成「公共性」政治的代際繼承關係，而不是日常生活層面的贍養關係。還有一些人物雖有家庭，但家庭屬性極弱。此劇中的林崗，還有話劇《鍛鍊》中的姚祖勤，雖有家庭，但常年在外地工作，只是偶而回到上海。「逃離城市」的現象更強化了人物的「非家庭化」特徵。與此相似，「戀愛」題材雖然並沒有被完全杜絕，但也並非表現「欲望」，而只是強調「克制欲望」的含義。《幸福》中的劉傳豪深愛著師傅的女兒，但他壓抑著自己，甚至不惜違背人倫，支持情敵〔註71〕。類似的情況還有《千萬不要忘記》中的季友良，等等。而作為女性人物，「未婚」或「婚姻不明」則還有另外一種隱喻意義。因為「未婚」當然意味著「無性」，表明了她們獻身的「公共性事業」的純潔性。《年青的一代》的林嵐不僅離開了家庭去了井岡山農村，而且「不找愛人」，原因是「怕找了愛人丟了事業」。其所指的「事業」，顯然不是個體意義的。即使是有婚姻或戀愛行為，也要高度服從於「公共性」的事業，有時甚至是以「事業」來否定婚姻意義，從而保證私人生活完全被「公共化」。田漢的話劇《十三陵水庫暢想曲》中，小楊的未婚夫胡錦堂寫信阻止她去工地參加公共勞動，這成為了一個「公共性」事件。小楊雖然拒絕了未婚夫的勸阻，但在作品看來，這只是一種私人解決方式，還沒有上升到「公共性」層面，小楊也因為沒有將情書「交給黨組織」而自責。最後，她不僅交出了情書，而且在工地上公布出來，以此來完成「公共性」人格。而胡錦堂當場被批鬥，其遭受懲罰的方式也是充分「公共性」的。在這裡，作品強調的是「否定婚姻」的意義，而非表現「婚姻」本身。

〔註71〕「六加一」代表了在公共性之外個人生活的自由狀態，但這被看成是「主義」之區別：星期一到星期六，他穿制服，看病，他認為這是過社會主義；星期天，他換了西裝，逛跳舞場，找女朋友，就是過資本主義，所以叫「六加一」。

三、城市的國家工業化意義

在「十七年」，對於新中國城市工業化生產性功能的認定，導致大量城市工業題材作品的出現，即「嚴格窄化的所謂『工業題材』創作」〔註72〕。即使是常見的「政治鬥爭」主題，也往往和「生產鬥爭」相聯繫。話劇《上海戰歌》中「瓷器店裏捉老鼠」的「軍政全勝，保存上海」主題，已經顯示出這一跡象。「老鼠」當然指的是國民黨守軍，而「瓷器店」則是城市生產功能的指喻，表明了城市功能從「軍事鬥爭」轉向「工業生產」的過渡。國家工業化生產是這一時期文學中城市敘述的核心。其中較常見的，包括艾蕪的《百鍊成鋼》、周立波的《鐵水奔流》、草明的《乘風破浪》等地域指向不明的作品以及胡萬春、唐克新、費禮文、萬國儒等滬、津工人作家的作品。而其中，工礦的「技術革新」成為最主要的題材。有人在總論上海工人創作時就認為：「大鬧技術革命及在技術革命中人們的精神面貌和思想鬥爭，是許多作品著力描寫的一個中心。」〔註73〕在康濯為《工人短篇小說選》所作序言中，也將技術革命看作當時文學最重要的一項內容〔註74〕。孔羅蓀還將技術問題列為解放後十年工人創作的四大方面之一，並說「生產過程、技術問題同每個人的品質、思想感情是有緊密聯繫的」。特別是在「大躍進」時期，文學中的「技術」問題一時泛濫，並充斥著極富於專業化色彩的工業技術術語，以至於沒有生產技術方面的知識，以至於普通讀者甚至都難以讀懂。

「生產」、「技術」成為了當代中國工業化的主導因素，也成為一種新的現代性神話。一方面，「生產」作為生活各領域的主導邏輯，與政治生活結合，兩者形成同構關係。夏衍創作於 1954 年的話劇《考驗》，就將正確的「政治路線」與工業理性，甚至工業科層制度相連。在階級鬥爭主題的文本中，「兩條道路」的雙方都有一套技術路線，分別與政治立場形成對應關係。另一方面，「生產」敘述也體現了國家大工業邏輯對城市多元意義的排斥。人作為工業的、生產的屬性（諸如技術革新）等被無限誇大，與「生產」無關的人性

〔註72〕曹禺：《話劇的新收穫——〈千萬不要忘記〉觀後感》，載《文學評論》1964 年 3 期。

〔註73〕張壐、曾文淵、孫雪嶺、吳長華：《一九五九年上海短篇小說創作簡評》，載《上海文學》1960 年 2 期（2 月 5 日），總第 5 期。

〔註74〕胡淑芬送票給劉傳豪去看自己的演出，王家有為捧胡淑芬卻討票不得，但劉傳豪居然將票讓予王家有。這在戲劇結構上造成「誤會」的喜劇性，在意義呈現上則顯示出劉傳豪壓抑個人慾望的對「私性」的否定。

內容被無限縮小。與「生產性」相伴隨的政治意義與倫理意義，事實上也被「技術化」或「生產化」了。

對於工業技術對人的控制，芒德福、馬爾庫塞、舒馬赫、盧卡契都表達了同樣的認識：發達工業社會的「單一技術」，即使不是極權主義的，也是非人性的。盧卡契認為人是「被結合到一個機械體系中的一個機械部分」、「無論他是否樂意，他都必須服從它的規律」，工業生產「存在著一種不斷地向著高度理性發展，逐步地消除工人在特性、人性和個人性格上的傾向」。應該說，「技術」是工業的主導概念，也是構成工業形態的要素。在「十七年」文學中，我們看到了相似的情形。是否具有社會主義現代性人格，在於人物性格和身體是否具有完全的「生產性」與「技術」因素。萬國儒的《快樂的離別》就將生產工具與人的一生構成神秘的對應：舊技術意味著工人的悲慘，新技術則體現著新的人生。以上海工人創作為例，人物作為「生產力」的體現大致有以下方面：人物暴躁的「火燒鬼」性格，如胡萬春的小說《特殊性格的人》、《內部問題》，艾明之的話劇《性格的喜劇》，張英的小說《溫吞水》，唐克新的小說《金剛》；性別敘述上的「雄化」特徵，如徐俊傑的小說《女車間主任》；群體關係上往往有意忽略人際的倫理關係，甚至父子關係都被處理為具有生產技術傳遞意義的「師徒式」關係，構成工業倫理，如胡萬春的《一家人》、《鋼鐵世家》、《家庭問題》、《步高師傅所想到的……》，陸文夫的《只准兩天》，阿鳳的《在崗位上》，費禮文的《一年》；人物身體上的「勞動力」特徵（如張英的小說《老年突擊隊》，裔式娟的特寫《我們的倪玉珍》）；節儉性格也經常被賦予「政治上的先進性意義」，如費禮文的《黃浦江浪潮》，等等。

大多數「先進」人物的「先進性」，體現在私人生活與工業生產之間的服從關係上。正面人物往往持有很高的技術水準，其人格、品性表現也是通過對技術的掌握、發揮而表現的。「技術」已經被神化，理想的人格形態也是一種典型的工業型或技術型的。也就是說，人物的日常生活，包括人格、情感、倫理都被「工業化」甚至「技術化」了。像唐克新的《種子》、《金剛》，胡萬春的《特殊性格的人》，便製造了工業時代的超級烏托邦人格。《種子》中多病的小腳女工我小妹，居然能在車間的轟鳴聲中聽到落針的聲音。《特殊性格的人》中的科長，被稱為「合金鋼」，具有工業人格的所有優勢：既有知識者的理性，又有實際的管理、調度的組織能力，還有其暴躁的性格。在《幸福》中，

劉傳豪的家庭布置就是工業技術侵入個人生活的典型寫照，也是個人生活從屬於技術邏輯的表現：「裏屋門邊，有一個水槽，水槽上有一個木架，上面安了一個面盆，木架邊垂下一條繩子，這是劉傳豪自己設計的自動沖涼的設備」。私密的個人生活充滿了「公共性」的「工業技術」符碼。如劇中人對他的評價：「把自己整個拴在機器上，一天到晚就是從家裏到工廠，從工廠到家裏」。工業化的邏輯，使具有工業人格的人物，分別在倫理、政治乃至情感等方面擁有強大優勢。陸文夫小說《介紹》的主題正如作者所說：「『機器』這兩個字就是十分神奇」。一位性格上存有缺陷的青年工人，在相親時木訥、寡言、笨拙，而一旦說起「機器」，就「臉上發光，神態變得自然，說話也十分流暢」。《內部問題》中的王剛，由於其被誇張的人格美學形態，在黃佐臨將其改編為話劇時，特意強調「劇中主人公王剛的出場極富視覺衝擊力，體現出雕塑性中的『立體之美』。他站在風馳電掣的火車頭上，身上的衣服隨風揚起，那豪邁的氣勢，如『特寫』一般震撼著觀眾的心靈」〔註 75〕。而落後人物一般都具有非生產性的人格，也即其性格中或生活方面有著較多的非生產性的內容，或者總是與吃吃喝喝等消費性生活有關，或者總是出現在電影院、公園、舞廳等享樂性場所。《幸福》中的王家有和胡萬春《家庭問題》中的福民，都因有過多的生活喜好而耽誤生產。

不具有工業人格的人物，也就是一般所說的「落後人物」，當然也同時被剝奪了其倫理、政治的身份。我們看看《千萬不要忘記》是如何通過非生產性人格來表現丁少純的「落後」。丁少純的最大問題，就在於他有過多的私人生活，排斥了「公共性」的「生產」內容。首先，作品沒有詳細交代其父親、母親的臥室（因為父親的活動較多地發生在具有「生產」的「公共性」意義的客廳），但卻刻意而且詳細地描寫了丁少純的臥室。這在當時是非常少見的。其原因是，他的臥室布置在當時相當另類：牆上懸掛著巨幅的夫妻合影和妻子姚玉娟的巨幅頭像照片。這顯示出夫妻關係在其生活中處於過分重要的位置，也說明他的家庭屬性多於「生產」屬性。其次，丁少純的人際關係也相當「奇怪」：他本應與作為車間主任的父親構成政治、倫理雙重的服從關係，這也是當時文學常見的情形，但在作品中，丁少純卻與其岳母保持著較親密的關係。甚至可以認為，丁少純的家庭關係構成，中軸線在於「夫妻」和「岳母／女婿」之間，而不在於「父子」之間。由於岳／婿關係並不來自於生產活動，

〔註 75〕黃佐臨：《導演的話》，第 143 頁，上海文藝出版社 1979 年版。

而純粹來自於其與妻子的關聯，作者的意圖顯然在於說明，丁少純更重視其與妻子的關係而不是與父親的關係。這是其私人生活內容過多的又一個表現。丁少純甚至還疏遠了母親、妹妹和爺爺，還有同事。由於父親和妹妹都是先進的工人，這也顯示出丁少純與「工業生產」聯繫的缺乏。這種情況，既表明丁少純違背傳統的家庭倫理，更在於說明丁少純父子在工業人格「父子相承」關係方面的中斷。丁少純與父親關係的緊張，恰恰是背棄父親工業生產人格的表徵。其三，丁少純將個人生活的時間與「公共性」的生產時間嚴格區分。周末不僅沒有去工廠加班，反而去打野鴨子，並且為此而耽誤了第二天的上班，甚至於還將鑰匙丟在了機器裏面，以至差點引發了重大的責任事故。雖然丁少純打野鴨子不是如岳母那樣去「投機倒把」，但是畢竟也意味著其過強的生物性「口欲」需求。還有，在身體形貌方面，同事和父親每天都是工裝形象，而丁少純卻是經常地穿著一百多元錢的筆挺的毛料中山裝。種種情形，都在於說明丁少純在性格、生活、身體各個方面的「非生產性」特徵。

我們必須承認，「十七年」文學中的城市敘述，雖然不是對整體形態的城市的表現，也是特殊的城市現代性表達。從這個角度上說，「十七年」文學，也是城市文學研究者必須面對的。但是，對於城市「公共性」特徵與國家工業化功能的極端強調，使其成為單一性特徵的現代性的極端表現。作者在創作中有意去除對多元樣態的城市生活的描摹和表現，妨礙了對於城市生活作多元層面的開掘和多層意義的表達。兩者一強一弱，構成「十七年」文學城市敘述的主要面貌。如果展開來看，中國現當代文學中曾經有過對於城市現代性的極端編碼。比如現代階段新感覺派的西方化傾向，導致對中國城市的「東方」特徵的忽視；20 世紀 90 年代以後的消費性寫作，則又排斥了中國所屬的第三世界國家性質。在某一個時期，城市敘述都有排他性的現代性表達。雖然其表達的現代性有所不同，但就表達的極端方式而言，都有相似之處。

第四節　城市資產階級文化遺存的人格化表現——對「十七年」與「文革」文學的一個考察

自「社會主義改造」運動之後，當代文學中所出現的城市資本主義史，通常被理解為一種「遺存」，並主要體現在反動人物或落後人物身上，成為某種人格化體現。

　　細分之下，資產階級的「遺存」又有幾種類型：其一是人物體現的上海史中的「右翼」成份與西方背景。比如方言話劇《鍛鍊》中白步能，原名楊老七，是出賣進步知青衛奮華父親的叛徒；電影《火紅的年代》中的應家培，是國民黨老牌特務；樣板戲《海港》中的錢守維是「哪個朝代都幹過」，有「美國大班的獎狀、日本老闆的聘書、國民黨的委任狀」的賬房先生；電影劇本《鋼鐵世家》中的特務原是解放前工廠裏的職員；「文革」小說《電視塔下》中的壞分子汪子宗的父親是舊上海無線電行的老闆。這種情形，也包括電影劇本《春滿人間》、《枯木逢春》中知識人物對西方醫學文獻的迷信等等。其資產階級消亡的結局，不啻說明帝國主義、封建主義、右翼政治在上海乃至全國的結束。其二是體現為日常中生活原則的市儈主義，特別是作為舊上海資本主義經濟關係中的「等價交換」市場原則，這在「文革」上海題材文學中頗為多見。在「文革」小說《帶路人》一篇裏，解放前在鴻利五金店當學徒的陸根生，解放後當了經理，卻滿腦子的舊思想。他滿口是「五金店非要搞出點苗頭不可」等舊上海「行話」，作者批評道：「分配商品不是根據工廠生產需要的輕重緩急，而是著眼於擺平。這不是單純的做買賣嗎？這不也折射出鴻利五金號的影子嗎？」在這裡，「苗頭」、「擺平」等上海灘商界舊語，都被視為「資本主義的殘餘」。電影《無影燈下頌銀針》中的羅醫生，因醉心於一百例成功的胸科手術，而將重病人趕出醫院或乾脆不收。電影暗示，這是「十七年」修正主義醫療道路的延續。在同名話劇劇本中，羅醫生的名利思想並不像電影裏那樣嚴重，他只是從醫療技術的可靠性上反對針灸麻醉，而且還有解放前「進步」的歷史：他雖然無法給老楊師傅治病，但畢竟同情楊師傅。即便如此，劇本還是交代了羅醫生的西方知識背景：其解放前供職的醫院是教會機構「愛仁」醫院。這就是「資產階級」文化遺存的一個原因說明。還有「文革」時期的獨幕話劇《迎著朝陽》中「舊社會的老闆娘」殷翠花，56歲。她不僅竭力反對自己女兒殷玉萍當清潔工，同時還挑唆衛生局副處長老方的女兒楊潔。此外還有「文革」時期的其他作品，如話劇《戰船臺》中的董逸文，其父親是舊上海的洋買辦；小說《特別觀眾》中老技術員蘇琪，滿口是「活絡生意」一類舊上海商業語言；小說《號子嘹亮》裝御工趙祥根，滿腦子自覺低人一等的舊上海等級觀念；小說《新店員》中壞分子梁德鑫，具有舊上海小業主背景。食堂負責人顧月英「怕賠本」的「等價」思維，就來自於梁德鑫的影響。值得注意的是，「文革」時期的上海題材小說，不僅強調

「新上海」與「舊上海」的斷裂，同時亦強調「新上海」與「十七年」的上海的斷裂〔註76〕。比如上邊引述的電影、話劇作品《無影燈下頌銀針》。在話劇劇本中，羅醫生還只有解放前生活的經歷，且不乏善良品行。但在電影劇本中，就加上了羅醫生在「十七年」的唯名是求的「修正主義」行為，且人性中也無善良可言。

雖然在這一類作品中，「舊上海」城市概念中的資本主義政治、經濟原則作為一種「遺存」，構成了與新上海社會主義政治經濟空間的鬥爭衝突，但是千篇一律的「滅亡」模式所製造的，恰是一箇舊上海已經完全「覆滅」的神話。此類作品的層出不窮，不能認為是資產階級「遺存」繼續大規模存在的依據，從另一個意義上說，不過是對於「滅亡」概念的不斷重申罷了。在這一點上，它與《子夜》所寫的封建勢力在上海的「滅亡」具有異曲同工之妙。

值得注意的還有「資本主義殘餘」所體現的人格化與身體特徵的問題。通常，這一類作品都將落後或反派人物作為「資本主義文化遺存」的人格化作了身體特徵方面的體現。這些人物的身體特徵，往往被描述為身材瘦小、乾癟，臉色蒼白〔註77〕、表情陰毒，或者有身體缺陷（其程度最輕的是眼睛近視而必須佩戴眼鏡）。這一種身體的政治特徵大量出現，也早已被多數學者注意到，將其作為了「文革」文學的一種特徵。但是，這是一種普遍性的存在，並不自「文革」文學才開始。比如，曹禺話劇《明朗的天》的主題是表現影響中國知識界的西方文化的全面退卻，其間，對於知識界的西方文化因素，主要就是通過人物的身體特徵表現的。在劇中，尤曉峰是一個典型的洋奴，作者著意要突出的是其身體上的「怪異」感：「他是一個矮個子，臉上白裏透紅，十分光潤，鼻下有一撮黑黑的小鬍鬚。如果他不穿著一套剪裁得十分美國味道的西裝，他會隨時被誤認為是日本人。他帶著一副學者味道的眼鏡，但這一副眼鏡並不能改變他給人們那種庸俗滑稽的印象。」在這裡，人物標誌性的「鬍鬚」式樣，這當然是「惡」的身體特徵，但同時，又使其身體呈現出非「歐美系」的「次一等級」的劣勢。而對於燕仁醫學院的教務長江道宗，作者著意的是他身上的「胡適」風格，其特點是正宗的「民國」式風度：

〔註76〕這種情形，恰好也印證了本節開頭所說的關於上海現代性不同時期多變的狀況。

〔註77〕與此形成鮮明對照的是《霓虹燈下的哨兵》裏無產階級趙大大「黑不溜秋」的膚色特徵。

「他身材適中，面貌白淨，眉毛淡得幾乎看不出。一對細細的小眼睛，看起人來就不肯放過，閃著閃著，像是要把一切都吸進去的樣子。他非常愛惜自己的『風采』，穿著一身毛質的瀟灑的長袍，一塵不染，裏面是筆挺的西裝褲，皮鞋頭是尖的，擦得晶亮。他是有驚人的潔癖的。」在這裡，我們可以看出作者在突出人物身體符號時的困難。江道宗的外形是整齊、潔淨。不僅沒有任何古怪的地方，也是民國時期中國知識分子的標準形象；雖然其形貌顯得陰冷，卻也並不怪異。其實，江道宗身體的「問題」即在於其「無暇」，即對於身體的過分關注和修飾。而這，恰恰是資產階級「物質性」身體觀的一個體現。這種情況之下，作品只好由作者直接下定判語：「潔癖」，以其對身體的過分關注來表達其資產階級屬性。

身體特徵經過人格修辭化所體現的階級特性，這也是學界的公論，筆者表完全同意。但筆者所更關心的問題可能更深一步，即：人物身體作為「資本主義」遺存，在與社會主義制度對抗時採用的方式問題。首先，在資產階級人物身體的形象感方面，女性人物常常被作者以「物化」手法來完成。所謂「物化」，是指在文本中，女性身體常常與某些物體或生理感覺相關。作品不僅以此隱喻女性特徵，更重要的是以此將女性降低到「物」的層面。其最常見的手法，是將女性以動物喻，達到將女性作為性對象的目的，也即將女性看作性玩物。當然，從寫作的性別角度看，其男性中心思維是不言而喻的。但這不是問題的關鍵，關鍵在於，它是如何取得政治上的隱喻作用的。我們注意到，中國當代城市題材文學，並沒有出現對於女性「性感」的直接描繪，這一點，與同時期的鄉土文學有較大不同。我們在《創業史》、《辛俊地》、《鐵木前傳》等當代著名作品中看到其對於女性「性感」乃至放蕩的赤裸裸的性特徵的描繪，有時甚至是繪聲繪色的，有著某種「色情」成分。這裡不妨引述一段《創業史》中對三妹子的身體描寫：

> 那個年輕漂亮的三妹子，濃眉大眼，相當動人，竟然用戴戒指的手，拂去落在高增福棉襖上的雪花，身子貼身子緊挨著高增福走著。她的一個有彈性的胖奶頭，在黑市布棉襖裏跳動，一步一碰高增福的穿破棉襖的臂膀。

在「十七年」和「文革」城市題材文學中，很少，甚至沒有出現此類赤裸裸的「性感」描寫，其緣由應當說和城市題材本身的危險性有關。因為城市題材本身就是「高危」題材，容易導致寫作的「意識」問題。假如再發生性描寫

方面的不謹慎，就更加危險。我們看到，在展示「資本主義遺存」的城市題材中，通常沒有過於色情的描寫成分，身體特徵最多只是出現純粹「物」的符號性，也即階級性，如衣著豔麗，滿身香氣，等等。像《霓虹燈下的哨兵》中，連偽裝成解放軍的特務都會說：「怪不得，一個戴眼鏡，一個穿高跟鞋，都不是好東西。」在這裡，「高跟鞋」指代的是林媛媛的母親林乃嫻，當然也是「資產階級」的身體符號；連對誘惑陳喜的女特務曲曼麗，作者也沒有對其進行「性特徵」方面的描述。換言之，「資產階級」對於社會主義的對抗，並沒有以身體的形式出現。那麼，這種「對抗」又體現在哪裏呢？

其實，資產階級的「身體」對於社會主義的「對抗」行為，由於其階級本身處於整體的消亡狀態，其形式只是一種「侵入」，即以並不明顯的狀態，悄悄地進行。就其「侵入」的傳導方式而言，也並非「暴力」、「衝突」等行為，其對於無產階級文化的「異質性」，多數是依據有關身體的氣味、聲音等中間性「介質」來體現。其「侵入」方式，被採用最多的是「資產階級」人物身體的「氣味」和「移動」。《霓虹燈下的哨兵》的導演黃佐臨在談到導演體會時說，「經過十多次瞄準和射擊」，最後選定了「衝鋒壓倒香風」作為全劇的主題思想：「我們感到像『保衛大上海』、『保衛遊園會』、『站馬路』、『爭奪上海陣地』等等，都太小，太實，太具體，太片面，但是這是很必然的過程，因為我們初讀劇本，必定經過一個感性的認識階段，只看到劇本中的情節、事件。」〔註78〕在這裡，「香風」就是一種介質。在導演的意識中，它包含了南京路「摩天樓上霓虹燈閃閃爍爍」，還有讓趙大大心煩意亂的爵士樂等「異質性」文化，當然，也包括實指的「香氣」。劇中，魯大成、路華與陳喜有一段對話：

　　　　魯大成：你這兒有什麼情況？

　　　　陳　喜：情況？沒啥，一切都很正常。

　　　　魯大成：照你看，南京路太平無事嘍？

　　　　陳　喜：就是，連風都有點香。

　　　　魯大成：（驚訝）什麼，什麼？你說什麼？

　　　　陳　喜：（嘟噥）風就是有點香味！（走去）

　　　　魯大成：你！你……

　　　　路　華：（自語）連風都有點香……

〔註78〕黃佐臨：《談談我的導演經驗》，見《導演的話》，上海文藝出版社1979年
　　　　　版，202～203頁。

　　魯大成：不像話！

　　路華：是啊！南京路上老開固然可恨，但是，更可惱的倒是這
股薰人的香風！

　　魯大成：這種思想要不整一整，南京路這地方——不能呆！

（爵士樂聲蕩漾，霓虹燈耀眼欲花。）

這裡，「香風」是資產階級文化的指代，像洪滿堂、魯大成對陳喜的指斥的：
「一陣香風差一點把你腦袋瓜吹歪了」。但之所以將異己文化統稱為「香風」，
當然來自於這種文化的性別和身體指代，即資產者女性身上的香氣。但更重
要的，由於「香風」的存在形式是「移動」，因此，它主要被指代一種文化「侵
入」的方式，體現了異己文化「侵入性」的無法意料和不可控制。劇中，路華
的一段話就表明了這一點：「帝國主義的陰魂還不散，他們乘著香風，架著煙
霧，時刻出現在我們周圍，形形色色，從各個方面向我們攻來」。「這裡，香
風」和「煙霧」的移動方式都具有不可控制性。

　　西方思想家早就注意到嗅覺在城市文化中的作用。羅德威曾指出「對存
在或者穿過某個特定空間的氣味的感知，也許會有不同的強度，這種對氣味
的感知將會停留一會兒然後消散，它將一種氣味區別於另一種氣味，將某些
味道同導致地方感和對特徵地點的感覺的那些特定事物、組織、情形和感情
聯繫起來。」列斐伏爾也指出，不同空間的產生主要是和嗅覺相關聯的：「『主
體』和『客體』之間產生親密關係的地方肯定是嗅覺世界和他們的居住處」。
由於氣味來源於人的肌膚，因此，氣味不僅表明了其所在地點的特徵，也表
明了人同所在環境的關係，甚至是人群的特徵和特定人的特徵。與視覺比較
起來，似乎氣味的特徵更能準確的表明其社區文化本質。因為，按照本雅明
的看法，「一個人可以凝視但不會被碰觸到，可以介入但卻遠離群體」。比如，
人們可以站在陽臺上觀察人群，以顯示其對於人群的優越感。也就是說，視
覺是可以控制的，但是嗅覺是難以控制的。所以，西美爾談到嗅覺時說，嗅
覺是一種特別的「分離感覺」，傳送厭惡多過吸引。所以，西美爾提出了「嗅
覺的不可容忍性」。列斐伏爾認為，嗅覺似乎提供一種更直接、更少預謀的
相遇；它不能被打開或者關閉。因此，嗅覺比視覺更可信。斯塔列布拉斯和
懷特也指出，在 19 世紀中葉，「城市……作為氣味仍然繼續侵犯資產階級的
私有身體和家庭。主要是嗅覺激怒了社會改革家們，因為嗅覺同觸覺一樣，

代表厭惡，它彌漫四處，無形地存在，很難被管制」〔註 79〕。所以，在黃佐臨看來，在表現「舊上海」等城市的時候，《霓虹燈下的哨兵》裏的「香風」作為對於紙醉金迷資產階級生活的指代，它與爵士樂一樣，隨風流轉，讓人無法防備地「侵入」無產階級的營地，與「左翼」的革命政治發生衝突。

當然，在一些作品中，「香風」也是一種實指，也具有性別和女性身體的含義，表明了傳導氣味的人物的生活習性乃至階級屬性。在曹禺的十幕六場話劇《明朗的天》中，有一個兼具洋奴與特務雙重身份的劉瑪麗，其正式身份是燕仁醫院美國醫生賈克遜的秘書。劉瑪麗的身體特徵主要是氣味：即香氣和煙味：「她又乾又瘦，臉上抹著脂粉，頭髮剪得短短的。她煙癮很大，總是用一支短煙嘴」。在這部劇作中，男性人物的身體特徵主要是通過衣著體現的，而唯獨對於劉瑪麗，作者使用了「氣味」這一「介質」。這固然說明了劉瑪麗的階級特徵，但更重要的，「香氣」是對於不良女性的性別指代。而作為女性，身上又有著「煙味」，就從性別角度更增加了令人不能接受的「異己」感。其異己階級的「侵入感」以其性別而尤其顯得不可抗拒。因此，劉瑪麗的「異質性」，不僅在於「階級」的，也在於性別的。如果我們將此種情形更加擴大考察範圍，就會發現，在「文革」文學中，「脂粉氣」一般是作為階級性體現的符碼的，通常有一些反面女性人物，被叫做「十里香」一類綽號，而且是「未見其人，先聞其味」。「香味」的出現，是資產階級向無產階級「進攻」的第一步。在「文革」時期的話劇作品《迎著朝陽》，圍繞著知識青年是否當清潔工的主題，敘述兩個階級的「鬥爭」。顯然，清潔工的工作在氣味上屬於「臭」，其對立面當然的「香」。香與臭的分野，表明了其所隱含階級的對立意義。由於「香氣」是「舊上海」等城市資產階級生活的符碼，作為「異己」文化，它必然「腐蝕」著青少年，同時向無產階級政治「進攻」。

由於「文革」期間的作品中不大可能出現對女性人物身體「性感」特徵的描繪，因此，「香味」幾乎是對於人物階級屬性唯一身體特徵的認定。而且，除了語言，身體散發著「香氣」也是與革命政治唯一的衝突方式。由於氣味來自於人的肌膚，所以反面力量的「侵入」也幾乎是不可避免的。因此，在情節安排上，作品通過「香味」引導出反面人物，並進而與無產階級爆發衝突。因此，「氣味」就構成了情節的核心。由此，我們不難體味毛澤東

〔註 79〕約翰·厄裏：《城市生活與感官》，汪民安等主編《城市文化讀本》，北京大學出版社 2008 年，第 160 頁。

《在延安文藝座談會上的講話》中所說的關於知識分子和工農大眾孰為「香」、「臭」的論斷。

與「侵入」相關的另一個有關身體的特徵是行為方面的，即反面人物的身體「移動」。我們看到，包括《霓虹燈下的哨兵》、《鍛鍊》、《海港》、《火紅的年代》中的反面人物，也包括《千萬不要忘記》以及多數「文革」時期作品中的落後人物，其活動方式都是身體的「移動」，即在人群中竄來竄去，或者煽風點火，或者挑撥是非。這在「爭奪下一代」的題材作品中尤為突出。其鬼鬼祟祟的形貌，並不完全是表現反面人物的人格化表徵，也是在表達其「侵入」的方式。在城市社會學的理論中，「城市生活的多樣性、密集性和刺激性長期一來一直與移動形式相關聯」，「過度移動常被指責為城市墮落和危險的根源」。芝加哥學派的伯吉斯甚至認為，過多的移動和刺激「無可避免地使人迷失和道德淪喪」〔註80〕。由於「移動性」造成的是一個不同於同質性文化的「私有空間」，從而具有了不同於公共群體的私人主體性，因而，它絕對是一個「異質性」的力量。在「十七年」和「文革」文學中，「移動」不僅說明了移動主體對於群體的「異質性」，同時也表明了其「侵入」方式，它充分表明「移動」主體的弱小和邊緣特徵，從而將資產階級的「遺存」以人格化的形式表現出來了。

比如，在《海港》中，錢守維總是在沒有他人的情況下，對韓小強灌輸一些有悖於無產階級政治的道理：或者是「八小時以外是我的自由」，或者是「靠我們這號人還能管好碼頭」等等。在行為上，他或者在無人的情況下將玻璃纖維放進稻穀包中，或者將飲水開關打開，用飲用水洗手。一旦人群上場，反面人物便離場。此外，還有話劇《戰船臺》中的董逸文，由於父親是舊上海的買辦，學會了「忒滑」的「灘上」作風。作品描述他的性格是「你要吃甜的他就給你端糖罐；你要喝酸的他就給你拎醋瓶」，「過去和溫伯年（原來的廠長）打得火熱，一口一個溫總，溫老師，老傢伙把全廠的技術大權都交給了他。現在削尖了腦袋……又纏上了老趙（車間主任）」。這種性格，給人造成的是到處逢迎而造成的極端的不穩定感。顯然，兩面三刀、到處討好的做派是需要繁複地穿梭於各種人群之中才能完成的。而在話劇舞臺上，其身體的「移動」就構成了其最重要的特點。

〔註80〕米·謝勒爾，約翰·厄裏：《城市與汽車》，汪民安等主編《城市文化讀本》，北京大學出版社 2008 年，第 211 頁。

第五節　作為遺存的城市資產階級勢力——以「十七年」上海文學為例

　　自「社會主義改造」運動之後，當代文學中所出現的舊上海資本主義史，通常被理解為一種「遺存」，並主要體現在反動人物或落後人物身上，成為某種人格化體現。細分之下，又有幾種類型：其一是體現為人物在上海史中的「右翼」成分與西方背景。比如方言話劇《鍛鍊》中的白步能，原名楊老七，是出賣進步知青衛奮華父親的叛徒；《火紅的年代》中的應家培，是國民黨老牌特務；《海港》中的錢守維是「哪個朝代都幹過」，有「美國大班的獎狀、日本老闆的聘書、國民黨的委任狀」的賬房先生；電影劇本《鋼鐵世家》（胡萬春編劇）中的特務原是解放前工廠裏的職員；小說《電視塔下》〔註81〕中的壞分子汪子宗的父親是舊上海無線電行的老闆。這種情形也包括電影劇本《春滿人間》（柯靈、桑弧等編劇）、《枯木逢春》（王煉編劇）中知識人物對西方醫學文獻的迷信等等。其消亡的結局，不啻說明帝國主義、封建主義、右翼政治在上海乃至全國的結束。其二體現為日常中生活原則的市儈主義，特別是作為舊上海資本主義經濟關係中的「等價交換」市場原則，這在「文革」上海題材文學中頗為多見。在上面列舉的《帶路人》一篇裏，解放前在鴻利五金店當學徒的陸根生，解放後當了經理，卻滿腦子的舊思想。他滿口是「五金店非要搞出點苗頭不可」等「舊上海」行話，作者批評道：「分配商品不是根據工廠生產需要的輕重緩急，而是著眼於擺平。這不是單純的做買賣嗎？這不也折射出鴻利五金號的影子嗎？」在這裡，「苗頭」、「擺平」等上海灘商界舊語，都被視為「資本主義的殘餘」。電影《無影燈下頌銀針》〔註82〕中的羅醫生，因醉心於一百例成功的胸科手術，而將重病人趕出醫院或乾脆不收。電影暗示，這是「十七年」修正主義醫療道路的延續。在同名話劇劇本中，羅醫生的名利思想並不像電影裏那樣嚴重，他只是從醫療技術的可靠性上反對針灸麻醉，而且還有解放前「進步」的歷史：他雖然無法給楊師傅治病，但畢竟同情楊師傅。即便如此，劇本還是交代了羅醫生的西方知識背景：其解放前供職的醫院是教會機構「愛仁」醫院。這就是「資產階級」文化遺存的一個

〔註81〕段瑞夏：《電視塔下》，載《朝霞》1974年第1期。
〔註82〕上海市胸科醫院業餘文藝創作組創作，原為話劇，電影為桑弧導演，祝希娟主演。

原因說明。還有獨幕話劇《迎著朝陽》〔註83〕中「舊社會的老闆娘」殷翠花，56歲。她不僅竭力反對自己女兒殷玉萍當清潔工，同時還挑唆衛生局副處長老方的女兒楊潔。此外還有，話劇《戰船臺》（杜冶秋、劉世正、王公序編劇）中的董逸文，其父親是舊上海的洋買辦；小說《特別觀眾》中老技術員蘇琪，滿口是「活絡生意」一類舊上海商業語言；小說《號子嘹亮》〔註84〕中的裝卸工趙祥根，滿腦子自覺低人一等的舊上海等級觀念；小說《新店員》〔註85〕中的壞分子梁德鑫，具有舊上海小業主背景。食堂負責人顧月英「怕賠本」的「等價」思維，就來自於梁德鑫的影響。值得注意的是，「文革」時期的上海題材小說，不僅強調「新上海」與「舊上海」的斷裂，同時亦強調「新上海」與「十七年」的上海的斷裂〔註86〕。比如上邊引述的電影、話劇作品《無影燈下頌銀針》。在話劇劇本中，羅醫生還只有解放前生活的經歷，且不乏善良品行。但在電影劇本中，就加上了羅醫生在「十七年」的唯名是求的「修正主義」行為，且人性中也無善良可言。

雖然在這一類作品中，「舊上海」城市概念中的資本主義政治、經濟原則作為一種「遺存」，構成了與新上海社會主義政治經濟空間的鬥爭衝突，但是千篇一律的「滅亡」模式所製造的，恰是一箇舊上海已經完全「覆滅」的神話。此類作品的層出不窮，不能認為是資產階級「遺存」繼續大規模存在的依據，從另一個意義上說，不過是對於「滅亡」概念的不斷重申罷了。在這一點上，它與《子夜》所寫的封建勢力在上海的「滅亡」具有異曲同工之妙。

值得注意的還有「資本主義殘餘」所體現的人格化與身體特徵的問題。通常，這一類作品都將落後或反派人物作為「資本主義文化遺存」的人格化作了身體特徵方面的體現。這些人物的身體特徵，往往被描述為身材瘦小、乾癟，臉色蒼白〔註87〕、表情陰毒，或者有身體缺陷（其程度最輕的是眼睛近視而必須佩戴眼鏡）。這一種身體的政治特徵大量出現，也早已被多數學者

〔註83〕湖北省參加部分省市自治區文藝調演節目，李冰、胡慶樹編劇，湖北人民出版社，1975年版。
〔註84〕邊風豪、包裕成：《號子嘹亮》，載《朝霞》1974年第3期。
〔註85〕上海戲劇學院戲劇文學史編劇專業一年級集體創作。
〔註86〕這種情形，恰好也印證了本節開頭所說的關於上海現代性不同時期多變的狀況。
〔註87〕湖北省參加部分省市自治區文藝調演節目，李冰、胡慶樹編劇，湖北人民出版社，1975年版。

注意到，將其作為了「文革」文學的一種特徵。但是，這是一種普遍性的存在，並不自「文革」文學才開始。比如，曹禺話劇《明朗的天》的主題是表現影響中國知識界的西方文化的全面退卻，其間，對於知識界的西方文化因素，主要就是通過人物的身體特徵表現的。在劇中，尤曉峰是一個典型的洋奴，作者著意要突出的是其身體上的「怪異」感：「他是一個矮個子，臉上白裏透紅，十分光潤，鼻下有一撮黑黑的小鬍鬚。如果他不穿著一套剪裁得十分美國味道的西裝，他會隨時被誤認為是日本人。他戴著一副學者味道的眼鏡，但這一副眼鏡並不能改變他給人們那種庸俗滑稽的印象。」人物標誌性的「鬍鬚」式樣，這當然是「惡」的身體特徵，但同時，又使其身體呈現出非「歐美系」的「次」等級劣勢。而對於燕仁醫學院的教務長江道宗，作者著意的是他身上的「胡適」風格，其特點是正宗的「民國」式風度：「他身材適中，面貌白淨，眉毛淡得幾乎看不出。一對細細的小眼睛，看起人來就不肯放過，閃著閃著，像是要把一切都吸進去的樣子。他非常愛惜自己的『風采』，穿著一身毛質的瀟灑的長袍，一塵不染，裏面是筆挺的西裝褲，皮鞋頭是尖的，擦得晶亮。他是有驚人的潔癖的。」在這裡，我們可以看出作者在突出人物身體符號時的困難。江道宗的外形是整齊、潔淨。不僅沒有任何古怪的地方，也是民國時期中國知識分子的標準形象；雖然其形貌顯得陰冷，卻也並不怪異。其實，江道宗的身體「問題」即在於其「無瑕」，即對於身體的過分關注和修飾。而這，恰恰是資產階級身體觀的一個體現。這種情況之下，作品只好由作者直接下定語：「潔癖」，以其對身體的過分關注來表達其資產階級屬性。

身體特徵所體現的階級特性，這也是學界的公論，筆者表完全同意。但筆者所更關心的問題可能更深一步，即身體的人格化修辭所要取得的所謂「資本主義」遺存在與社會主義制度對抗時採用的方式問題。首先，在資產階級人物身體的形象感方面，女性人物常常被作者以「物化」手法來完成。所謂「物化」，是指在文本中，女性身體常常與某些物體或生理感覺相關。作品不僅以此隱喻女性特徵，更重要的是，以此將女性降低到「物」的層面。其最常見的手法，是將女性以動物喻，達到將女性作為性對象的目的，也即將女性看作性玩物。當然，從寫作的性別角度看，其男性中心思維是不言而喻的。但這不是問題的關鍵，關鍵在於，它是如何取得政治上的隱喻作用的。我們注意到，中國當代城市題材文學，並沒有出現對於女性「性感」的直接描繪，這一點，與同時期的鄉土文學有較大不同。我們在《創業史》、《辛俊地》、

《鐵木前傳》等當代著名作品中看到其對於女性「性感」乃至放蕩的赤裸裸的性特徵的描繪，有時甚至是繪聲繪色的，有著某種「色情」成分。在「十七年」和「文革」城市題材文學中，很少甚至沒有出現過此類赤裸裸的「性感」描寫，其緣由應當說和城市題材本身的危險性有關。因為城市題材本身就是「高危」題材，容易導致寫作「意識」問題。假如再發生性描寫方面的不謹慎，就更加危險。我們看到，在展示「資本主義遺存」的城市題材中，通常沒有過於色情的描寫成分，身體特徵最多只是出現純粹「物」的符號性，也即階級性，如衣著豔麗、滿身香氣等等。像《霓虹燈下的哨兵》中，連偽裝成解放軍的特務都會說：「怪不得，一個戴眼鏡，一個穿高跟鞋，都不是好東西。」在這裡，「高跟鞋」指代的是林媛媛的母親林乃嫻，當然也是「資產階級」的身體符號；連對誘惑陳喜的女特務曲曼麗，作者也沒有對其進行「性特徵」方面的描述。換言之，「資產階級」對於社會主義的對抗，並沒有以身體的形式出現。那麼，這種「對抗」又體現在哪裏呢？

其實「，資產階級」對於社會主義的「對抗」行為，由於其階級本身處於整體的消亡狀態，其形式只是一種「侵入」，即以並不明顯的狀態，悄悄地進行。就其「侵入」的傳導方式而言，也並非「暴力」、「衝突」等行為，其對於無產階級文化的「異質性」，多數是依據有關身體的氣味、聲音等中間性「介質」來體現。其「侵入」方式，被採用最多的是「資產階級」人物身體的「氣味」和「移動」。《霓虹燈下的哨兵》的導演黃佐臨在談到導演體會時說，「經過十多次瞄準和射擊」，最後選定了「衝鋒壓倒香風」作為全劇的主題思想：「我們感到像『保衛大上海』、『保衛遊園會』、『站馬路』、『爭奪上海陣地』等等，都太小、太實、太具體、太片面，但是這是很必然的過程，因為我們初讀劇本，必定經過一個感性的認識階段，只看到劇本中的情節、事件。」〔註88〕在這裡，「香風」就是一種介質。在導演的意識中，它包含了南京路「摩天樓上霓虹燈閃閃爍爍」，還有讓趙大大心煩意亂的爵士樂等「異質性」文化，當然，也包括實指的「香氣」。劇中，魯大成、路華與陳喜有一段對話：

> 魯大成：你這兒有什麼情況？
> 陳喜：情況？沒啥，一切都很正常。
> 魯大成：照你看，南京路太平無事嘍？
> 陳喜：就是，連風都有點香。

〔註88〕邊風豪、包裕成：《號子嘹亮》，載《朝霞》1974 年第 3 期。

　　魯大成：（驚訝）什麼，什麼？你說什麼？

　　陳喜：（嘟噥）風就是有點香味！（走去）

　　魯大成：你！你……

　　路華：（自語）連風都有點香……

　　魯大成：不像話！

　　路華：是啊！南京路上老開固然可恨，但是，更可惱的倒是這
股薰人的香風！

　　魯大成：這種思想要不整一整，南京路這地方——不能待！

　　（爵士樂聲蕩漾，霓虹燈耀眼欲花。）

　　這裡，「香風」是資產階級文化的指代，像洪滿堂、魯大成對陳喜的指斥：
「一陣香風差一點把你腦袋瓜吹歪了」。之所以將異己文化統稱為「香風」，
當然來自於這種文化的性別和身體指代，即資產者女性身上的香氣。但更重
要的，由於「香風」的存在形式是「移動」，因此，它主要被指代一種文化「侵
入」的方式，即異己文化「侵入性」的無法意料和不可控制。劇中，路華的一
段話就表明了這一點：「帝國主義的陰魂還不散，他們乘著香風，駕著煙霧，
時刻出現在我們周圍，形形色色，從各個方面向我們攻來」。「這裡，香風」和
「煙霧」的移動方式都具有不可控制性。西方思想家早就注意到嗅覺在城市
文化中的作用。羅德威曾指出「對存在或者穿過某個特定空間的氣味的感知，
也許會有不同的強度，這種對氣味的感知將會停留一會兒然後消散，它將一
種氣味區別於另一種氣味，將某些味道同導致地方感和對特徵地點的感覺的
那些特定事物、組織、情形和感情聯繫起來。」列斐伏爾也指出，不同空間的
產生主要是和嗅覺相關聯的：「『主體』和『客體』之間產生親密關係的地方
肯定是嗅覺世界和他們的居住處」。由於氣味來源於人的肌膚，因此，氣味不
僅表明了其所在地點的特徵，也表明了人同所在環境的關係，甚至是人群的
特徵、特定人的特徵。與視覺比較起來，似乎氣味的特徵更能準確的表明其
社區文化本質。因為，按照本雅明的看法，「一個人可以凝視但不會被碰觸到，
可以介入但卻遠離群體，」比如人們可以站在陽臺上觀察人群，以顯示其對
於人群的優越感。也就是說，視覺是可以控制的，但是嗅覺是難以控制的。
所以，西美爾在談到嗅覺時說，嗅覺是一種特別的「分離感覺」，傳送厭惡多
過吸引，提出了「嗅覺的不可容忍性」。列斐伏爾認為，嗅覺似乎提供一種更
直接、更少預謀的相遇；它不能被打開或者關閉。因此，嗅覺比視覺更可信。

斯塔列布拉斯和懷特也指出 19 世紀中葉，「城市⋯⋯作為氣味仍然繼續侵犯資產階級的私有身體和家庭。主要是嗅覺激怒了社會改革家們，因為嗅覺同觸覺一樣，代表厭惡，它彌漫四處，無形地存在，很難被管制」〔註 89〕。所以，在黃佐臨看來，在表現「舊上海」等城市的時候，《霓虹燈下的哨兵》裏的「香風」作為對於紙醉金迷資產階級生活的指代，它與爵士樂一樣，隨風流轉，讓人無法防備地「侵入」無產階級的營地，與「左翼」的革命政治發生衝突。〔註 90〕

　　當然，在一些作品中，「香風」也是一種實指，也具有性別和女性身體的含義，表明了傳導氣味的人物的生活習性乃至階級屬性。在曹禺的十幕六場話劇《明朗的天》中，有一個兼具洋奴與特務雙重身份的劉瑪麗，其正式身份是燕仁醫院美國醫生賈克遜的秘書。劉瑪麗的身體特徵主要是氣味：香氣和煙味：「她又乾又瘦，臉上抹著脂粉，頭髮剪得短短的。她煙癮很大，總是用一支短煙嘴」。在這部劇作中，男性人物的身體特徵主要是通過衣著體現的，而唯獨對於劉瑪麗，作者使用了「氣味」這一「介質」。這固然說明了劉瑪麗的階級特徵，但更重要的，「香氣」是對於不良女性的性別指代。而作為女性，身上又有著「煙味」，就從性別角度更增加了令人不能接受的「異己」感。其異己階級的「侵入感」以其性別而尤其顯得不可抗拒。因此，劉瑪麗的「異質性」，不僅在於「階級」的，也在於性別的。如果我們將此種情形更加擴大考察範圍，就會發現，在「文革」文學中，「脂粉氣」一般是作為階級性體現的符碼的，通常有一些反面女性人物，被叫作「十里香」一類綽號，而且是「未見其人，先聞其味」。「香味」的出現，是資產階級向無產階級「進攻」的第一步。在「文革」時期的話劇作品《迎著朝陽》裏，圍繞著知識青年是否當清潔工的主題，兩個階級展開了鬥爭。顯然，清潔工的工作在氣味上屬於「臭」，其對立面當然是「香」。香與臭的分野，表明了其所隱含階級的對立意義。由於「香氣」是「舊上海」等城市資產階級生活的符碼，作為「異己」文化，它必然「腐蝕」著青少年，同時向無產階級政治「進攻」。由於「文革」期間的作品中不大可能出現對女性人物身體「性感」特徵的描繪，因此，「香味」

〔註 89〕 與此形成鮮明對照的是《霓虹燈下的哨兵》裏無產階級趙大大「黑不溜秋」的身體特徵。
〔註 90〕 黃佐臨：《談談我的導演經驗》，見《導演的話》，上海文藝出版社，1979 年版，第 202～203 頁。

幾乎是對於人物階級屬性唯一身體特徵的認定。而且，除了語言，身體散發著「香氣」也是與革命政治唯一的衝突方式。由於氣味來自於人的肌膚，所以反面力量的「侵入」也幾乎是不可避免的。因此，在情節安排上，作品通過「香味」引導出反面人物，並進而與無產階級爆發衝突。因此，「氣味」就構成了情節的核心。由此，我們不難體味毛澤東《在延安文藝座談會上的講話》中所說的關於知識分子和工農大眾孰為「香」、「臭」的論斷。

與「侵入」相關的另一個有關身體的特徵是行為方面的，即反面人物的身體「移動」。我們看到，包括《霓虹燈下的哨兵》、《鍛鍊》、《海港》、《火紅的年代》中的反面人物，也包括《千萬不要忘記》以及多數「文革」時期作品中的落後人物，其活動方式都是身體「移動」，即在人群中竄來竄去，或者煽風點火，或者挑撥是非。這在「爭奪下一代」的題材作品中尤為突出。其鬼鬼祟祟的形貌，並不完全是表現反面人物的人格化表徵，也是在表達其「侵入」的方式。在城市社會學的理論中，「城市生活的多樣性、密集性和刺激性長期以來一直與移動形式相關聯」，「過度移動常被指責為城市墮落和危險的根源」。芝加哥學派的伯吉斯甚至認為，過多的移動和刺激「無可避免地使人迷失和道德淪喪」。由於「移動性」造成的是一個不同於同質性文化的「私有空間」，從而具有了不同於公共群體的私人主體性，因而，它絕對是一個「異質性」的力量。「移動」不僅說明了移動主體對於群體的「異質性」，同時也表明了其「侵入」方式，它充分表明「移動」主體的弱小和邊緣特徵，從而將資產階級的「遺存」以人格化的形式表現出來了。在《海港》中，錢守維總是在沒有他人的情況下，對韓小強灌輸一些有悖於無產階級政治的道理：或者是「八小時以外是我的自由」，或者是「靠我們這號人還能管好碼頭」等等。在行為上，他或者在無人的情況下將玻璃纖維放進稻穀包中，或者將飲水開關打開，用飲用水洗手。一旦人群上場，反面人物便離場。此外，還有話劇《戰船臺》中的董逸文，由於父親是舊上海的買辦，學會了「忒滑」的「灘上」作風。作品描述他的性格是「你要吃甜的他就給你端糖罐；你要喝酸的他就給你拎醋瓶」，「過去和溫伯年（原來的廠長）打得火熱，一口一個溫總、溫老師，老傢伙把全廠的技術大權都交給了他。現在削尖了腦袋……又纏上了老趙（車間主任）」。這種性格，給人造成的是到處逢迎而造成的極端的不穩定感。顯然，兩面三刀、到處討好的做派是需要繁複地穿梭於各種人群之中才能完成的。而在話劇舞臺上，其身體的「移動」就構成了其最重要的特點。

第二章　當代工業文學研究

第一節　「十七年」與「文革」時期的城市工業題材
創作——兼談滬、京、津等地工人作家群

一、工業題材文學的濫觴

　　在社會主義性質的工業中心性這一概念中,中國當代城市特性得以確定。在「十七年」與「文革」時期的城市題材文學中,城市因原有歷史多元而引起的差異與不統一,被完全消除掉。事實上,這一時期的文學並非如人們一般所認為的,只有單純的政治原則。在文學中,社會主義意識形態的「政治性」肯定是存在的,但「政治性」出現的目的,是為了在否定上海等城市資本主義消費性和日常性生活形態之後,確定關於工業化的社會主義國家性質,並突出國家工業化的「經濟性」邏輯。這一事實是極其重要的,因為,它不僅與1950年代化中期以後的國家工業化題材相連,而且還構成了其表現國家工業化的基礎。

　　通常認為,在這一時期文學的總體格局中,有「政治鬥爭」與「生產鬥爭」兩大類題材。而事實上,即使是「政治鬥爭」題材,自一開始也顯示出了上海作為新中國城市的單一的「生產性」功能。從話劇《戰上海》中的關於保護「大樓」的細節到杜宣的話劇作品《上海戰歌》中「瓷器店裏捉老鼠」的「軍政全勝,保存上海」主題,便已顯示出這一跡象。胡萬春的電影劇本《鋼鐵世家》一劇更是突出了從「軍事鬥爭」轉向「生產」的城市功能過渡。

從軍代表馬援民就任工廠廠長始，他便以「工廠是屬於我們工人階級的家」
為號召，動員工人們的現代效率與節儉觀念（在馬克斯・韋伯看來，「節儉」
是典型的資本主義精神）為新中國工業服務。雖然劇中按慣常模式設置了「特
務破壞」這一情節，但沒並有像「文革」時期文學中那樣，完全將「政治鬥
爭」作為全劇的主線。由於特務在情節開始不久便被抓獲，所以，「階級鬥爭」
沒有成為全劇主要內容，當然也不構成工人階級現代性的主體。因而，在作
品的表現中，工人階級的工業生產是作者表現的主要意圖。在胡萬春等人的
另一部話劇作品《一家人》（胡萬春、陳恭敏、費禮文、洪寶堃）中，關於老
工人慘遭殖民者的迫害，以及楊家「為工人爭氣」的革命血統分析等等這些
「政治性」特徵，成為最後完成五萬發電機製造的生產任務完成的精神支
撐。在這裡，反對帝國主義的「階級鬥爭」題材，其最終要表達的，仍是「生產」
主題。城市的社會主義國家性與單一的「公共性」，成為國家工業化的有力保
障。這是毛澤東時代中國式現代化的基本特點，也是這一時期文學中城市想
像性敘述的中心，上海（也包括其他工業性大城市）成為國家大工業「生產」
的單一象徵符號。從上海城市形象的兩大譜系來說，這一時期的文學可謂是
集大成者。

　　在 1950 年代，特別是「大躍進」時代，上海的工業題材文學達到了既前
所未有而又空前絕後的程度，以致成為上海文學與其他地域創作的重要區別。
魏金枝在談到上海解放十年來短篇小說的成就時，首先提到的就是工業題材：
「這幾年來，描寫到工業生產的，也已有了相當大的份量，再從描寫的題材
的範圍來說，雖然不如我們想像的那樣廣闊而多樣，卻比解放初期無人敢寫
工廠的那樣的情形，已經好得不知多少了。」〔註1〕魏金枝認為，始於第一個
五年計劃初期的工廠文學，到「大躍進」時代，已經進入成熟期。到 1959 年，
這一類小說作品數量已經多得驚人。有人在談到 1959 年小說創作時，將這一
類作品放在首位：「在 1959 年，上海作家，業餘作者和在上海文學刊物上發
表的短篇小說中，取材於工業題材的佔有很大比重。」〔註2〕論者還將其分為
「反映大煉鋼鐵的」、「反映大躍進以後工業的重大變化的」、「反映熱火朝天
的勞動競賽和技術革新的」、「反映鐵路運輸大躍進的」、「反映工廠裏先進和

〔註1〕魏金枝：《上海十年來短篇小說的巨大收穫》，載《上海文學》1959 年第 10 期。
〔註2〕張璽、曾文淵、孫雪吟、吳長華：《一九五九年上海短篇小說創作簡評》，載
　　　《上海文學》1960 年 2 期（2 月 5 日），總第 5 期。

保守鬥爭的」、「反映整風運動以後工人和工人關係的進一步融洽的」、「描寫老工人在我們社會主義建設中的忘我勞動和退休工人渴望繼續參加勞動的」、「描寫大躍進中師徒關係的」等等，都「強烈而真實地反映了上海工業戰線上的生活面貌」〔註3〕。在這位論者的述評當中，對城市工廠題材作品的論述已占到了所有題材的半數。論者總計評論了18篇小說，而對於城市其他題材的作品，評論者只選了些茹志娟的《如願》與莊新儒的《兩代人》之類的作品。但是，《如願》雖然取材於街道里弄，但其實也是表現里弄生產的題材，應該說也與工業文學相關；而莊新儒的《兩代人》，雖非工業文學，但也取材於城市商業。由此可見，工業文學題材在當時處於重要地位。電影文學方面的情形也基本一樣。自「大躍進」開始後，城市工業題材就猛增，「而且絕大多數又是反映上海這一地區的」，「如果說，大躍進以前的幾年間，電影文學反映這一地區的特點還深感不足，那麼大躍進以來，這個不足得到了大大的彌補」，「大躍進以前的幾年間，包括反映工人鬥爭歷史的作品在內，僅僅有四個，而1958年一年間，就有了二十多個〔註4〕。而在工業題材中，鋼鐵題材又佔據了重要位置。該年，以鋼鐵廠生產為內容的電影就有蘆芒的《鋼城虎將》、艾明之的《常青樹》與胡萬春的《鋼鐵世家》，而在1957年，則僅有艾明之的《偉大的起點》這一部電影作品。比較而言，上海方面的鄉土題材與知識分子改造題材的作品，在當時卻十分罕見。據瞿白音的說法，到1959年，「反映上海郊區農村的電影，則還一個都沒有」〔註5〕。這些數字，無疑說明了工業題材在當時上海文學中居於最重要的位置，具有明顯的題材上的等級優勢地位。

　　如此情形，一方面說明自1950年代開始的中國國家工業化的迅猛發展，工業化邏輯已經開始全面進入城市生活，另一方面，也可看出人們對國家工業化的熱烈期許。既便是「文革」時期的作品，也仍然呈現著對工業化的狂熱崇拜。時人在評論「文革」作品《典型發言》中任樹英的政治先進性時，有這樣的表述：「她胸中裝著一個使整個電視工業戰線都『飛起來』的美好理想，這個美好理想已經超越了一個工廠，一個局部，一個狹隘的範圍，……

〔註3〕張靈、曾文淵、孫雪吟、吳長華：《一九五九年上海短篇小說創作簡評》，載《上海文學》1960年2期（2月5日），總第5期。

〔註4〕瞿白音：《略談上海十年來的電影文學創作》，載《上海文學》1959年第12期。

〔註5〕瞿白音：《略談上海十年來的電影文學創作》，載《上海文學》1959年第12期。

任樹英想到的是整個階級整個革命工業,所以才能有這樣一個美好的理想,才能打破人與人,廠與廠之間的界限,積極支持『先鋒一號』這一新生事物。」在以上的讚美語句中,拋棄政治上的說教不說,其實也隱含著某種工業邏輯,即工業屬性自身的擴張性和對原有社會組織生產組織強大摧毀力量,並最終上升為一種無產階級的政治意義對其加以保障。包括《海港》在內的工業文學,不僅闡釋了當時的政治,也在闡釋工業擴張的神話與政治和工業的內在邏輯。而且,之所以在「大躍進」年份中,上海工廠題材達到頂峰,自然與「大躍進」時代人們「趕英超美」的工業化極端的宏偉想像有關。比如,陳恭敏的話劇《沸騰的一九五八》,全面充斥著關於工業化的狂想與迷信:農民土地被占,名曰「給鋼帥讓地」;小汽車一駛入,便引來一片歡呼聲。鋼鐵廠黨委書記丁浩充滿了歇斯底里的誇張,幾位外行副廠長被迫按指令全力以赴,怨聲載道。整個生產過程漏洞百出,工人不斷累倒,安全事故層出不窮,如同災難,以致作品在潛在結構中成為對「大躍進」的控訴。在這種情形下,鋼鐵廠終於建成了年產 60 萬噸合金鋼廠的任務。在當時,既使是鄉土文學題材,也同樣表現出工業化邏輯。在《上海文學》1959 年 12 期發表的 14 首上海郊區歌謠中,有 6 首屬於物質進步主題,涉及機器生產、電力灌溉、河堤加築、新式樓房、新式服裝與城市化等等。還有 2 首屬歌頌社會化程度的提高,如「食堂好」、「頌後勤四化」等等。如此情形,無非是要表明中國農村的傳統生活向以工業為主導的現代生產、現代社會組織的過渡。

還有另一種情況。在這一時期,甚至是此後的「文革」時期,許多作品雖然並不直接描寫工業生產,但國家工業化和科學技術的進步,仍是許多作品的內在結構和基本價值核心,從而與作品所要取得的政治主題相結合。有意思的是,在「文革」時期,政治正義性的主要體現就是工業或生產的「進步」。我們看到,多數作品,不管是群眾運動題材,還是階級鬥爭題材,政治主題都貫穿著生產或技術「進步」的線索。如電影劇本《火紅的年代》中的特種「合金鋼」的生產,電影劇本《無影燈下頌銀針》裏的「針刺麻醉」技術,話劇《戰船臺》中萬噸輪的建造,《迎著朝陽》中女清潔工研究「機械掃路製作圖」,並要「全面實現掃路機械化」,最後使用新型的掃地車打掃街道,等等。在這裡,我們以地方戲《園丁之歌》為例。該劇本屬革命傳統教育題材。小學生陶利不愛學習,但被認為是可以教育好的孩子。因為他雖然頑皮,但喜歡火車模型,並有一種成為火車司機的理想。通常,在 1950～1970 年代,

與《海港》中的韓小強夢想當海員一樣，這種與「工業化」與「現代性」技術相關的職業理想，隱含著對「科學技術」崇拜的意義，是文學對於成為典型的「新國民」的想像。正是有了這種理想內含的「進步」性，小陶利便有了可以改造好的基礎，只不過是授課教師方老師沒有找到好的辦法。而小陶利的班主任，劇中的一號人物俞英，將小陶利當火車司機的理想所隱含的「科學技術」性含義，與當時的階級政治乃至於支持世界革命的國際政治意義相連接：「現在有一車援外物資，由起點到終點相距二千五百二十公里，每小時的行車速度的六十公里，要走多少個小時才能到達終點？」陶利因不會計算而感到羞愧，開始了發奮讀書。於是，這一場政治教育以「科學主義」主題的加入而遂告成功。

二、工人作家群的出現

值得注意的文學現象，還有上海等城市本地工人作家群的興起，這似乎更說明了工業生產在整個城市文化、文學關係中的權力因素。這種情況表明，工業題材文學是一個被國家培養起來的門類，包含了相當的體制性內容。首先，工人的創作運動本身就源於中共官方的提倡和動員。在毛澤東「在延安文藝座談會上的講話」之後，在文化領域，知識分子的工農化和工人、農民的知識化是兩大任務。周揚在與工人的一次談話中曾說：「通過體力勞動和腦力勞動相結合，最後達到共產主義。工人農民一方面作八小時工作，一方面受業餘文化教育，根據他們愛好，又是科學家、文學家，又是管理幹部。他們的業餘活動，一是搞科學技術創造，一是搞文藝。而專業作家呢，也要參加體力勞動。那時實際上已不存在專業作家了，只有這樣，才談得上共產主義文化。」〔註6〕當時，中共的文藝界領導，已經闡明了「正確地幫助和指導工農群眾的創作，發現和培養工農作家、藝術家，是我們文學藝術方面的最重要的任務之一」〔註7〕。文藝主管部門甚至還規定，「輔導群眾的業餘藝術活動，是省、市文聯的另一個主要的任務。這種輔導應當側重於供應群眾業餘藝術活動的材料和指導群眾的創作這兩方面，以便和政府文化主管部門的工作

〔註6〕周揚：《和工人業餘作者的談話》，見《周揚文集》第三卷，人民文學出版社1990年版，第26頁。

〔註7〕周揚：《為創造更多的優秀的文學藝術作品而奮鬥》，見《周揚文集》第2卷，人民文學出版社1990年版，第259頁。

互相配合而不互相重複」〔註8〕。這更推動了工人創作在文藝體制化方面的保障。到 1956 年，周揚在中共第八次代表大會上講話，宣布文學藝術的「群眾化」是真正民主化的過程，也是「破天荒」的歷史壯舉。到 1958 年，伴隨著「新民歌」運動，工人的群眾創作更是得到了體制的扶持。茅盾就曾說：「我們的報刊、文藝刊物，在它的篇幅中反映了這種情況。刊物在組織和發表群眾的文藝活動方面，起了很大的作用。」〔註9〕茅盾甚至還為工人的詩歌創作了贊詞，說：「『勞者歌其事』，何必專業化；發揮創造性，開一代詩風。」〔註10〕

上海方面，非常重視對工人作家創作的培養。在 1950 年代初，上海創辦了以培養青年工人（也包括農民，但很少）為主的文學刊物——《群眾文藝》。1951 年 4 月，上海市文化局與上海市文聯為迎接「紅五月」，組織了「上海市工人紅五月文學創作競賽」等活動，在工人中間進行了工人文學創作競賽。至當年 4 月底，就收到了 115 篇應徵作品。同年，上海市工人文化宮與《勞動報》聯合舉辦上海工人文學寫作班，專門培養工人文學作者。同時，上海市委指示各文藝刊物在廠礦發展工人通訊員，《解放日報》、《勞動報》和電臺都先後舉辦了多次通訊員講習班，上海市文化局和上海市文聯又合辦了工人文藝創作組。這些通訊員起初是用口述向記者報導工廠生產情形，不久便開始練習創作。在工人創作隊伍方面，上海市中型以上的工業企業都建立了創作組。在 1956 年北京召開全國青年文學創作者會議以後，上海市團委和中國作協上海分會設立了專門組織，創辦了《萌芽》雜誌，以刊載青年工人作家作品為主。一些著名報刊的編輯部，如《解放日報》、《勞動報》、《青年報》、《文藝月報》、《萌芽》，都聯繫了許多工人寫作愛好者，並培養優秀的工人通訊員和基本作者。至 1958 年「大躍進」時期，上海的工人創作隊伍更加擴大，各種機關辦刊物也陸續出現。如上海市工聯的《工人習作》，上海市群眾文藝工作委員會的《群眾文藝》，還包括上海市各區與各大型企業黨委宣傳部辦的文藝刊物。1958 年，上海的《文藝月刊》、《萌芽》還編輯了工人創作專輯，並出版「工農兵創作叢書」（其中主要是工人創作）。該年，據說在上海已形成

〔註 8〕周揚：《為創造更多的優秀的文學藝術作品而奮鬥》，見《周揚文集》第 2 卷，人民文學出版社 1990 年版，第 262 頁。

〔註 9〕茅盾：《文藝和勞動的結合》，《茅盾評論文集》（上），人民文學出版社 1978 年版，第 185 頁。

〔註 10〕茅盾：《工人詩歌百首讀後感》，見《茅盾文藝評論集》（上），文化藝術出版社 1981 年版，第 291 頁。

七十萬人的群眾性創作隊伍〔註11〕，群眾創作達五百萬篇〔註12〕，其中，據說僅詩歌創作就有一百多萬首〔註13〕。在這場工人創作運動中，出現的較知名的上海工人作家有胡萬春，費禮文、唐克新、福庚、朱敏慎、孟凡愛、張英、李根寶、鄭成義、徐錦珊、鄭松年、丘化順、俞志輝、胡寶華、樓頌耀、谷亨利、高金榮、劉德銓、陳繼光等等。其中，胡萬春是原上海第二鋼鐵廠的工人，從事小說創作之後成名。其小說《骨肉》在 1957 年世界青年聯歡節國際文學競賽中獲青年文學獎，作品被翻譯成英、法、俄、日等文字，小說《家庭問題》被拍成同名電影，《內部問題》則被改編為話劇《急流勇進》，並於 1963 年獲文化部優秀劇目獎。另一著名工人作家費禮文來自上海機械廠，有《鋼人鐵馬》、《風流人物數今朝》等小說作品被拍成電影。

北京、天津方面的情形與上海類似。在北京剛剛解放不久，就開始了對於工人作家的培養。還在剛剛解放的 1949 年，北京市總工會就開設了包括 24 個工廠在內的工人文藝訓練班，力圖使受訓工人成為工廠文藝的骨幹。在第一次全國「文代會」之後，北京市工廠文藝工作委員會就宣告成立，並組織了專業文藝團體下廠，對工人文學作者進行輔導工作。在四個月的時間裏，專業人員和工人共同創作的劇本就有 49 個，其中，絕大多數的作品是寫工廠題材的〔註14〕。在天津方面，1959 年，天津專門出版了「天津工人文藝創作選集」，將萬國儒、張知行等工人作家創作收入其中。其中，張知行的情形具有相當的代表性。他在三年前還是半文盲，到了 1955 年，開始寫表揚稿發表在報紙上。後來，在人們的不斷鼓勵下，他漸漸開始寫作新聞通訊。一年後，就有了 20 篇左右，其中有 10 篇發表。由於其所在工廠太小，故事少，張知行漸漸開始虛構作品的創作，一般情況下，一周寫二篇小說。後因無法發表而開始系統學習語法，並陸續借閱魯迅、郭沫若、茅盾的作品。1957 年，張知行被調到天津帆布廠，開始正式文學創作，1959 年就在百花文藝出版社出版了名為《巧大姐》的小說、故事集。

〔註11〕除文學之外，也包括美術、音樂、曲藝等文藝創作形式。

〔註12〕以上情況參見羅蓀：《上海十年工人創作的輝煌成就》，載《上海文學》1959年第 10 期。

〔註13〕章力揮：《上海工人集體創作的最美好的詩篇——推薦〈上海民歌選〉》，載《解放》1958 年 5 期。

〔註14〕李伯釗：《把北京文藝工作推進一步》、《談工人文藝創作》，北京文藝社編《把北京文藝工作推進一步》，新華書店發行，1950 年版，第 9、57 頁。

在 1950 年代末至 1960 年代初，工人創作呈現出全國性的高潮。不僅上海、北京、天津等地方紛紛出版工人創作的各類選集，全國性的工人創作選拔也開始進行，先後有《工人歌謠選》（1961 年）、《工人戲劇選》（1962 年）、《工人短篇小說選》（1963 年）等陸續出版。上述每種選本都經過了極其嚴格的組織與程序。以《工人短篇小說選》為例，中國文聯、中國作協、和中華全國總工會於 1961 年 8 月聯合向全國發出徵稿通知，從 1962 年初到 7 月，各省、市、自治區總工會宣傳部和當地文聯、作協從 1958 年至 1961 年間全國職工創作的短篇小說裏，挑選出推薦了 144 篇候選作品，近 100 萬字，最後選定了 29 篇作品。許多著名報刊也都加入其中。《人民文學》等刊物專門開闢了「新人新作」專欄，發表工人的文學作品，《文藝報》等報刊還組織文藝界專業理論隊伍進行研究、評論。茅盾、侯金鏡等大牌理論家都曾寫過評論文章。比如，侯金鏡曾評論過工人作家韓統良的小說《龍套》，認為其立意很新，「善於在日常生活和普通人身上敏銳發現容易被別人一眼掠過的優秀品質」，說「他的短篇剪裁能力強，處理素材又力求簡練含蓄，並且是用人物來體現作者對生活的看法，不是用事件去直接印證某一種觀念和政策」〔註 15〕。茅盾還曾與上海的工人作家胡萬春多次信件來往，親自指導其創作。在其中一封信中，茅盾說，「今天的年青一代的作家比我（或者同我同輩的作家們）年青時代要強得多；我與您那樣的年齡的時候，寫不出您寫的那些作品」，原因是現在「凡事都有黨在指示，黨分析一切並將結論教導你們」〔註 16〕。不過，我們應該注意到，評論家們的態度表現出相當的曖昧態度。比如。茅盾一方面是誇讚胡萬春的創作「強得多」，而另一方面又認為其毫無創作的主體意識。從這封信中我們可以看出，周揚等文藝界領導的倡導意圖是真實的，但作為作家的茅盾等人對於工人創作的評價具有相當的虛偽性，也相當地浮面。這一類評論文字的出現，只能說明這場文藝的「群眾性」運動在當時已經成為了制度性的社會內容，評論家即使不情願承認，也無法不面對它的存在。

「大躍進」之後，工業題材與工人創作的勢頭有所減弱。但到「文革」期間，工業題材和工人創作又再現興盛，成為除「知青」題材之外最搶眼的文學題材。「文革」時期，著名的城市工業題材長篇小說就有李良傑、俞雲泉的

〔註 15〕見侯金鏡：《侯金鏡文藝評論選集》，人民文學出版社 1976 年版，第 76 頁。
〔註 16〕茅盾：《致胡萬春》，載《文藝報》1962 年 5 月 20 日。

《較量》，劉彥林的《東風浩蕩》，程樹榛的《鋼鐵巨人》（創作於 1963～1964年，出版於 1966 年）等。僅在 1971 年至 1973 年間較知名的上海小說中，大多是工人作者所寫。比如，《船廠的早晨》（中華造船廠創作組著）寫萬噸巨輪的建造，《特別觀眾》（段瑞夏著）寫對高品質播音設備的研製，《金鐘長鳴》（立夏著）寫鐵路運輸，《迎風展翅》（上海工人業餘創作組著）寫港區用先進設備滿載貨物，《號子嘹亮》（邊風豪、包裕成著）寫裝載區碼頭司機與裝卸工的協作，《電視塔下》（段瑞夏著）寫彩色顯像管的研製，《試航》（王金富、朱其昌、余彭中著）寫國產泵機在萬噸船上試航，《船廠的早晨》寫萬噸輪的建造，《初春的早晨》（清明著）寫工廠造反，《一篇揭矛盾的報告》、《典型發言》（崔洪瑞、段瑞夏著）寫顯像管的研製，《第一線上》（莊大偉著）寫製造電力工業需要的拉伸機，《新委員》寫上海無線電廠試製原膜電話自動調整板，《責任》（上海第一棉紡廠寫作小組，葉勉執筆）寫紗廠製造援外產品，《小將》（上海電機廠肖關鴻著）寫生產重要國防工程技術，《取經》（上海電機廠周勇闖著）寫電機廠冷作車間的生產，等等。

三、「技術」主題、工業倫理與風格系統

我們看到，在 1950 年代和 1960 年代上海等城市的工業題材文學中，工廠、工礦的技術革命和技術革新技術成為工業文學、城市文學中最大的題材。這個問題在當時就已經有人認識到。在姚文元總論上海工人創作的長篇論文《春風桃李花開日——談談群眾業餘創作中反映工人生活的一些優秀的小說和特寫》中，就認為：「大鬧技術革命及在技術革命中人們的精神面貌和思想鬥爭，是許多作品著力描寫的一個中心。」〔註 17〕

「工業主義」與技術作為對生活各領域的主導邏輯，表現在各個方面。其一是與政治生活的結合，也即工業化、高技術與社會政治的同構。社會主義政治，在毛澤東《新民主主義論》中明確地表達為生產力的發展與公有制的完成。因而，是否代表了先進的工業生產或者技術，就被認為是判定政治上的先進與否的標尺。施燕平的《巨浪》是當時上海工人創作的名篇。這篇小說截取了其中一個片斷——機械加工段和製配工段的競賽，反映五千噸海輪三個半月下水的工業創舉。姚文元在同一文章中對這篇小說評價說：小說

〔註 17〕發表於《文藝月報》1959 年第 5 期，並收入《上海十年文學選集·論文選（1949～1959）》，上海文藝出版社 1960 年版。

「反映了技術革命是完成躍進指標的主要方法，單靠體力是不行的」。姚文元還分析了篇中老工人楊阿金的保守性與後來的「進步」表現。很明顯，姚文元將楊阿金看作已經落後的人物，其落後之處表現在只懂得「加班加點」，而不懂得技術革新。而他「從加班加點到懂得技術革命這一過程，是在群眾幹勁高漲的形勢下面，一部分基層幹部思想趕不上形勢所經歷的普遍過程的一個縮影。」在許多作品中，不利於工業生產的思想與行為被視為最大的一種政治「落後」。哈華的《新的風格》〔註18〕寫了兩種工作風格：一邊是書記和工人的方案，要建設一個現代化的聯動的軋鋼車間，只需要一個月的時間和50萬元的費用；一邊是總工程師的方案，卻需要一年時間和一千萬元費用。總工程師落後的原因，是在德國克虜伯公司有過工作經歷。他迷信德國，認為：「生活、工作，都應該有一種節奏，很好地生活，很好地工作。這點日耳曼人做得非常好。」這兩種「風格」被認為是「資產階級與無產階級的兩種思想鬥爭。」姚文元曾總結說，這一時期「有一些保守思想的來源並不是個人主義，而是一種以墨守成規才對工人階級事業有利的思想在作怪」〔註19〕。

到「文革」時期的上海工業題材文學，這種情況更加明顯。在葉勉的小說《責任》中，師傅韓杏英在技術上的高度負責任的態度，體現著生產「援外」產品的「國際主義」政治。在肖關鴻的小說《小將》〔註20〕中，是否採用新技術，也代表了是否具有政治上的革命性。在重要國防工程電機的生產任務面前，師傅老鄭有顧慮。徒弟小姜提出，「如果我們用計算測量保證線圈模子形狀的準確性，就可以不必等定子完工就生產線圈，這樣做不就可以省下試嵌的時間了嗎？」但老鄭卻不同意。小姜主張為了革命要更加採用新技術。最後，老鄭最終覺悟了，「終於把一種陳舊的工藝送進了歷史博物館」。其實，人物技術上的「進步」，也是政治上「革命化」的過程。在整個「文革」時期，「兩個階級兩條路線」的代表通常也都有一條技術主張。技術上的先進、與落後，與政治立場形成同構關係。在上海話劇《火紅的年代》和《戰船臺》中，反派一方都固守著比較保守的技術。比如，《戰船臺》裏的壞分子董逸文

〔註18〕收入「上海在躍進文學創作集」第三集《生龍活虎》，中國作協上海分會編，上海文藝出版社1958年版。
〔註19〕姚文元：《春風桃李花開日——談談群眾業餘創作中反映工人生活的一些優秀的小說和特寫》，《上海十年文學選集・論文選 1949～1979》，上海文藝出版社1960年版。
〔註20〕發表於《解放日報》1973年6月10日，收入短篇小說集《小將》。

就與保守派溫伯年密謀「切成幾塊，分而治之」的方案；《火紅的年代》裏，廠長白顯舟在壞分子應家培的唆使之下，也幾度考慮合金鋼生產的下馬。而正面人物一般都堅持較為積極的技術路線。如《戰船臺》中，雷海生等提出在小船臺上造萬噸輪，利用船臺的水下延長部分解決問題；《火紅的年代》中趙四海等人試製高品質合金鋼。還有小說中的《特別觀眾》中季長春試製音響調控桌，《電視塔下》研製彩色顯像管等等。

　　工業文學中的「技術」問題是如此泛濫，以致於沒有生產技術方面的因素，許多作品根本無法敘述情節。在表現工業「技術」的文本中，人的工業屬性（生產屬性）與社會的工業化邏輯被極大凸現。其間，人物與「生產性」相伴隨的政治意義與倫理意義，事實上都被「技術化」或「生產化」了。在多數情況下，技術進步成為了核心情節。這也引出另一種現象，上海此類題材大量充斥著極富於專業化色彩的工業技術術語，以致於普通讀者根本難以理解。比如，《特別觀眾》中的「調音控桌」、「袖珍晶體管」、「失真度」，《迎風展翅》中的「一關關鋁塊」、「弔杆負荷」、「調浮弔」，《號子嘹亮》中的「浮弔」、「製氧」、「網絡」、「專車制」、「泊位」、「升降杆」等等，非專業人員往往根本看不懂。

　　對於工業文學中的「技術」問題的泛濫，評論家們表現出了清醒的態度。茅盾曾仔細分析過上海工人作家胡萬春的小說《在時代的洪流中》。這篇小說，從進步派和保守派的鬥爭中表現技術革命的全景。作者以一萬多人的巨型鋼鐵廠的一個重要車間的某工段由手工操作改變為機械化、半自動化為題。由於工段技術的落後，這個工段已經成為全廠生產躍進的絆腳石。為了全景式的展現技術革命，作品首先寫黨委會上的激烈爭論，繼而又寫黨委領導下的車間黨總支委員、全體黨員大會和工段的全體群眾大會。廠黨委書記魏剛不僅統籌全局，甚至還捲了鋪蓋下了車間。從場面上說，有會議，有現場操作，也有工人的深夜苦思；從人物來說，有對技術革新持完全懷疑態度的周阿大，有覺悟最高的阿梅，也有怪話不斷但又堅持革新的「小搗蛋」。如此龐大的人物群體和宏大場面，無疑是要說明技術革新已經是當時生活的「時代洪流」，勢必以宏大的群眾運動的形式出現，並席捲一切。但在評論中，茅盾對於這篇小說曾有一番解構：

　　　　不讓一個技術人員或工程師露面。這就發生了疑問：好像這樣一
　　個萬人大廠內的技術人員或工程師全部都置身於這樣一個工段的

技術革命運動之外；或者，好像黨委也沒有想到這樣的技術革命應當調動一切力量，因而也沒有動員技術人員和工程師（黨委書記魏剛在這一運動中親自抓得很緊，最後他搬了鋪蓋捲兒下車間，親上前線，然而他的思索和行動中卻不見半個技術人員或工程師的影子）。作者強調了技術革命的群眾運動的一面到了過分的地步，因而這篇作品就有片面性，就會使讀者發出了上述的疑問，就在一定程度上損害了作品的真實性。作者在小說的第五節（工段的全體工人大會上）提到龐黑三的父親當年被外國人譏笑，這就點出外國鋼鐵廠的金屬製品車間的製鋼繩工段早就機械化、半自動化了，的確不是新鮮玩意，不是保密的尖端技術，那麼，這個萬人鋼廠如果還有工程師的話，應當懂得或至少看見過這個工段如何機械化，特別是在一九六〇年的萬人大廠中應當有見多識廣的工程師和技術人員，因此，作品的完全不提到他們，就更加顯得不可理解了。我們可以理解的，是作者這樣的安排的動機：如果把工程師和技術人員寫成保守派，一籌莫展未免俗套，如果把工程師和技術人員先保守後通思想幫助工人們完成力量了這項革新，看來也是公式化，而且不能突出技術革命的群眾運動的偉大意義，因此，作者揀定了如上所述的安排。作者的動機無可厚非，但客觀效果則不盡符合作者的動機；因為這樣一來，反倒把技術革命的群眾運動的意義表現得片面和狹隘了。〔註21〕

事實上，姚文元當時也注意到了這一點。他談到此時期上海工人創作存在兩大問題，其中之一就是由於寫「老工人」和「青工」太多，而且多以技術問題來處理，而「以黨支部書記、廠長一級的幹部為中心人物的作品，就很少」。在姚文元看來，「這反映了作者生活上的侷限性」。姚文元的意思是，作者們忽略了除技術以外的眾多方面，如「工程師、技術人員同工人結合」、「工人和農民的血肉關係」、「家庭生活的變革」、「黨內生活、黨內的思想鬥爭」、「工廠管理中許多新鮮有趣的問題」、「工人生活上同各種非無產階級思想的鬥爭」等等。在對具體作品的分析中，姚文元指出了唐克新《古小菊和她的姊姊》「反映了一九五二年秋天轟轟烈烈的勞動競賽……但由於故事過多地注意從生產過程上去寫矛盾的產生和解決，刻畫人物的精神面貌的

〔註21〕茅盾：《一九六〇年短篇小說漫評》，見《一九六〇年短篇小說欣賞》，中國青年出版社1962年版，第92頁。

變化就相對減弱了」。姚文元還批評張英的小說《奔騰》:「也是反映不斷突破指標的那個萬馬奔騰的日子的。但我覺得這篇作品過於注意指標、數字的變化,而沒有更多地注意刻畫人物。」〔註22〕應該說,幾位批評家的論述都是有道理的。

隨之而來的是工業倫理的建立。

我們首先要看一下現代工業倫理與傳統倫理的不同。工業倫理對於傳統倫理的衝擊表現在兩個方面。一是家庭倫理;二是原有的「師徒」式舊的手工業倫理。

先說前者。一般來說,現代社會的公共性乃是由個體以社會成員的面目出現的,而家庭則愈發成為私人生活領域。但在中國當代工業題材的文學中,我們卻看到了相反意義的體現,即家庭反而作為了一個生產單位出現。通常,家庭成員都有職業工人的社會身份,這種身份侵入了家庭。胡萬春的電影劇本《鋼鐵世家》後半部的主題是關於「生產」的。我們看到,孟廣發與孟大牛之間的父子關係幾乎完全是工作關係的一種延伸。從兩人之間為工作的爭吵到作為領導的父親處理兒子,再到後來兩人的和解,具體的生活形態不再支撐家庭關係,其家庭邏輯是依託「鋼鐵生產」而確立的。「工業主義」的邏輯全面擴大至倫理領域,或者說與倫理原則合謀,從而形成雙重的社會組織力量。《鋼鐵世家》、《家庭問題》、《一家人》等等作品,開頭都以父子衝突的情節展開,同時又都以「子認同父」為結。

我們再看第二種情況。在多數工業文學作品中,人群與工業技術的關係,還表現在「師徒」關係方面。其實,「師徒」式的手工業倫理其實也是「父子」式家庭倫理的延伸。但是,在相當多的作品中,恰恰是要破除這種傳統關係的唯一性。而破除這種關係的,正是「技術秩序」。也就是說,傳統倫理秩序必須符合新的「技術秩序」。新的精英的產生,其第一要義是生產技術。此種情況,在上海「文革」時期文學中仍然有著延續,比如《小將》、《金鐘長鳴》、《初春的早晨》、《新委員》、《新店員》、《號子嘹亮》等等都在講述新的精英產生的故事。從其題目所包含的「初春」、「小」、「新」等詞彙,就可以看出這一主題。不過是,「文革」作品在「技術秩序」之上,又加上了

〔註22〕姚文元:《春風桃李花開日——談談群眾業餘創作中反映工人生活的一些優秀的小說和特寫》,《上海十年文學選集‧論文選 1949~1979》,上海文藝出版社 1960 年版。

政治的意識形態。但意識形態的「正確」並不是唯一的，換句話說，政治的「正確」加上正確的「技術」倫理，構成當時時代的倫理秩序，也才能產生新條件下的工業倫理。

再說工業題材文學的風格系統。這一時期的工業題材創作，無論是不同作家的作品還是同一作家的不同作品都很難顯現出獨異個性。工業化邏輯的展開、廠礦背景的凸顯、生產技術核心的敘述使得工業題材創作的地域特徵、人物特徵都曖昧不明。作品與作品之間情節的雷同令人瞠目——把同類作品放在一起比較，如果沒有清晰的記憶，很難分清情節、人物歸屬於哪篇作品。茅盾曾以半年內發表於各報刊的十多篇反映工人生活的創作為例，指出這種問題在人物形象上的問題：

> 作品中的落後分子有很好的技術，有長久的工齡，經過敵偽和國民黨反動統治，閱世既深，因而對於新時代也還抱著保留的態度。
>
> 作品中的積極分子大都性子急躁，不善於團結，因而引起落後分子反感，故意鬧彆扭。
>
> 積極分子碰了釘子之後，改好了自己的態度，於是落後分子也就轉變，比誰都積極。〔註23〕

以生產技術發展革新為中心，其價值判斷、審美選擇、感情取捨等都以是否合乎工業化藍圖為旨歸，對於複雜的人生世相了機械簡單化處理。文體特徵在這類作品中也難以尋繹。在工業題材作品中，雖有戲劇、詩歌、散文各式體裁，但不同文類都顯示出明顯的紀實、敘述內容。

應該說，關於當代中國的工業化想像，與中國城市現代化進程的現代性普遍價值，與大工業的、技術主義的譜系均密切相關。但是，它抽去了關於現代化的其他含義，而將工業邏輯誇大為整體的城市的甚至是國家的意義。這一種對城市國家工業化的憧憬，不僅遠遠超過創作了《子夜》等現代工業文學的茅盾等人，同時也可能後無來者。隨之而來的問題，對國家工業現代化的想像，在這一時期城市題材中顯得相當外在化。在這一點上，它和新感覺派的現代性譜系編碼並無本質的差別，也並不因城市政治屬性的改變而變化。不過是，新感覺派的起點是「消費」，而此時文學的起點是「生產」。從根本上來說，兩者都是一種極端的現代化中心性的文化編碼。

〔註23〕茅盾：《關於反映工人生活的作品》，載《人民文學》1950 年 2 卷 1 期。

第二節 「十七年」與「文革」城市文學中的工業倫理問題

劉小楓曾提出「政黨意識形態」、「政黨倫理」和「政黨國家」的概念，進而提出「政黨意識形態—倫理—國家的組織體建構，是中國的社會主義式民族國家的社會實在和日常生活結構」的命題。〔註24〕事實上，「政黨倫理」是社會主義社會的主導倫理形式。我們看到，在中國當代城市「工業主義」的大工業邏輯中，「政黨倫理」和工業領域中的「工業倫理」是一致的，而在家庭中，也決定著家庭倫理，三者都循由共同的邏輯。由此，也出現了當時社會新的社會精英產生模式。

新的社會精英出現的基礎，其實是由於社會制度的改變而帶來的新的階層秩序的產生。在中國社會主義制度之前，「左翼」政治精英產生的主要基礎是現代化過程中農村傳統結構的破壞。而在社會主義社會，隨著政黨國家的建立和大規模工業化的進程，社會精英的產生就不再依賴於農村的社會結構體，而取決於工業化的社會結構。這時，社會精英產生的機制，也必須符合社會的主導倫理結構。我們看到，這種機製表現為，首先，政黨倫理提出精英合法化的社會評價尺度。劉小楓指出：「農轉工、工轉幹不僅是經濟條件的改變，更是政治條件的改變。同樣，由於社會主義工業化和城市化建設是以政黨倫理的動員方式推動的，工人或市民的財富獲取就與政黨倫理一體化。權力和財富資源的差異分配與政黨倫理同構，使『紅』成為獎勵機制非符號，成為社會成員追求的一種可帶來生活利益的政治財富，從而進入『紅的社會階層』。」〔註25〕但是，當政黨國家建立之後，統治者必然將原來的政黨倫理納入到國家科層制度，並使之制度化。因為，政黨意識形態只能對階級屬性進行區分，而無法完全適用於社會科層。政黨精英轉化為國家精英，特別是工業化社會的精英，還需要新的因素加入。劉小楓進而指出：「政黨意識形態對階級道義的劃分，使工農階級的倫理身份有先賦的貴位性，他們較易取得政黨精英的資格，但要成為國家精英，還需要其本身並不具有的資格條件。共產黨興盛過程中主要的精英來源是農民和城市學生，在比例上，前者遠遠多於後者。通過『知識分子工農化工農分子知識化』的政黨策略政黨的精英

〔註24〕劉小楓：《現代性社會理論緒論》，上海三聯書店 1998 年版，第 390 頁。
〔註25〕劉小楓：《現代性社會理論緒論》，上海三聯書店 1998 年版，第 402 頁。

理論力圖抵消這兩種主要精英來源的品質差異。」〔註26〕事實上，對於大工業占主導的城市社會，在政黨倫理之外，又加上了「工業」或「技術」的先進性。這使得，在社會主義城市或工礦領域，精英的產生除了政治上的條件以外，還需有工業技術上的先進性。這種情況，必然導致工業精英的產生與以往的社會倫理與家庭倫理的秩序不同。

我們首先要看一下現代工業倫理與傳統倫理的不同。

工業倫理對於傳統倫理的衝擊表現在兩個方面。一是「父子」式的家庭倫理；二是原有的「師徒」式舊的手工業倫理。我們先來看第一種情況。協作式的工業機器生產，肯定會對傳統的家庭模式形式構成衝擊。由於傳統家屬負載有生產功能，因此，家庭事務對傳統時代來說，屬於一種「公共」事務，而共同居住這種形式與共財合爨的分配、消費制度，也會超越家庭成員之間不同的文化品格，穩定並強化家庭成員之間的情感。在工業化之後，家庭已不再是一個集體性的生產、經濟單位。同時，在現代社會，傳統家庭的人身依附關係也會鬆動，延續家族血緣的義務漸漸消失，血緣關係的認同心理也會降低，使家庭純然成為一個私人領域的生活單元。家庭成員們在工業社會中被社會所認可的程度，一定程度上決定了其在家庭中的地位。也就是說，其在家庭中的身份與角色，都不再依據家庭角色，而帶有了工業社會的公共性角色色彩。換句話說，公共性乃是由個體以社會成員的面目出現的，而家庭則愈發成為私人生活領域。

但在中國當代工業題材的文學中，我們卻看到了相反意義的體現，即家庭反而作為了一個生產單位出現。通常，家庭成員都有職業工人的社會身份，這種身份侵入了家庭，因而使得生活形態不再「私有化」，而變成生產活動的一部分，人物關係也大體依據生產上的工作關係而展開。在陸文夫的小說《只准兩天》中，邵立本師傅將女徒邵芸英收為乾女兒。邵芸英戀愛了，要與男友約會，而邵師傅為了讓女兒好好學習技術，規定一周內只能在週三、週六約會兩次。我們看到，邵師傅對於乾女兒，是一種「父權」壓迫的傳統家庭關係。但在這裡，卻被一種「學習技術」名義上的「技術秩序」所覆蓋，從而使具有壓迫意義的父女關係變得合法化了。其中，師傅對於乾女兒的「壓迫關係」的合法性基礎，不再是「父女」的傳統結構，而是工業生產關係在家庭中的延伸。

〔註26〕劉小楓：《現代性社會理論緒論》，上海三聯書店1998年版，第414頁。

胡萬春的電影劇本《鋼鐵世家》後半部的主題是關於「生產」的。我們看到，孟廣發與孟大牛之間的父子關係幾乎完全是工作關係的一種延伸。從兩人之間為工作的爭吵到作為領導的父親處理兒子，再到後來兩人的和解，具體的生活形態不再支撐家庭關係，其家庭邏輯是依託「鋼鐵生產」而確立的。這倒不是說父子之間沒有親情，但這種親情成為了「生產」關係的一種附屬，或緊張、或和緩都依隨「生產」關係的改善而展開。在孟廣發處分了孟大牛後，孟廣發萌發了父子親情，給兒子準備了飯盒。但這一情形仍是在生產的「公共性」意義上展開，並不屬於個人的人性範疇。甚至，孟大牛的婚事也與生產有關。孟大牛是工廠的爐長，其妻是工廠的技術員，兩人的結合呈現出工業生產協作式的「結合」，所以，這場婚姻，在「生產」的意義上得到了肯定。正如廠長馬振民說的：「現在的青年人真幸福呀！一個是爐長，一個是技術員，這真是勞技結合呀……」。作品結尾在一片極端的工業化狂想中結束：原設計 80 噸的爐子，居然能夠燒鑄 460 噸的鋼料。孟家在客廳裏慶祝這一成功，同時，父子相承的倫理結構也在生產成功中得到了合法化。

在這裡，我們觸及一個難題，即家庭傳統倫理是否因工業化而遭到摧毀呢？如果是的話，那麼我們可以將其視為工業化的結果；如果不是的話，我們又如何去解釋這些作品關於「工業主義」的含義呢？其實，這一類作品並不表現舊有家庭倫理的消亡，只是，家庭倫理必須符合一種我們稱之為「工業倫理」的新秩序。而且，「工業倫理」還會因家庭倫理的加入，使「工業倫理」得以強化。

我們看到，這一類作品大都明顯具有倫理「差序格局」的人物關係。一種情況是父子、師徒、夫妻等等，其中最突出的是父子關係。通常，父子關係在作品中依據了關於「生產」的工業關係給予確認，但同時，父子倫理關係也沒有改變，因為作品一般都以「子對於父」的最終認同為結局。個人情形，似乎說明了倫理關係與結構和生產關係與結構之間的同構。正如同「公共性」與私人性之間衝突的時候，「父權」控制與「子認同父」的情形一樣。從某種意義上說，這與我們習慣的關於現代家庭以個體為單位的關係不同，相當程度上，也與「五四」以來的新的家庭文學傳統不符。由於這類作品大量存在，我們無法將其視為個例，應視為具有共同的時代基礎，一種時代共名。如果我們的論述僅僅依據工業主義邏輯而展開，那麼它似乎體現了「一套以現代工廠對生產過程全面控制為基本原則的行為模式。這樣一個以大規模工業生產

為出發點的社會組織方案，與其說反映了意識形態的選擇，不如說是由現代工業的基本邏輯所決定的。大規模、高效率的工廠工作必須依靠紀律化、組織化的勞動大軍，因此現代工業生產的一個重要的環節便是確保勞動力的再生產」〔註 27〕。家庭倫理保障是父子血緣的基礎關係。如果依據一般的社會學原理，工業邏輯與家族倫理會呈現出相悖的狀態，這對於 1950～1970 年代以凸現大工業邏輯為主導的作品來說，無疑是一種損害。但關鍵在於，一旦「生產」的關係與「父子」的血緣關係形成同構，父子血緣就變成了一種工業組織形式，甚至是「再生產」的組織手段，它就會強迫每一個子輩的家庭成員無條件接受，這不僅不損害「工業主義」的邏輯，反而使得其得到強化。

「工業主義」的邏輯全面擴大至倫理領域，或者說與倫理原則合謀，從而形成雙重的社會組織力量。在當代，倫理秩序對於當代中國社會「公共領域」構成有力支持。在工業題材中，這一模式並未有改變。胡萬春的《鋼鐵世家》、《家庭問題》、《一家人》、還有陸文夫的《只准兩天》等等作品，開頭都以父子衝突的情節展開，同時又都以「子認同父」為結。這是一種倫理「差序」式結構，與傳統家庭的「主軸是在父子之間，在婆媳之間，是縱的，不是橫的」〔註 28〕家庭序列完全一致。既使沒有出現父子關係，也仍然有一條隱性的父子縱向結構，如師與徒、領導與工人、老工人與青年工人、兄長與兄弟。另外，還有以養父母、養子（女）出現的關係，比如前文所述，陸文夫的《只准兩天》裏邵立本師傅與女徒邵芸英。還有一例。在胡萬春六場話劇《一家人》中，這一「隱形」的「縱向」結構由三代人組成。首先，是父親楊老師傅與長子楊國興的關係。父權的權威性一方面得之於家庭倫理身份，一方面又得之於其身上體現的祖父「一定要為中國工人爭一口氣」的「先進性」的政治訴求。其次，楊國興在弟弟楊國良面前，不僅具有傳統的「兄」與「弟」的倫理層級優勢，還具有一種「忍讓」的東方倫理上的高度。他曾擔任過上海動力機械廠的車間主任，而後自動到落後的大新機器廠任職，原先的職務為弟弟楊國良所有。因此看來，技術與生產同時被納入到了傳統的倫理秩序，兩者都能得到認可。

再看第二種情況。在多數工業文學作品中，人群與工業技術的關係，還表現在「師徒」關係方面。其實，「師徒」式的手工業倫理其實也是「父子」式

〔註 27〕唐小兵：《英雄與凡人的時代：解讀 20 世紀》，上海文藝出版社 2001 年版，第 143 頁。
〔註 28〕費孝通：《鄉土中國》，三聯書店 1985 年版，第 40 頁。

家庭倫理的延伸。一方面，「師徒」具有傳統的血緣代際的人群關係特徵，也即，具有「一日為師，終身為父」的傳統人倫。在「師」這一方面，其等級優勢來自於「父」的家庭權威；另一方面，「師徒」關係又表現為生產技術的傳遞。在傳統手工業時代，「師徒」是最大的一種生產關係，特別是在血緣倫理秩序極其嚴格的中國。但是，在相當多當時的作品中，恰恰是要破除這種傳統關係的唯一性。而破除這種關係的，正是「技術秩序」。也就是說，傳統倫理秩序必須符合新的「技術秩序」。如果不能符合，其存在的合理性就會被質疑；如果符合，其會加固「技術秩序」。也就是說，新的精英的產生，其第一要義是生產技術。

這方面，我們可以舉出許多例子。阿鳳的小說《在崗位上》是一篇涉及多層倫理關係的小說。在作品中，女旋工小劉既是老李的徒弟，同時又被老李夫婦認為「乾女兒」。之後，小劉又與老李的兒子小李戀愛，成了小李的未婚妻。這樣一來，小劉不僅與老李構成「師徒」、「父女」、「公公／兒媳」關係，又與小李結為「夫妻」關係。但如此複雜的關係，卻被作者處理的非常簡單，那就是：一切都服從於「技術秩序」。我們先看小劉與老李。小劉揭發了師傅的作業違章行為，車間裏還為這事貼上了「霹靂報」，將此事公開化了。在「霹靂報上」，大家「近前一看，有一段是表揚稿，表揚一個老搬運工利用舊廢料的事。另外，還有幾幅漫畫，畫的是李師傅違章作業的事。逗大夥笑的是這幅：李師傅正澆涼水的時候，心裏盤算著可別叫人看見，這可是違章作業呀。偏巧，被青年監督崗看到了，那監督崗畫的是年輕女工，圓圓的臉，大大的眼，作業帽戴得靠後，露出前面的頭髮來，小劉一看，就知道畫得是自己。」在這裡，小劉揭發作為「乾爹」和「公公」的師傅，似乎違背了家庭倫理。但作品並沒有強調「技術秩序」必須破除「人際倫理」，因為「霹靂報」上首先表揚的就是一位「老搬運工」，這說明人際倫理與「技術秩序」並不違背。其實，作品要闡發的是，在人群關係中，「技術秩序」是唯一性的原則，即，所有倫理關係都要服從於工業倫理。因此，老李夫婦並不計較小劉的「忤逆」，相反，他們似乎沒有任何心理的掙扎便接受了批評。對此事，小李也認為未婚妻做的正確。因為，小李與小劉雖則是未婚「夫妻」，其間的主導關係不是「家庭」或「男女」的關係，卻是一種「技術秩序」：「其實這一對未婚愛人，還是不公開的競賽對手呢，骨子裏都使著勁，看誰先成為先進生產者，看誰的相片先掛在段裏的光榮榜上。」在小說中，「技術」也是精英產生的最重要條件。

作為新的「精英」，小劉具有在「技術秩序」上的等級優勢。她技術好，又「大公無私」。其實，在作品開場，這種優勢在人物形貌上已經表現出來了。小說寫小劉「她穿著工作服，戴著防護眼鏡，手裏握著力架的把手，兩眼盯著車床。」這完全是一幅「生產者」形象。這裡，小說雖然構築了幾重關係，如「師徒」、「夫妻」、「父女」、「婆媳」，但並沒有構成小說在揭示人物關係和人性中的複雜性。一切都非常簡單，這就是小說題目所揭示的，一切都受工業技術的「崗位」支配，並由此產生新的工業倫理，而沒有任何別的。

　　反過來，倫理原則，已不僅是家庭組織形式。由於其負載著社會組織的義務，因此，它也必須服從於技術邏輯。在唐克新小說《第一課》〔註29〕中，黨委書記儲平曾經作為六級師傅小吳的業餘徒弟，馬上又要做「職工紅專大學」的業餘學生，而小吳恰好被聘為「職工紅專大學」的業餘教師。應該說，在政治權力關係方面，儲平處於層級的上端。但在技術倫理和「師徒」式手工業倫理中，儲平反而處於小吳的等級之下。在這一種人物關係裏，黨委書記居然作普通工人的徒弟這一情形，便是政治關係的技術化。它雖然跳過了工業社會結構中廠長—總工—工人的技術性社會結構，直接將領導與底層工人在政治倫理的結構中獲得合理性，但同時，「師徒」式的倫理關係，也因技術的「傳、幫、帶」生產技術邏輯而得到認可，使兩方面都得到加強。小說表明了當代中國工業社會倫理組織、政治性與技術的結合。當有人提出改造車間要由廠長、總工等技術人員來負責時，黨委書記儲平說這是迷信思想：「主要靠誰，靠我們全體七千多職工，……因為我們是解放了的中國人民，我們不僅是掌握了政權的主人，還將是文化、科學和一切技術的主人……。」其間，倫理、政治與技術邏輯的同構異常鮮明地體現出來，瓦解了純粹的規範化組織制度的「科層制」權利結構。同樣，在費禮文《黃浦江的浪潮》中，老工人吳守本用「節儉」的覺悟加上改造車輪的技術，解決了運料難的問題，實現了「大躍進」的速度，也體現了政治（節儉）、倫理（老工人）與技術進步三者的結合。同樣的情況，還有陳恭敏、王煉的《共產主義凱歌》等。

　　胡萬春的小說《步高教師傅所想到的……》〔註30〕是一篇較有意味的作品，其中步高師傅與其徒弟楊小牛在倫理與技術兩個層面上都形成了複雜的交叉關係。兩人都被任命為工段長，並展開生產競賽。楊小牛因為自己與師傅

〔註29〕唐克新：《第一課》，載《人民文學》1960 年第 4 期。
〔註30〕胡萬春：《步高師傅所想到的》，載《收穫》1958 年第 4 期。

同樣擔任領導職務，不願再接受師傅的幫助，而步高師傅則執意要幫助他，楊小牛因而負氣。但拒絕了師傅的幫助後，楊小牛便出了生產上的差錯。因沒有處理好「尖子」就要出鋼，不得不接受師傅的教訓。在這一篇裏，楊小牛與師傅同處於領導，一般意義上是一種現代社會的「科層」關係，但這一科層含義非常脆弱。楊小牛雖然遵行的是官僚行政中的「平級」關係與師傅相處，但完全不能阻止師傅在師徒倫理優勢下的進逼。而師傅代表的不僅有倫理優勢，還有「覺悟」與「道德」的政治特性，更有技術上的進步。由此看來，政治優勢、倫理原則與工業技術進步的一致是理解此類文學的關鍵。

對於「技術秩序」所造成的「師徒」關係衝突，以及由此帶來的對於當事人心理的衝擊，有些作品並非沒有表現。在有些作品裏，這一情形還很嚴重。我們試看費禮文《一年》中一位師傅面對徒弟黃愛華時的心理感受：

> 黃愛華是我過去不太歡喜的徒弟。我不喜歡她，是有原因的。雖然，她平常見到我是有禮貌的，可是在幹活時卻全然不像當年我對待師傅的樣子。我派給她幹的活，表面上她是按照我指點的方法去做，但有時候總是要白浪費時間來尋找「花樣」，對師傅指點的法子，總覺得有點不稱心的樣子。她不明白，師傅總歸是師傅，徒弟總歸是徒弟。當年師傅教我朝東，我從不向西望一下。即使現在不講這一套吧，但技術方面總歸是我教她，而不是她教我吧。

雖然師傅對徒弟有如此的牴觸，但在師傅因病住院一年後，看到徒弟黃愛華改進了技術：在車床裏多安裝了一把刀，同時鑽眼車外圓，工效增加一倍，還能畫圖樣。在這篇顯得較單純的作品裏，這病中「一年」，事實上也應該被理解為一種隱喻，即師傅的落伍。小說最後，徒弟開始給師傅講授自動退刀技術，師傅也欣然接受。這是一個新的精英產生的過程，同時也是舊的精英退出的過程。當然，同時也是工業倫理重新建立的過程。師傅接受了新的精英，同時也接受了新的工業倫理格局，不再焦慮。與此類似，南丁的小說《檢驗工葉英》也是一個精英產生和工業倫理的故事。葉英一出場就代表了一種「工業精英」形象：「嘴唇薄薄的，一定是一個不肯饒人的姑娘」。剛到車間「她又用鼻子嗅了嗅這一切發出來的機油的味道，這都是葉英熟悉的，使她感到親切。」作為檢驗工，葉英判定工段長趙得工段的產品不合格。趙得是她的父執輩，雖不太滿意葉英的處理，並發生衝突，但他無法動搖葉英所代表的工業原則。葉英的所作，也得到了政治倫理的支持。車間主任唐亮出面

說服趙得，使趙得接納葉英的意見。像這一類因技術問題使師徒發生衝突的情節，在當時工業作品中十分常見，而其解決方式基本上是相同的，即其他倫理關係都要服從於「技術秩序」。此種情況，在「文革」時期文學中仍然有著延續，比如《小將》、《金鐘長鳴》、《初春的早晨》、《新委員》、《新店員》、《號子嘹亮》等等都在講述新的精英產生的故事。從其題目所包含的「初春」、「小」、「新」等詞彙，就可以看出這一主題。而且，與「十七年」文學不同的是，「文革」作品的工業倫理表達的要更加強烈一些，並已經成為一種模式。不過是，「文革」作品在「技術秩序」之上，又加上了政治的意識形態。但意識形態的「正確」並不是唯一的，換句話說，政治的「正確」加上正確的「技術」倫理，構成當時時代的倫理秩序，也才能產生新條件下的精英。

第三節　工業題材與國家工業化的想像

在十七年文學中，新上海被賦予了無產階級左翼意義，並消除了原有口岸城市的所有資本主義邏輯。在社會主義性質的工業中心這一概念中，體現著消除城市歷史由多元而引起的差異與不統一的內在含義。事實上，這一時期的文學並非人們一般認為的只具有單純的政治原則。政治性是存在的，但其目的是為了在以否定性形式表現上海資本主義與消費性日常性生活形態之後，確定關於工業化的社會主義國家性質突出國家工業化邏輯。這一事實是極其重要的，因為，它不僅與 20 世紀 50 年代中期以後的國家工業化題材相連，而且構成了其表現基礎。

一、巨型規模的工業題材文學生產

這一時期文學中鬥爭題材與生產題材是兩大模式，而事實上，「鬥爭」題材自一開始也顯示出上海作為新中國城市的單一生產性功能。《鋼鐵世家》一劇更突出了從「鬥爭」轉向「生產」的城市功能過渡。從軍代表馬援民就任工廠廠長始，他便以「工廠是屬於我們工人階級的家」為號召，動員工人們的現代效率與節儉觀念（這在馬克斯・韋伯看來是典型的資本主義精神）為新中國工業服務。劇中按慣常模式設置了特務破壞這一情節，但它沒有像文革時期文學中將「鬥爭」作為全劇主線，特務在劇本開始不久便被抓獲，階級鬥爭沒有成為全劇主要內容，當然也不構成工人階級現代性的主體。工人階級的

工業生產恰是作者表現的主要意圖。《一家人》中關於老工人慘遭殖民者迫害，以及楊家「為工人爭氣」的血統分析，成為最後完成五萬臺發電機製造任務的精神支撐。城市的社會主義國家性與單一的公共性成為國家工業化的有力保障，這是毛澤東時代中國式現代化的基本特點，也是這一時期文學中上海想像性敘述的核心，上海（也包括其他大城市）成為國家大工業的單一象徵符號。從上海城市形象的兩大譜系來說，可謂是集大成者。在 20 世紀 50 年代，特別是「大躍進」時代，上海的工業題材文學達到了相當豐富的程度，以致成為上海與其他地域創作的重要區別。魏金枝在談到上海解放十年來短篇小說成就時，首先提到的就是工業題材：「這幾年來，描寫到工業生產的，也已有了相當大的份量，再從描寫的題材的範圍來說，雖然不如我們想像的那樣廣闊而多樣，卻比解放初期無人敢寫工廠的那樣的情形，已經好得不知多少了。」〔註31〕魏金枝認為，始於第一個五年計劃初期的工廠文學，到大躍進時代，已經進入成熟期。到 1959 年，這一類小說作品數量多得驚人。有人在談到 1959 年小說創作時，將這一類作品放在首位：「在 1959 年，上海作家、業餘作者和在上海文學刊物上發表的短篇小說中，取材於工業題材的佔有很大比重。」論者將其分為「反映大煉鋼鐵的」、「反映大躍進以後工業的重大變化的」、「反映熱火朝天的勞動競賽和技術革新的」、「反映鐵路運輸大躍進的」、「反映工廠裏先進和保守鬥爭「反映整風運動以後工人和工人關係的進一步融洽的」、「描寫老工人在我們社會主義建設中的忘我勞動和退休工人渴望繼續參加勞動的」、「描寫大躍進中師徒關係的」等等，都強烈而真實地反映了上海工業戰線上的生活面貌〔註32〕。

在這位論者的述評當中，對工廠題材的論述已占所有題材的半數，總計評論 18 篇小說；而對於城市其他題材的作品，評論者只選了些茹志娟的《如願》（取材於街道）與莊新儒的《兩代人》（取材於商業）之類的作品。電影文學方面的情形也基本一樣，自「大躍進」開始，城市工業題材猛增，「而且絕大多數又是反映上海這一地區的」，「如果說，大躍進以前的幾年間，電影文學反映這一地區的特點還深感不足，那麼大躍進以來，這個不足得到了大大的

〔註31〕魏金枝：《上海十年來短篇小說的巨大收穫》，載《上海文學》1959 年第 10 期。

〔註32〕張璽，曾文淵，孫雪吟，吳長華：《一九五九年上海短篇小說創作簡評》，載《上海文學》1960 年第 2 期。

彌補」,「大躍進以前的幾年間,包括反映工人鬥爭歷史的作品在內,僅僅有四個,而 1958 年一年間,就有了二十多個」〔註 33〕。在工業題材中,鋼鐵題材又佔據重要位置。該年以鋼鐵廠為內容的電影就有蘆芒的《鋼城虎將》、艾明之的《常青樹》與胡萬春的《鋼鐵世家》,而在 1959 年,則僅有艾明之《偉大的起點》這一部電影作品。比較而言,上海方面的鄉土題材與知識分子改造題材的作品卻十分罕見。據瞿白音的說法,到 1959 年,「反映上海郊區農村的電影,則還一個都沒有」。這無疑說明了工業題材在上海文學中明顯的等級優勢地位。值得注意的文學現象還有上海本地工人作家群的興起,這似乎更說明了上海城市文化、文學關係中的權力因素。它說明,工業題材是一個被國家培養起來的門類。20 世紀 50 年代初,上海創辦了以培養青年工人(也包括農民,但很少)為主的文學刊物——《群眾文藝》,還發起了「上海市工人紅五月文學創作競賽」等活動。同時,上海市委指示各文藝刊物在廠礦發展工人通訊員,《解放日報》、《勞動報》和電臺先後舉辦多次通訊員講習班,上海市文化局和市文聯又合辦了工人文藝創作組。這些通訊員起初是用口述向記者報導工廠生產情形,不久便開始練習創作。1956 年在北京召開全國青年文學創作者會議以後,上海市團委和中國作協上海分會設立專門組織,創辦《萌芽》,以刊載青年工人作家作品為主。至 1958 年「大躍進」,工人創作隊伍更加擴大,各機關辦刊物也陸續出現。如上海市工聯的《工人習作》,上海市群眾文藝工作委員會的《群眾文藝》,還包括各區與各大型企業黨委宣傳部辦的文藝刊物。中型以上的工業企業都建立了創作組。1958 年上海的《文藝月刊》、《萌芽》還編輯了工人創作專輯,並出版工農兵創作叢書(其中主要是工人創作)。1958 年,據說上海已形成七十萬人的群眾性創作隊伍(也包括美術、音樂、曲藝等),群眾創作達五百萬篇〔註 34〕。在這場工人創作運動中,出現的較知名的作家有胡萬春、費禮文、唐克新、福庚、孟凡愛、張英、李根寶、鄭成義、徐錦珊、鄭松年、丘化順、俞志輝、胡寶華、樓頌耀、谷亨利、高金榮、劉德銓、陳繼光等等。

如此情形,一方面說明自 20 世紀 50 年代開始的中國國家工業化迅猛發展,工業化邏輯開始全面進入城市生活。另一方面,也可看出人們對工業化的熱烈期許。即便是文革時期的作品,也仍然呈現著對工業化的狂熱崇拜。

〔註 33〕瞿白音:《略談上海十年來的電影文學創作》,載《上海文學》1959 年第 12 期。
〔註 34〕羅蓀:《上海十年工人創作的輝煌成就》,載《上海文學》1959 年第 10 期。

時人在評論《典型發言》中任樹英的政治先進性時有這樣的表述：「她胸中裝著一個使整個電視工業戰線都『飛起來』的美好理想，這個美好理想已經超越了一個工廠，一個局部，一個狹隘的範圍……任樹英想到的是整個階級整個革命工業，所以才能有這樣一個美好的理想，才能打破人與人、廠與廠之間的界限，積極支持先鋒一號這一新生事物。」〔註35〕在以上的讚美語句中，拋棄政治上的說教不說，也隱含著某種工業邏輯，即工業屬性對原有社會組織生產組織的擴張性與強大的摧毀力量，並上升為一種政治意義對其加以保障。包括《海港》在內的工業文學，其中不僅闡釋政治，也在闡釋工業擴張的神話與內在邏輯。而且，之所以在「大躍進」年份中，上海工廠題材達到頂峰，自然與「大躍進」時代人們極端的「趕英超美」的工業化宏偉想像有關。在這種情形下，終於建成了年產 60 萬噸合金鋼廠的任務。即使是鄉土題材，也同樣表現出工業化邏輯。《上海文學》1959 年 12 期發表的上海郊區歌謠中，14 首歌謠中有 6 首屬於物質進步主題，涉及機器生產、電力灌溉、河堤加築、新式樓房、新式服裝與城市化，還有 2 首屬歌頌社會化程度的提高，如「食堂好」、「頌後勤四化」〔註36〕，表明了農村傳統生活向以工業為主導的現代生產、現代社會組織的過渡。

應該說，關於工業化的想像與上海現代化進程的現代性普遍價值，與大工業的、技術主義的譜系密切相關，但它抽去了關於現代化的其他含義，而將工業邏輯誇大為整體的上海意義。這一種對上海國家工業化的憧憬，不僅遠超茅盾等人，同時也可能後無來者。隨之而來的問題是，對國家工業現代化的想像，在這一時期上海題材相當外在化。在這一點上，它和新感覺派的現代性譜系編碼並無本質的差別，並不因城市政治屬性的改變而變化。不過新感覺派的起點是「消費」，而此時文學的起點是「生產」，根本上都是一種極端的現代化中心性的文化編碼。

二、工業主義邏輯的全面建立

對於工業題材這一類文學，當下正面臨著一種研究上的尷尬，首先是因為傳統左翼文學史敘述所確立的「兩條道路鬥爭」的政治／文本敘述線索遭到

〔註35〕葉偉成，任壽城，華斌群（皆為楊浦圖書館工人業餘評論組成員）：《勢力揭示工人階級英雄形象的思想深度──讀幾篇工業題材小說有感》，載於《朝霞》1975 年第 1 期。

〔註36〕《上海馬橋人民公社歌謠》，載於《上海文學》1959 年第 12 期。

拋棄；其次，在 20 世紀 80 年代以後的「啟蒙」文學史敘述與 90 年代的現代性文學史敘述中也沒有位置。迄今為止，我們尚未發現對「廠礦題材」成熟的文學史闡釋方式，對其的研究，也在很大程度上處於一種被擱置的狀態。

假如我們遵循「社會主義現代性」的思想路徑，也許會打開一些思路。20 世紀 90 年代以來，學界先是出現關於文學「現代性」的討論，到後來偏重於對「啟蒙現代性」與「日常性現代性」的辨析。在這一語境當中，「資本主義現代性同時也就是西方現代性」〔註 37〕。按照莫里斯·梅斯納、德里克以及汪暉等人的論斷，社會主義儘管體現為反對西方資本主義的特性，但仍屬一種現代性進程。事實上，現代性本身便具有批判性，並構成了現代性自我調節和平衡的手段。換句話說，批判現代性其本身也是一種現代性。按照列文森的理解，中國正是由於要進入西方才進行反對西方的革命的，因此，革命之後的中國不可能不處於某種西方資本主義現代性的基礎之上。既然如此，社會主義現代性必然與資本主義現代性存在交叉重合的關係。恰如德里克所說，毛澤東的社會主義「能出乎意料地有助於我們解決當今資本主義的問題」〔註 38〕，因為「我們所知的整部社會主義史，無非是第三世界史觀、線性時間觀念、進化主義與兩元對立模式等等。這一情形意味著在把社會主義視為現代性方案的同時，也注意到它所包含的資本主義因素，所以，有學者稱之為「同根同源」。〔註 39〕

不管是資本主義，還是社會主義，在現代化這一核心思想體系當中，工業化邏輯都是一個顯在的存在。有鑑於此，西方思想家如吉登斯等人提出了「工業主義」（Industrialism）概念。有西方學者對其作了如下定義：「工業主義是一種抽象，它指的是工業化的歷史所能達到的極限。工業主義的概念指向的是全面工業化的社會，工業化過程本身內在地孕含了產生這種社會的趨勢。」〔註 40〕這一看法，主要將工業主義理解為「從傳統社會向工業主義社會轉變的具體過程」中的一種程度。吉登斯則似乎從制度上去理解「工業主義」。

〔註 37〕陶東風：《文化研究：西方與中國》，北京大學出版社 2002 年版，第 225 頁。

〔註 38〕德里克：《世界資本主義視野下的兩個文化革命》，載於《二十一世紀》1996 年第 10 期。

〔註 39〕克拉克·科爾，約翰·T 唐洛普，弗里德里克·H·哈比森，查爾斯·A·梅耶斯《工業主義的邏輯》，汪民安，陳永國，等：《現代性基本讀本》，河南大學出版社 2005 年版，第 512 頁。

〔註 40〕安東尼·吉登斯：《民族——國家與暴力》胡宗澤、趙力濤譯，三聯書店第 1998 年版，第 174 頁、第 161 頁。

他認為「工業主義」應當包括：（1）「在生產或影響商品流通的流程中運用無生命的物質能源」。（2）「生產和其他經濟過程的機械化」。（3）「生產方式」。「雖然工業主義意味著製造業的普遍推廣……但它應該指生產方式而不僅僅是指這種產品的製造。」（4）「生產流程」。「同人們從事生產活動的集中化工作地點之間的關係」。因此，「工業主義不可能完全是一種『技術現象』」，也是「一種人類社會關係組織」。「工業主義」與「資本主義」密切相關，「如果說馬克思和韋伯都贊成『資本主義社會』這一概念，那麼如前所述，韋伯的著作卻時常被引證以維護『工業社會』的理論」。韋伯認為，雖然資本主義的誕生遠遠早於工業主義，但「工業主義的產生導源於資本主義所帶來的壓力」，比如「特別是 17 世紀時，由於人們發現迫切需要降低生產成本，因而他們狂熱地追求發明創新」，「正此時，技術創新和經濟行動中對利潤的追求開始合流」。

但是，工業主義又不僅僅是資本主義帶來的產物，作為一種「工業化過程的內在法則，工業化過程中的邏輯作為一個整體構成了工業主義」，「不管是高度工業化還是初步工業化」，都可能遵循這一法則。因此，「工業社會是世界性的」，「所有的工業化社會都用自己的方式對工業主義的內在邏輯做出了回應」，包括「每一個共產主義政權」。正如英克爾斯指出：「現代工業秩序似乎與民主的或極權的政治、社會形式都必須透過它們與資本主義內在演變的關係來理解，因此，汪安民認為儘管在歷史上已經有相當多的論述談及 50 年代以後文學中的現代性思維模式，如目的論歷史觀與世界工業主義首次和資本主義自然地結盟，但它並不先天性地依賴於某個意識形態政體。工業主義既可以創造出同資本主義相結合的邏輯，也可以創造出同社會主義相結合的邏輯——不同的社會制度，不同群體和不同的個人都可以利用工業主義的技術。」〔註41〕對於擺脫殖民統治、謀求國家獨立的後發國家來說，工業主義還促發了民族主義與民族國家的進程。作為現代性的一種，工業主義必然伴隨著民族主義，「向工業過渡的時期，也必然是一個民族主義的時期」〔註42〕。工業主義不僅造成了複雜的勞動分工，也鑄造了現代社會的秩序。也就是說，整個社會因工業的統治

〔註41〕汪民安：《步入現代性》，汪民安，陳永國等：《現代性基本讀本》，河南大學出版社第 2005 年版，第 52 頁。

〔註42〕厄爾斯特・蓋爾納：《民族與民族主義》，韓江譯，中央編譯出版社 2002 年版，第 53 頁。

而遵循工業的技術——物質結構與社會組成的形式。貝爾認為，「工業革命歸根結蒂是一種用技術秩序取代自然秩序的努力，是一種用功能與理性與技術概念置換資源與氣候的任意生態分布的努力」，「這是一個調度和編排程序的世界」，「這個世界變得技術化、理性化了」〔註43〕。因此，工業主義固然是指一種技術與生產，同時也包括由此而來的社會形式與人格形態，置身其中的人，不可避免地在人的屬性、人格狀態上產生變化。盧卡契曾經談到機器生產對於人的影響，人是「被結合到一個機械體系中的一個機械部分……無論他是否樂意，他都必須服從它的規律」〔註44〕，工業生產「存在著一種不斷地向著高度理性發展，逐步地消除工人在特性、人性和個人性格上的傾向」。

我們看到，在這一時期上海工業題材文學中，人的工業屬性（生產屬性）與社會的工業化邏輯被極大凸現，其間相伴隨的政治意義與倫理意義，事實上都被「技術化」或「生產化」。此類題材大量充斥著極富於專業化色彩的工業技術術語，以致於普通讀者難以理解。在多數情況下，技術進步成為核心情節。這個問題在當時就已經有人認識到。羅蓀在一篇文章中將技術問題列為解放後十年工人創作的四大方面之一，並說「生產過程、技術問題同每個人的品質、思想感情是有緊密聯繫的」，以致沒有生產技術方面的因素，許多作品根本無法敘述情節。大多數的「先進」人物的「先進性」體現在私人生活與工業生產之間的聯帶關係上，即日常生活的工業邏輯化。《幸福》中的劉傳豪家庭設置頗有意思：「裏屋門邊，有一個水槽，水槽上有一個木架，上面安了一個面盆，木架邊垂下一條繩子，這是劉傳豪自己設計的自動沖涼的設備。」這是工業化邏輯侵入個人生活的一個事實，它使私秘性的個人生活變成了明朗的工業生產的公共性領域。人的尺度變成了工業尺度，包括人的身體與情感生活，都成為工業支配之下的俘虜。《家庭問題》中的福民具有兩種缺點。一個是倫理上的缺點：即「白晰晰的臉，留著青年式的頭髮」，「完全是一個帶點書生氣的學生打扮」；另一個缺點則是身體違反了工業生產要求：「因頭髮太長，擋住了眼睛，以致將榔頭打在手上。」而福民最終的成長，也有兩方面的含義，即倫理上知識分子氣質的修正，以及身體上的改正——「頭髮剪短了」。福民的成長其實是一個工業化人格生產的過程。唐克新的《種子》〔註45〕屬於

〔註43〕丹尼爾·貝爾：《資本主義文化矛盾》，三聯書店出版社1989版，第188頁。
〔註44〕盧卡契：《歷史階級意識》，張西平譯，重慶出版社1993年版，第98～99頁。
〔註45〕唐克新：《種子》，載《上海文學》1960年第2期。

一個關於工業型人格的超級烏托邦故事：一個有病的小腳老年女工王小妹，卻要做擋車工，且被分配了一臺車間裏有名的「老爺車」，可是其產量卻比別人高；每當車子一停，她就知道線頭斷在哪裏。原因是讓兒子每天記下她的生產成績，只能每月增加，否則便吃不下飯。其技術之精，居然能在轟鳴的車間裏聽到落針的聲音。對工業性人格極度誇張的典型例子是胡萬春《特殊性格的人》。這位被稱為「合金鋼」的科長，兼具所有工業人格的優勢：既有知識人物的聰明，也有實際管理上調度、組織的能力。他以生鐵換取運輸科的機車，以使轉爐車間恢復運輸，居然用了三天時間就完成了半個月的工作。不僅如此，其暴躁的性格也被賦予了一種工業化人格想像。這種性格在作者 60 年代中篇小說《內部問題》，甚至 80 年代的中篇《位置》中，以同一形象得到持續性的展示。細節上的誇張描寫更是常見。比如張英的《老年突擊隊》為表現唐老頭為生產而不肯退休，居然寫到他把鬍子刮掉，在花白頭髮上擦上油，並吹成波浪式，打扮成年青人的模樣，在廠裏走來走去。這已近乎鬧劇了。

三、工業主義邏輯與倫理意義的共謀

協作式的工業機器生產，肯定會對傳統的家庭模式形式構成衝擊。由於傳統家屬負載有生產功能，因此，家庭事務對傳統時代來說，屬於一種公共事務，而共同居住這種形式與共財合爨的分配、消費制度，會超越家庭成員之間的不同的文化品格，穩定並強化家庭成員之間的情感。工業化之後，家庭不再是一個集體性的生產、經濟單位，同時，傳統家庭的人身依附關係也會鬆動，延續家族血緣的義務消失，血緣關係的認同心理降低，使家庭純然成為一個私人領域的生活單元。家庭成員們在工業社會中被社會所認可的程度，一定程度上決定了其在家庭中的地位。其家庭中的身份與角色，都不再依據家庭角色，而帶有了工業社會的公共性角色色彩。換句話說，公共性乃是由個體以社會成員的面目出現的，而家庭則愈發成為私人生活領域。

但在工業題材文學中，我們看到了相反意義的體現，即家庭反而作為一個生產單位出現。家庭成員都有工人的社會身份，這種身份侵入了家庭，因而使得生活形態不再「私有化」，而變成生產活動的一部分，人物關係也大體依據生產上的工作關係而展開。電影劇本《鋼鐵世家》後半部的主題是關於生產。孟廣發與孟大牛之間的父子關係幾乎是工作關係的一種延伸。從兩人爭吵到作為領導的父親處理兒子，再到後來兩人的和解，具體的生活形態不再

支撐家庭關係，家庭邏輯依託「鋼鐵生產」而確立。這倒不是說父子之間沒有親情，但這種親情成為了「生產」關係的一種附屬，或緊張或和緩，都依隨「生產」關係展開。在孟廣發處分了孟大牛後，孟廣發給兒子準備了飯盒，但這一情形仍在公共性意義上展開，並不屬於人性範疇。孟大牛的婚事也與生產有關，並在「生產」的意義上得到肯定。正如廠長馬振民說的：「現在的青年人真幸福呀！一個是爐長，一個是技術員，這真是勞技結合呀……。」結尾在一片極端的工業化狂想中結束：原設計 80 噸的爐子，居然能夠燒鑄460 噸的鋼料。孟家在客廳裏慶祝這一成功，同時，父子相承的倫理結構也在生產勝利中得到合法化。

在這裡，我們觸及一個難題，即家庭傳統倫理是否因工業化而遭到摧毀？如果是的話，那麼我們可以將其視為工業化的結果；如果不是的話，我們又如何去解釋這些作品關於工業主義的含義呢？我們看到，這一類作品大都明顯具有倫理「差序格局」的人物關係，如父子、師徒、夫妻等等，其中最突出的是父子關係。通常，父子關係在作品中依據了關於「生產」的工業關係給予確認，但同時，父子倫理關係也沒有改變，它一般都以「子對於父」的最終認同為結局。個人情形似乎說明了倫理關係與結構和生產關係與結構之間的同構，正如同公共性與私人性之間衝突的時候，「父權」控制與「子認同父」的情形一樣。從某種意義上說，這與我們習慣的關於現代家庭以個體為單位的關係不同，相當程度上，也與五四以來的新的家庭文學的傳統不符。由於這類作品大量存在，我們無法將其視為個例，應視為具有共同的時代基礎。如果我們的論述僅僅依據工業主義邏輯而展開，那麼它似乎體現了「一套以現代工廠對生產過程全面控制為基本原則的行為模式。這樣一個以大規模工業生產為出發點的社會組織方案，與其說反映了意識形態的選擇，不如說是由現代工業的基本邏輯所決定的。大規模、高效率的工廠工作必須依靠紀律化、組織化的勞動大軍，因此現代工業生產的一個重要的環節便是確保勞動力的再生產」。家庭倫理保障是父子血緣的基礎關係。如果依據一般的社會學原理，工業邏輯與家族倫理會呈現出相悖的狀態，這對於 20 世紀 50～70 年代以凸現大工業邏輯為主導的作品來說，無疑是一種損害。但關鍵在於，一旦「生產」的關係與「父子」的血緣關係形成同構，父子血緣就變成了一種工業組織形式，甚至是「再生產」的組織手段，它強迫每一個子輩的家庭成員無條件接受，這不僅不損害工業主義的邏輯，反而使其得到強化。

工業主義邏輯全面擴大至倫理領域，或者說與倫理原則合謀，從而形成雙重的社會組織力量。《鋼鐵世家》、《家庭問題》、《一家人》等等，都以父子衝突的情節展開，同時又都以「子認同父」為結局。這是一種倫理「差序」式結構，與傳統家庭的「主軸是在父子之間，在婆媳之間，是縱的，不是橫的」〔註46〕家庭序列完全一致。即使沒有出現父子關係，也仍然有一條隱性的父子縱向結構，如師與徒、領導與工人、老工人與青年工人、兄長與兄弟等等。在六場話劇《一家人》中，這一結構由三代人組成。父親楊老師傅與長子楊國興，其權威性一方面得之於倫理身份，一方面又得之於其身上體現的祖父「一定要為中國工人爭一口氣」的政治訴求。同時，楊國興在弟弟楊國良面前，還具有一種「忍讓」的東方倫理高度。他曾擔任過上海動力機械廠的車間主任，而後自動到落後的大新機器廠工作，這一職務後為弟弟楊國良所有。因此看來，技術與生產只有納入到了倫理秩序，才能得到認可；反之亦然。唐克新《第一課》表明了倫理組織、政治性與技術的結合。當有人提出改造車間要由廠長、總工等技術人員來負責時，黨委書記儲平說這是迷信思想：「主要靠誰，靠我們全體七千多職工……因為我們是解放了的中國人民，我們不僅是掌握了政權的主人，還將是文化、科學和一切技術的主人……」〔註47〕其間，倫理、政治與技術邏輯的同構異常鮮明地體現出來，瓦解了純粹規範化組織制度的「科層制」權利結構。同樣，在費禮文《黃浦江的浪潮》中老工人吳守本用「節儉」的覺悟加上改造車輪的技術，解決了運料難的問題，實現了「大躍進」的速度，也體現了政治（節儉）、倫理（老工人）與技術進步三者的結合。同樣的情況，還有陳恭敏、王煉的《共產主義凱歌》等。反過來，倫理原則已不僅是家庭組織形式。由於其負載著社會組織的義務，因此，它也必須服從於技術邏輯。費禮文《一年》便描寫了一位老工人在徒弟技術先進情況下，改變矜持的態度，向徒弟學習。在《第一課》中，儲平曾經作為六級師傅小吳的業餘徒弟，馬上又要做「職工紅專大學」的業餘學生，而小吳恰好被聘為「職工紅專大學」的業餘教師。在這一種人物關係裏，書記作徒弟這一情形，便是政治關係的技術化。它雖然跳過了工業社會結構中廠長—總工—工人的技術性社會結構，直接將領導與底層工人在政治倫理的結構中獲得合理性，但同時，「師徒」式的倫理關係，也因技術的「傳、幫、帶」生產技術邏輯而得到認可，使兩方面都得到加強。

〔註46〕費孝通：《鄉土中國》，三聯書店出版社 1985 年版，第 40 頁。
〔註47〕唐克新：《第一課》，載《人民文學》，1960 年第 4 期。

《步高師傅所想到的》是一篇較有意味的作品，其中步高師傅與其徒弟
楊小牛在倫理與技術兩個層面上形成複雜的關係。兩人都被任命為工段長並
展開生產競賽。楊小牛自認為與師傅同樣擔任領導，不願再接受師傅的幫助，
而步高師傅則執意要幫助他，楊小牛因而負氣。但拒絕了師傅的幫助，便出
了生產上的差錯。因沒有處理好「尖子」就要出鋼，不得不接受師傅的教訓。
在這一篇裏，楊小牛與師傅同屬於領導，但這一科層含義非常脆弱。楊小牛
遵行的是官僚行政關係，但完全不能阻止師傅在師徒倫理優勢下的進逼；而
師傅代表的不僅有倫理優勢，還有「覺悟」與「道德」的政治特性，更有技術
上的進步〔註 48〕。由此看來，政治優勢、倫理原則與工業技術進步的一致是
理解此類文學的關鍵。工業主義邏輯，使具有工業人格的人物，分別在倫理、
政治等方面造成強大優勢；反過來，不具有工業人格的人物，也同時被剝奪
了其倫理、政治優勢，乃至倫理身份。這就是我們所說的落後人物。落後人
物是作為與工業性人格一一對應出現的，如王家有與劉傳豪、林育生與蕭繼
業、楊國良與楊國興等。落後人物的落後之處在於其非生產性，典型者如王
家有。王家有的行為特點是有過多的生活喜好而「妨礙」生產。其實，這不過
是他的「等價」觀念而已，即不願意為無報酬的勞動而加班，也不願在「生產
性」與私人生活之間建立起意義聯繫，也就無法保證工業主義在充分意義上
勞動力的無限「再生產」。在劇本《幸福》中王家有有一段對工業主義邏輯侵
犯私人生活的控訴：「要按他（指劉傳豪）的心意，我們最好也跟他們一樣，
把自己整個兒拴在機器上，一天到晚就是從家裏到工廠，從工廠到家裏？」
王家有體現出的是工業生產不能控制的個體生活的零散化，顯示出對工業邏
輯控制一切生活的反動。同時，王家有也是一個具有倫理缺陷的人。他先後
有兩個女朋友，但此時又在追求師傅的女兒。在師傅面前，也沒有行為上的
倫理原則，不斷地頂撞師傅。作品中對於落後人物的處置，類似於福柯所說
的現代懲罰制度：「肉體痛苦不再是懲罰一個構成因素，懲罰從一種製造無
法忍受的感覺的技術轉變為一種暫時剝奪權利的經濟機制。〔註 49〕這種對
肉體的政治干預按照一種複雜的交互關係，與肉體的經濟使用密切相聯。肉
體基本上作為一種生產力而受到權力和支配關係的干預的。」這種情形類似

〔註48〕胡萬春：《步高師傅所想到的》，載《收穫》，1958 年第 4 期。
〔註49〕福柯：《規則與懲罰》，劉北成、楊遠嬰譯，三聯書店 1999 年版，第 11 頁、
　　　　第 37 頁。

「一種兵營式的紀律，這種紀律發展成為完整的工廠制度」。〔註 50〕正如同《年青的一代》中的林育生被剝奪了在上海工作的權利一樣，王家有被剝奪了請假的權利，其作用在於確保其「生產性」的完成，因為請假意味著勞動力的無法再生產。同時被剝奪的還有情感的權利。劇本結尾，王家有追求女人失敗的故事被編為歌謠，在慶祝「提前完成年生產任務聯歡會」上被廣為傳唱，私人性的生活在工業神話中變得微不足道。

綜上所述，在突出上海作為國家與工業化這一意義上的 20 世紀 50～70 年代作品，無疑是以犧牲上海特性中多元性、不統一性為代價的。上海在工業化這一邏輯中再次被整體化，在空間、時間、生活形態上都與國家工業化意義聯結在一起。當然也有少數作品，在局部描寫中，對工業主義邏輯和工業的人格化描寫稍有突破，比如胡萬春《內部問題》、任幹的《心心相印》與唐克新的《沙桂英》。前兩者寫了工廠中高層中的官僚氣與複雜人際關係，頗有舊官場中的氣息遺留；而後者將沙桂英的先進事蹟化為個人性格邏輯，如意氣之爭、情緒狀態不穩定，還有面對男女感情時的慌亂等等，甚至父親罷工犧牲的形象也沒有在她內心產生什麼影響。另一人物邵順寶的柔弱與工於心計，更是被當時文壇當作「中間人物」的典型而加以分析。幾部小說都對工業邏輯決定生活人性的模式所有突破，但總體而言，這一類作品畢竟少見。為了突出工業主義邏輯，人的情感形式、人格形態乃至倫理原則都成為一種附屬之物。而且，喪失了上海特性的工業文學，實際上也就喪失了城市性，作品中的人物與情節，放在任何一個地域，都無損於工業主題的表述。如果說新感覺派是將上海等同於西方城市的話，那麼工業文學則將上海等同於正在迅猛工業化的中國。雖然一則是在消費意義上以「非中國化」達到「西方化」，一則在「生產」意義上以「非上海化」達到「國家化」，但其間消失的，都是作為多元性和地方性的上海。所謂「上海性」，仍是一種摻入了許多外在於上海城市特性的、多重的現代性訴求而已。

〔註 50〕馬克思：《資本論：第 1 卷》，人民出版社 1999 年版，第 464 頁。

第三章　當代文學中的上海

第一節　「新上海」城市形象的國家意義

　　對上海城市性的認識，總是伴隨著對上海城市歷史邏輯的「斷裂」理解。這種斷裂論理解，早在上海開埠時就已開始，並在與古代中國的斷裂中給予「歷史終結」式的判斷。對國人來說，上海史只是一部近代史，並依照不同時期現代性的獲得而不斷得到其「新」的歷史起點。在近代以來上海城市史中，總會伴隨著重大的歷史性事件而產生出所謂「新」的上海。換句話說，上海的歷史總是依照現代性方案的轉換而處於變化狀態。正如杜維明所說：「很明顯，上海價值，不是靜態結構，而是動態結構。上海的價值體系是在變動不居的時空中轉化」，所以他認為：「既然是動態過程而非靜態過程，就必須避免本質主義的描述。」〔註1〕

　　從整個上海近代歷史我們可以看到，從開埠到國民黨的「大上海」計劃，到淪陷時短命的「大道」政府，以及上海租界的「收回」，再到上海解放與浦東開放，都有所謂「新上海」之稱，其間包含了數次基本價值的轉移。比如開埠時期上海被納入世界（特別是西方）的價值體系；國民黨政府「大上海」計劃所包含的民族國家建立的努力；淪陷時期在日偽統治之下，試圖「擺脫美、英、法殖民體系」的鬧劇；解放上海所意味的「重回中國價值」、階級解放的

〔註 1〕杜維明：《全球化與上海價值》，載《史林》2004 年第 2 期。

含義，以及浦東開放所意味的重新走向全球化的意義等等。〔註2〕所以，在討論上海歷史的價值時，杜維明認為應該包括三個時段來認識，「第一時段是1949年以前，第二個時段是1949年到1992年，第三個時段1992年到現在。」〔註3〕當然，這並不是說其他城市沒有過斷裂性現象的存在，比如改革開放便是改變中國所有城市邏輯的一個重大轉折，而只是說，較之其他城市，上海所體現出的斷裂性更加突出。而且，更重要的是，「新上海」其實是「新中國」的轉喻，它被賦予了不同時期「新中國」的意義，幾乎包括了中國近代以來的任何歷史階段，因而，其在斷裂性上所表現出的意義又比任何一個城市更加深切而突出。

一、作為新中國民族與階級解放的意義

30年代，隨著國民黨在大陸取得勝利，上海在整個國家政治格局中獨立解放的國家意義開始顯現。開埠後，上海已不再是本國封建區域政治的中心。自第二次鴉片戰爭以及庚子之亂中的「東南互保」之後，上海一直享有高度自治。羅茲·墨菲曾說過：「在上海，除本市範圍以外，從來行使任何行政職能」〔註4〕。開埠後的上海有三個政權，即公共租界的工部局、法租界的公董局，中國政府只管轄少數不發達地區，如老城、南市、閘北。至1927年國民政府成立，上海仍未撤縣建市。1927年國民政府決定上海為「中華民國特別行政區域」，定名「上海特別市」，「不入省、縣行政範圍」。蔣介石的國民政府「在上海推行了儒家文化理想和民族現代化規劃相融合的城市政策」。市政府成立時，蔣介石親臨儀式，並從民族國家的意義上評述新上海：「上海特別市乃東亞第一特別市，無論中國軍事、經濟、交通等問題無不以上海特別市為根據」，「上海之進步退步，關係全國盛衰，本黨勝敗」。1927年11月，中國的上海市政府開始規劃新上海建設規劃。至第三任市長張群執政，確定《建設上海市市中心區域計劃書》，與南京的「首都計劃」相伴隨，「大上海建設計劃」拉開序幕。

「大上海建設計劃」以上海北郊五角場為中心，包括碼頭、分區、道路、

〔註2〕汪偽政府在日本軍方的「支持」下曾於1943年「收回」上海公共租界與法租界。法租界「收回」時間較晚，是由於當時法國維希政府已屬軸心國陣營。這一行為在當時被汪偽認為是擺脫西方殖民體系以及民族解放勝利的標誌。

〔註3〕杜維明：《全球化與上海價值》，載《史林》2004年第2期。

〔註4〕羅茲·墨菲：《上海：現代中國的鑰匙》，上海社科院歷史所編譯，上海人民出版社1988年版，第2頁。

排水、鐵路以及各類公共建築的建設，但主導建設的思想基礎是民族主義。
市政府大廈摒棄了廣為流行的歐式建築風格，而改以民族特色的紅色立柱、
斗拱、彩色琉璃瓦頂的古典宮殿建築。整個建設明顯以市政府為區域核心，
而在其周圍則分布著市體育場、市圖書館、市博物館、市醫院和市衛生檢驗
所五大建築，「取現代建築與中國建築之混合式樣，」以同樣風格組成莊嚴的
建築群。以此為中心，建設世界路、大同路、三民路、五權路，四條大道將市
中心區分為四個小區，路名首字為「中華民國」、「上海市政」。很顯然，這與
租界地區以港口、交通為核心並呈「同心圓」、「多中心」的城市地理格局完
全不同。後者完全循由經濟與商業邏輯，而前者具有鮮明的國家政治色彩。
〔註5〕「這些設想與當時的民族主義思潮與關稅自主及廢除不平等條約以收
國權的運動是密切相連的。」時任上海市市長的吳鐵城在市中心區域初步建
成之後說：「今日市府新屋之落成，小言之固為市中心區建設之起點，大上海
計劃實施之初步，然自其大者、遠者而言，實亦我中華民族固有創造文化能
力之復興以及獨立自精神之表現也」〔註6〕。這種情形，我們在30年代的南
京與50年代以後北京城市的規劃、建設中看到了同樣的情形。事實上，當一
座城市被賦予國家象徵意義的時候，這種情形都是會發生的。不過，「新北京」
的建設由於伴隨著老北京的拆除而遭到反對，而「新南京」、「新上海」由於
是在平地拔起而一致獲得好評。將「新上海」建設視為國家獨立的「新中國」
民族意義其實並非政府一廂情願，它與30年代人們對上海殖民地形態的認識
一齊構成了國人對於上海的民族想像意義。如果說茅盾的《子夜》構成了對
「半封建半殖民地」現時國家的認知的話，那麼「大上海建設計劃」則是對

〔註5〕美國芝加哥學派的伯吉斯在對美國大城市特別是芝加哥進行了研究後，提出
　　　了城市結構的「同心圓」說。他認為，從城市中心向外輻射，第一區為中心
　　　商業區，多為商業金融建築，高樓林立；第二區為過渡區，多為貧民窟與舞
　　　廳、妓院等娛樂業；第三區為工人住宅；第四區為中產階級住宅區，多是獨
　　　立宅院與高等公寓；第五區則是上流社會郊外住宅。霍伊特則認為城市具有
　　　多個中心。比如工廠、企業要靠近水源，低收入家庭居住在工廠附近、市區
　　　邊沿與老城區。哈里斯認為，城市某些活動要求有一定的條件，如商業區要
　　　四通八達；工廠區要靠近水源；某些區域要銜接，如工廠與工人住宅；某些
　　　活動是衝突的，不宜接近，如高級住宅與工廠等。因此，不同的功能單元分
　　　別向不同的中心集合，成為各個中心點。上海依英、法殖民者隨意擴張而成，
　　　缺少規劃。它不完全符合某一種城市地理結構，而大略呈混合型，但「多中
　　　心」與「同心圓」式的結構依然可以看得出來。
〔註6〕吳鐵城：《上海市中心區建設之起點與意義》，載《申報》1933年10月10日。

「新上海」代表的未來國家的想像。無獨有偶,在《新中華》發起的「上海的未來」徵文中,有人設想:所有租界被中國民眾收回,公共租界改名為特一區,法租界改名為特二區;所有洋行、銀行、報館都成為中國的辦事機關與學校。更有意思的是,有人預料在取得反對帝國主義鬥爭勝利後,跑馬廳將建成圖書館,可容二萬人,跑馬場將被闢為「人民公園」。而這些設想都令人吃驚地在以後實現!1943 年,汪偽政府「收回」公共租界,汪精衛親臨上海,當時的報刊也是在所謂「民族獨立」的立場上加以評論,如「深賴友邦日本協力,結束帝國主義租界制度的豐功偉績。」

　　如果說 30、40 年代上海的新國家意義主要體現在其民族獨立的話,那麼,1949 年以後,「新上海」的國家意義還體現了關於社會制度的意識形態色彩,即不僅是「新中國的上海」,還是「社會主義新中國的上海」:左翼政治與階級意義上的「新上海」。1959 年,對於上海城市社會主義中國特性的認識開始成為一個公共話題,在官方的影響下,上海全民都參與到關於「新上海」的城市身份的討論之中。先有《上海民歌選》、《上海大躍進的一日》與《上海民間故事選》、《上海故事選》等群眾創作的文集出版,以及《上海文學》、《文藝月刊》、《收穫》對於上海形象的表現。爾後,在 1959 年,出現了上海各界(包括文學界)對於上海身份討論的標誌性事件:一是特寫集《上海解放十年》的出版,二是上海文藝出版社大規模出版《上海十年文學選集》(1949～1959),其中包括話劇劇本、短篇小說、論文、特寫報告、散文雜文、詩歌、兒童文學、戲曲劇本、電影劇本、曲藝等十種。其中,《上海解放十年》並非純文學創作,大部分作者都是「上海解放以後,直接參與這場鬥爭或目睹這場鬥爭生活的」親歷者,全集共計 40 萬字,近百篇文章。其中除卷首張春橋與巴金帶有序論特點的文章外,按內容線索,可分為上海工人階級與解放軍的政治、軍事鬥爭,新上海社會主義經濟建設與上海人民的新生活三類,大致體現了當時人們對上海認識的幾個方面。我注意到,關於新舊上海城市的變遷是全書的內容核心,即「斷裂論」:「上海的工人階級和勞動人民在黨的英明領導下,如何以歷史的主人的姿態繼承並發揚了工人階級的革命傳統,把一個半封建,半殖民地的舊上海,從經濟基礎到上層建築進行了一番徹底的改造」〔註7〕從文章題目看,「新的」、「第一次」、「春天」、「變遷」、「擁護」、「第一爐」、「翻身」、

〔註7〕姚延人、周良才、楊秉岩:《歡呼〈上海解放十年〉的出版》,載《上海文學》
　　　　1960 年 4 月 5 日,總第 7 期。

「第一家」、「誕生」、「冬去春來」、「成長」、「今昔」、「新村」、「笑聲」、「奇蹟」、「跨上」、「頌歌」等等詞彙就包含了對於上海的「斷裂論」的「歷史的終結」式的理解:「新上海」、「由國際花花公子變成了中國的工人老大哥」。〔註8〕

　　在話劇與電影《戰上海》中,象徵性地出現了美國軍艦從黃浦江退至公海的細節,其喻意非常明顯,即「舊上海」是半殖民地時代的「冒險家的樂園」,而「新上海」則是勞動人民當家作主的「新中國」象徵,上海城市歷史的縱向邏輯再一次被終結。很大程度上,上海作為一座城市被當作新舊中國的區別。正像劇本《戰上海》結尾之處解放軍軍長與政委的一段對白:「上海的解放,標誌帝國主義勢力在中國徹底滅亡,標誌著中國人民永遠獲得解放」。這裡面,既有民族解放意義,也有階級解放意義。

　　同樣的情形在老舍話劇《龍鬚溝》中也有反映,但北京所體現的「新中國」意義顯然在等級上要弱。《龍鬚溝》是以城市社區的變化來展示中國「新舊兩重天」的主題的。但我們看到,老舍依然依循了他慣常的小說手法,將這一主題表述置於小型社區、街坊、鄰里的私性空間來完成。換句話說,在戲中,除主題表達之外,劇本仍然傳達了對北京文化形態與縱向歷史的一種熱情:「通過突出小雜院、街頭的聲音、地方方言和世俗表演,《龍》劇創造了一個日常都市生活之上的景觀」,「將劇本對城市的描寫限於日常經驗,老舍是在抗拒城市景觀的抽象化,避免將龍鬚溝變成一個失去具體地點特徵的符號」。也即,描述國家新與舊區別的主題,在以北京為敘事對象時,並沒有完全割裂與舊北京的邏輯關聯,場景並沒有被放在市中心具有象徵性的建築空間裏,這與上海題材的文學很不一樣。也就是說,同樣表述「國家解放」的認識,上海與其他城市仍然存在著表達權力上的等級差異。

　　與「斷裂論」相應的,是「血統論」,也即上海作為左翼革命城市的邏輯。這是社會主義「新上海」存在的意識形態合法性基礎,也許是當時唯一被認可的城市史邏輯。我注意到,在《上海解放十年》中,關於上海城市左翼視角的歷史線索也是全書的內容核心之一:舊上海不僅是「冒險家的樂園」,同時「又是我國工人階級最集中的地方,是中國革命的搖籃,上海的工人階級在黨的領導下一直在進行著鬥爭。上海的工人群眾是有光榮的革命傳統的」。這明顯包含了對於上海的血統分析,即:工人階級也是舊上海的主人,是他們創造了上海。集中文章的題目也已經包含了這種意義,如:「戰歌」、「奔向勝利」、

<hr>

〔註8〕曠新年《另一種「上海摩登偉,載《中國現代文學研究從刊》年期。

「戰鬥」、「怒吼」、「反擊」等等。在《上海民歌選》與《上海民間故事選》中，左翼城市線索也被貫穿於對上海的民間生活的理解之中。《上海民間故事選》共分三輯，其中第一輯為革命鬥爭故事，突出了「黨的領導作用和共產黨員的先鋒作用」；第二輯則突出了民族鬥爭的意義，選入了有關太平天國運動、小刀會起義和辛亥革命的傳統故事；第三輯為上海地區的傳統民間故事，突出反抗主題。像《張四姐和崔文才》這樣源於他處的愛情故事，在上海的流傳中增加了反對惡勢力鬥爭的主題思想。〔註9〕這樣一來，多元的上海城市史線索再一次被中止，上海的城市史，被當作了無產階級革命歷史的國家史，所謂「新舊上海」不過是這一邏輯的過程與結果。

因此，大量關於上海的文字表述都從中共成立、五卅運動、三次工人起義等左翼政治事件中尋找到舊上海作為左翼城市的線索，接連不斷地形成在新聞、教育、文學和社會生活方面的熱潮。在文學現實題材中，也不斷出現對於革命歷史的回顧，並以階級教育而且出現，如《年青的一代》、《海港》。但是，需要辨析的是，儘管此時強調上海在左翼歷史中的歷史邏輯性，但「血統論」並不強調舊上海作為「新上海」的母體意義，而且恰恰相反，50年代的文學正是通過「血統論」辨析才斬斷了舊上海作為母體可能性的。它只是在左翼的歷史層面上尋找到一種「新上海」城市的歷史線索，並被誇大為整個城市與整個國家的邏輯，或者說，城市的歷史形態邏輯被左翼的國家理論代替了。

二、「新上海」的國家工業化推廣意義

1949年，上海解放。不過，對於上海這個口岸城市來說，其城市原有現代特性並不完全與新中國建立之初的國家使命相違背，而且其間可能還有某種邏輯上的銜接關係。在毛澤東的思想中，中國的新民主主義革命是社會主義革命的初始階級，由無產階級及其同盟軍完成。現代民族國家與社會的建立這一目標，恰恰是舊的資產階級民主革命沒有完成的任務，其原因是，中國資產階級這一由封建地主鄉紳轉化而來的社會群體，在這一場運動中始終以曖昧的面目保持著與封建主義的聯繫，這一使命當然要由無產階級來完成。盧卡契在《歷史與階級意識》中曾指出，無產階級比之資產階級更具有「現代性」，原因是資產階級由於獲取了較多的社會利益，不能夠把經濟變革轉換

〔註9〕裏岡《民間文學的寶石──讀上海民間故事選》，載《上海文學》年月日，總第期。

擴大至改造社會關係的激進的社會革命和文化革命。事實上，毛澤東認為，中國新民主主義革命體現出雙重使命，即在完成資產階級沒有完成的反封建主義鬥爭之後，進行社會主義革命。在《論人民民主專政》中，他把中國革命的任務看作「分兩步走」：一方面，建立現代國家，完成工業化「我們現在的任務是要強化人民的警察和人民的法庭，藉以鞏固國防和保衛人民利益」，而且「嚴重的經濟建設擺在我們面前」；另一方面是這以後的社會主義任務。毛澤東本人也承認，社會主義革命是對孫中山的舊民主主義革命的繼承與發展，所謂「繼承」，當然是完成民族國家建立與工業化；而「發展」，則是有關社會主義的部分。在毛澤東看來，他所要完成的是關於中國現代化的一攬子計劃。從毛澤東最初的理論看，它是要分兩步走，但從50年代以後實際情形看，「兩步走」中的第一步是大大縮短了，甚至被當成了某一階段的「兩步」。所以學者汪暉曾說：「毛澤東的社會主義一方面是一種現代化意識形態，另一方面是對歐洲與美國的資本主義現代化的批判；但是這個批判不是對現代化本身的批判，恰恰相反，它是基於革命的意識形態和民族主義的立場而產生的對於現代化的資本主義形式或階段的批判。因此，從價值觀和歷史觀的層面說，毛澤東的社會主義思想是一種反資本主義現代性的現代性理論。」〔註10〕

　　這種情形使得中共對於國家現代化的理想與口岸城市的現代性邏輯，不僅並不相悖，反而有某種內在的契合。只不過，這種契合限定在了某一層面，而非全部。莫里斯・梅斯納在《毛澤東的中國及其發展——中華人民共和國史》中認為毛澤東本人的領導並非一無是處，相反，在推動國家工業化方面是貢獻巨大的：

　　　　毛澤東作為一位推進經濟現代化的人物，終於比他作為一位社會主義的建設者成功得多。當然，這種情況並不與一些人對毛澤東時代的通常認識相一致。有些人說毛澤東為了「意識形態」而拒絕了「現代化」，並且宣稱，當這位已故主席為了建立一個社會主義的精神烏托邦而著手進行一種無效的追求時，經濟的發展被忽略了。但是實際的歷史記錄卻表明了一個相當不同的進程，而且這一進程實質上是一個迅速工業化的過程。〔註11〕

〔註10〕汪暉：《當代中國的思想狀態與現代性問題》，載《天涯》1997年3期。

〔註11〕莫里斯・梅斯納：《毛澤東的中國及期發展——中華人民國和國史》，社會科學文獻出版社1992年版，第482～483頁。

　　另據莫里斯‧梅斯納在書中的數字列舉：1952 年，中國工業占國民生產總值為 30%，而到 1975 年，這個比例變成了現代工業占國家經濟生產的 72%，而農業僅占 28%。從 50 年代到 70 年代，全國工業產值增長了 38 倍，重工業總產值則增長 90 倍。「從 1950 年到 1977 年工業產量以年平均 13.5% 的速度增長；如果從 1952 年來算起那就是 11.3%。這是全世界所有發展中國家和主要發達國家在同一時期取得的最高增長率；而且中國工業產量在這個期間增長的步伐，比現在世界歷史上任何國家在迅速工業化的任何可比期間所取得的工業增長步伐都快」。梅斯納甚至認為，至 70 年代，中國已經是世界第六大工業國；而在 50 年代初，中國的工業產值尚不及比利時這個歐洲小國。當然，上述數字並不能代表 50～70 年代中國社會的全面進步，但僅就工業化這一角度來說，中國仍然沿循了近代以來追求現代化的路線。這一時期的工業發展，幾乎可以和 20～30 年代資本主義「黃金時期」的發展速度相比。有史家稱，1920～1936 年為中國工業化增長較快的時期，工礦業產值從 1920 年占全國工農業總產值的 24.6%，上升到 35%，而近代大工業已占工業總值的 58%，中國的資本主義工業發展水平已較過去提高了 20%。〔註12〕兩個時期在發展的速度上有相近之處，只不過 20～30 年代的迅速發展完全建立於口岸城市自由資本主義的繁榮之上，而 50～70 年代則是國家工業化的結果，一定程度上，原有的口岸城市經濟力量被整體的國家工業化拉平。

　　這是一個突出的關於上海等口岸城市的地位問題。在我們充分認可了中國 50～70 年代國家工業化的水平，以及其所承續的近代中國以口岸城市為依託的現代化工業化進程之後，我們不得不看到另一個問題：即原有口岸城市經濟在全國工業化浪潮之後的衰落地位。

　　純粹從數字看來，上海在解放後「一五」、「二五」中的工業增長速度極其驚人。1952 年，上海工業總值已達到了 1949 年的 193.7%，至「一五」後期，已達到 368.5%。也就是說，增長了兩倍半還要多。至「一五」後期，更高達 553.5%。僅僅 1958 年的增加工業產值，竟比 1949 年全年產值還要多。解放前為「國脈所繫」的紡織業，也增長了近兩倍，鋼產量竟難以置信地增長了 1953%。但同時，另一個數字卻在下降，即上海工業在全國工業總產值中的比例。1949 年上海工業占全國三分之一，以後逐年下降。至 1957 年，

〔註12〕石柏林：《淒風苦雨中的民國經濟》，河南人民出版社 1993 年版，第 261 頁。

降至 15.8%；至 1958 年更降至 14.3%；〔註 13〕至 1979 年，上海工業產值只有全國工業總值的 1/8。〔註 14〕還有幾組數字更說明問題。1978 年，上海口岸出口額僅占全國總額的 30%，而在 30 年代，這個數字卻是 80%。第三產業的萎縮更是明顯。「一五」期間，上海第三產業占全市國民生產總值的 40%，1960 年下降為 19.4%，1961、1962 年回升至 26%，此後又長期萎縮。〔註 15〕張春橋在引述 50 年代上海工業產值在全國工業總產值中比例下降時，表明了從另一角度看問題的喜悅之情：

> 看樣子，還要降下去。我同很多同志一樣，看到我們生產圖表上產值下降的數字，心裏總是很難過的。獨獨看到這個數字，心裏不但一點兒也不難過，相反的，感覺到極大的快樂。這個變化著的數字，不恰巧是我們祖國強大起來的標誌嗎？……大大小小的新的上海在祖國大地上生長起來。我想，總有那麼一天，當我們祖國的工業總產值不是像現在這樣以千億元計算，而是以萬億元計算的時候，上海的產值雖然也在逐年迅速地上升，卻不過只占全國幾十分之一，百分之一，千分之一。那時，我們祖國的面貌不是根本改變了嗎？

由此可以看出，50 年代以後的現代化是以國家工業化形式推動的，它雖然承續了近代以來的現代化進程，卻並不建立於口岸城市自由經濟的基礎上。相反，上海城市除工業化一項之外，它自身的外貿轉運、金融貿易與服務性行業功能，都由於日漸脫離西方世界而趨於減弱。羅茲·墨菲一直強調：「從長遠的觀點來看，上海經濟的成長發展，將視它跟整個東南亞和世界各地經由海道自由通航的恢復原狀而定。上海的貿易和商業功能，對它的成長發展和市場繁榮，甚至比對它的工業更重要；該項功能，不僅取決於它在中國的位置，而且還取決於它在整個商業世界中所處的地理方位。」〔註 16〕而同一時期，中國官方在《人民中國》雜誌的文章則這樣認為：「新上海是通過商業的物資交流而跟國內其他各地密切聯繫的。由於面向國內，而不是面向海外，

〔註 13〕 以上數字見張春橋：《攀登新的勝利高峰》，《上海解放十年》，上海文藝出版社 1960 年出版，第 3 頁。

〔註 14〕 楊東平：《城市季風》，東方出版社 1994 年版，第 328 頁。

〔註 15〕 見《解放日報》1990 年 12 月 24 日，轉引自楊東平《城市季風》，東方出版社 1994 年版，第 329 頁。

〔註 16〕 羅茲·墨菲：《上海：現代中國的鑰匙》，上海人民出版社 1986 年版，第 246 頁。

它在政治上經濟上和文化上跟國家合成一體。它為國家的需要竭誠效勞。今天,上海已從中國經濟生活中傳染病擴散的病源,變成了一個新中國力量的源泉。」〔註17〕這篇文章總的觀點在於強調上海經濟的國家性,它首先體現在其與國內的聯繫而非海外,其中隱含的意義更多,即舊上海在本質上根本不能算作中國國家的城市。這一時期,「總體來說,上海價值是以全國利益為目標,由一種工具理性和社會工程而規定。毫無疑問,站在計劃經濟的宏觀視域中,上海的定位是政府(北京)根據全國總體利益而形成的,是外部因素為前提強加的。」〔註18〕

張春橋欣喜的預言並不虛妄。在上海經濟文化比重在國內地位不斷降低的同時,成百個「小上海」在成長。1958年至1960年,是城鎮化超速發展階段。由於經濟建設上的急於求成和主觀臆斷,中國工業和城鎮化在脫離經濟發展水平的基礎上超高速發展,城鎮人口在總人口中所佔比重上升到19.7%,而建國時的數字僅為 10.6%。上海經濟重要性的減退與國內各中小城市因工業化而崛起恰成比照,它真正說明了張春橋的意思:經由口岸城市而來的工業化進程波及到全國,成為一種普及的國家意義。在這個邏輯上,上海不再一枝獨秀,而成為平均化了的中國城市之一,甚至在70~80年代漸至衰落為在國內也不是最有經濟活力的城市了。這無疑是近代上海自開埠以來最大的一個悖論,但也是上海口岸城市中工業化譜系推廣、擴大的必然。

這恰恰印證了柯文的一個說法,即中國的現代化是「沿岸或沿海(香港、上海、天津)與內陸或內地——之間互動的結果」,「啟動變革的重任主要依賴於沿海亞文化,而內陸則起著使之合法化的作用」〔註19〕,換言之,源於殖民過程的上海現代性,只有普及到全國,才具有國家的合理性,否則,它仍舊不過是殖民形態而已。因此上海現代性價值的推廣與上海地位的下降,都是中國國家需要的,由此看來,在社會主義中國,上海的價值已不在其本身,而在於它的國家普及意義。

在此情形下,口岸城市,特別是上海城市的新形象開始被想像出來。概括起來說,首先,對「新上海」形象的想像,基於一種社會主義國家工業化圖景。

〔註17〕轉自楊東平:《城市季風》,東方出版社1994年版,第328頁。
〔註18〕杜維明:《全球化與上海價值》,載《史林》2004年2期。
〔註19〕柯文:《在傳統與現代性之間:王韜與晚清改革》,雷頤、羅檢秋譯,江蘇人民出版社2003年版,第2頁。

自 50 年代，經由蘇聯社會主義建設引進的國家工業化概念是中國經濟發展的主導模式，經濟重心明顯偏向於與國家整體的國際地位相關的城市工業，尤其是重工業。城市重工業的發展不僅是一個經濟問題，也是一種政治意識形態。在這方面，上海百年來有關「現代化」意義的想像在國家工業化這一意義上得到延續。事實上，關於上海作為工業化「先進生產力的代表」的文本表述，既然已經成為一種譜系，並不因城市政治屬性的改變而變化，不過是將除了工業化之外的城市現代性排除而已。工業化，這當然也是舊上海邏輯的一種，但卻被誇大為上海歷史邏輯中的唯一被許可的價值，並作為一個統一的「上海歷史」脈絡出現，與「新上海」相連接。這種連接的必然結果，是產生一個既是社會主義城市，又是工業化城市的「新上海」。

其次，「新」上海是一個生產的而非消費的城市，它將現代化意義中的關於工業生產的含義無限擴大從而將其他意義縮小。通常，按現代化理論的理解，現代化包含了以下要素：「第一，工業化，第二、民主政治，第三，市場經濟，第四，先進的科學技術，第五，合理化、世俗化與都市化。」〔註 20〕「但是，由於現代化理論的設論框架……是以歐美的資本主義現代歷史演化經驗為前提的，中國現代化的未確然狀態就被引向現代化論的一個簡化的推論：現代化等於西歐的工業化。」〔註 21〕在毛澤東時代，「就國家社會而言，現代化即是工業化（industrialization）……工業化為其他一切的現代化的基礎，如果中國工業化了，則教育、學術和其他社會制度，自然會跟著現代化」。工業化是一幅宏偉的國家圖景，也是上海這座城市形象譜系中最強大的現代性因素。但是，將「現代化與工業化等同，是現代化理論構造出的『文化神話』……是一個意識形態的傳說」〔註 22〕，貝克甚至認為，工業化隱藏著反現代的形態，因為它可能把其他的社會現代性抹殺掉。因此，城市工業化是公共的關於國家現代化的集體想像，關於城市個體生活的日常性形態都要服從於宏偉的國家目標。國家動員形式不是建立於私人生活基礎上，而是軍事的倫理的政治層面，於是日常生活形態漸漸退出「新上海」的城市現代性層面，以突出其國家工業化的公共意義。

〔註 20〕俞吾金：《現代性現象學：與西方馬克思主義者的對話》，上海社會科學院出版社 2002 年版，第 30 頁。

〔註 21〕劉小楓：《現代性社會理論緒論》，上海三聯書店 1998 年版第 30 頁。

〔註 22〕羅榮渠主編：《從「西化」到現代化》，北京大學出版社 1997 年版，第 229～230 頁。

　　經由「斷裂論」與「血統論」對於「新上海」形象的重新認定，上海城市的多元形態被排除，而其作為國家政治體現與大工業國家經濟核心的認知得到空前的強化。在 50～70 年代的文學中，就題材而論，城市生活消費性角度的上海想像迅即讓位於工業化意義的「新上海」想像，衍發了盛極一時的上海「廠礦文學」。這一領域因為聯繫著國家現代化的期待，它的重要性更是不言而喻。而且，「這一描寫被嚴格窄化」為所謂「工業題材」。其中，關於上海大工業組織社會形態與技術進步是寫作的兩大內容。作為前者，作品強調的是由國家大工業造成的社會公共性，即由現代工業邏輯而來的組織化，以全面保證社會關係對工業生產體制的服從。個人的消費欲望，不僅在意識形態角度，同時也在社會公共性邏輯上遭到抵制。與此相應的是，工人階級一方面在意識形態方面得到政治核心地位的強化，同時，其產業性主體也分外突出。作為先進生產力的代表，其身上的生產屬性，可以說是第一次，也是最大一次地被發掘出來。到大躍進時期，這一情形達到了空前的程度。在《年青的一代》、《家庭問題》、《海港》中，工人們加班加點，取消作息制度，並非完全是「路線鬥爭」與抽象的社會主義、共產主義風格的政治表述，也是工業化邏輯對多元生活形態的征服。在多數時候，兩者是統一的。綜觀 50～70 年代的上海題材文學，只有符合國家大工業進程的一面被許可寫進作品。從這一點上看，它和新感覺派沒有過多的區別，都是一種極端中心的「現代性」文化編碼。不同的是，新感覺派的基點是「消費」，而此時文學的基點是生產而已。

　　可以認為，近代以來，對於上海的國家想像是關於中國國家想像譜系的集大成者。而且自晚清開始，這種想像就沒有中斷。在這種想像中，上海價值一直被等同於國家價值，「新上海」即是「新中國」。關於上海的民族解放和工業化、現代化的這兩種譜系被嫁接於國家意識形態圖景之上，達到了空前的程度，幾乎牢不可破。因此，一方面，上海的民族獨立、工業化邏輯被擴大為國家意義，另一方面，上海地方性的價值取向與身份認同則遭到完全的削弱。不過是，每一時期，由於國家中心任務的不同，其現代性價值分別被賦予不同的意義。於是，一個巨大的關於「上海─中國」、「新上海─新中國」的烏托邦敘事開始被製造出來。當然，這種情形絕非上海獨有，但可以肯定的是，在這種想像中，以上海為最甚。

第二節　50～70 年代文學中上海城市政治身份的
敘述

可以認為，50～70 年代新中國文學中的上海城市身份敘述是自上海開埠以來關於上海形象譜系的延續。它繼承並發展了自晚清以來關於現代民族國家的想像，〔註23〕並將關於工業化、現代化的這一譜系嫁接於新國家的未來圖景之上，達到了空前的程度。上海價值被等同於國家價值。但是，這一情形必須建立於社會主義意識形態之上，它必須闡明新上海與舊上海之間的斷裂關係，以保證新中國工業化與現代化是一種社會主義政治性質，而不是原有的口岸城市邏輯。只有這樣，上海的工業化邏輯才能擴大為新中國的國家邏輯。所以，50～70 年代的文學必須尋找舊上海同時作為左翼城市的意識形態合法性，並以它的左翼歷史邏輯為保證。因此，在50～70 年代的文學中，上海城市身份敘述突出地表現在對於上海的「血統論」與「斷裂論」中。當然，這種情形絕非上海獨有，但是可以肯定的是，在這種敘述中，以上海為最甚。

一、血統論：上海的左翼歷史邏輯

1959 年，在經歷了「一五」、「二五」十年建設之後，對於上海城市社會主義中國特性的認識開始成為一個公共話題，在官方的影響下，上海全民都參與到這一關於上海新身份認同的討論之中。先有《上海民歌選》、《上海大躍進的一日》與《上海民間故事選》、《上海故事選》等群眾創作的文集出版，以及《上海文學》、《文藝月刊》、《收穫》對於上海形象的表現。爾後，在 1959 年，出現了上海各界（包括文學界）對於上海城市身份討論的標誌性事件：一是特寫集《上海解放十年》的出版，二是上海文藝出版社大規模出版《上海十年文學選集》（1949～1959），其中包括話劇劇本、短篇小說、論文、特寫報告、散文雜文、詩歌、兒童文學、戲曲劇本、電影劇本、曲藝等十種。這兩種大型套書都帶有「檢閱」性質。其中，《上海解放十年》並非純文學創作，大部分作者都是「上海解放以後，直接參與這場鬥爭或目睹這場鬥爭生活的」〔註24〕親歷者，全集共計 40 萬字，近百篇文章。其中除卷首張春橋與巴金帶有序論特點的

〔註23〕關於晚清以來對於上海的現代國家想像，參見張鴻聲：《現代國家想像中的上海城市身份敘述》，《上海文化》2006 年 5 期。

〔註24〕姚延人、周良才、楊秉岩：《歡呼〈上海解放十年〉的出版》，載《上海文學》1960 年 4 月 5 日，總第 7 期。

文章外，按內容線索，可分為上海工人階級與解放軍的政治、軍事鬥爭，上海社會主義經濟建設與上海人民的新生活三類，大致體現了當時人們對上海認識的幾個方面。我注意到，關於上海城市左翼視角的歷史線索是全書的內容核心：舊上海不僅是「冒險家的樂園」，同時「又是我國工人階級最集中的地方，是中國革命的搖籃，上海的工人階級在黨的領導下一直在進行著鬥爭。上海的工人群眾是有光榮的革命傳統的」。這明顯包含了對於上海的血統分析，即誰是上海的主人，誰創造了上海。集中文章的題目也已經包含了這種意義，如：「戰歌」、「奔向勝利」、「戰鬥」、「怒吼」、「反擊」等等。同時，該書又包含了新舊上海的區別，即「斷裂論」：「上海的工人階級和勞動人民在黨的英明領導下，如何以歷史的主人的姿態繼承並發揚了工人階級的革命傳統，把一個半封建，半殖民地的舊上海，從經濟基礎到上層建築進行了一番徹底的改造」。〔註25〕從文章題目看，「新的」、「第一次」、「春天」、「變遷」、「擁護」、「第一爐」、「翻身」、「第一家」、「誕生」、「冬去春來」、「成長」、「今昔」、「新村」、「笑聲」、「奇蹟」、「跨上」、「頌歌」等等詞彙就包含了對於上海的「斷裂論」的理解。其實，「血統論」與「斷裂論」都表明了一種對於上海「歷史的終結」式的理解，上海「由國際花花公子變成了中國的工人老大哥」。〔註26〕在《上海民歌選》與《上海民間故事選》中，左翼城市線索也被貫穿於對上海的民間生活的理解之中。這樣一來，多元的上海城市史線索再一次被中止，很大程度上，上海的城市史，被當作了無產階級革命歷史的國家史，所謂「新舊上海」不過是這一邏輯的過程與結果。

上海作為無產階級血統的起點，是中國共產黨的建立，因此，它的誕生是上海左翼政治血統的開端。在《戰上海》這一齣劇中，先後出現了關於上海血統的幾處處理：在進攻上海之前，三連長望著遠方的上海說：「多好的城市，我們黨就誕生在這裡。」之後，軍長，這位北伐戰爭中在上海組織工人運動的共產黨人與工人出身的戰士小羅以「回來」的心態回到上海，而他早年在上海從事工運的同事林楓則以不曾離開上海的地下黨身份說明著不曾中斷的上海左翼政治線索。事實上，《戰上海》中的「上海血統」，是通過解放軍攻城與地下黨內應兩條線索構成的，並在最後合二為一。劇中，解放軍因久攻

〔註25〕姚征人、周良才、楊秉岩：《歡呼〈上海解放十年〉的出版》，載《上海文學》1960年4月5日，總第7期。
〔註26〕曠新年：《另一種「上海摩登」》，載《中國現代文學研究叢刊》2004年1期。

蘇州河不下而產生焦慮，肖師長「嘴唇抖動著」質問軍長：「我請書記同志替我回答王營長對我提出的一個問題（他一字一字地說著，聲音有些抖動），我們，是愛我們無產階級的戰士，還是愛那些官僚資產階級的大樓？」而軍長回答的是：「我都愛！因為那些官僚資產階級的樓房、工廠是無產階級弟兄用鮮血創造出來的。今天，我們無產階級的戰士，是以主人的身份來到了上海……那些被敵人佔據著的官僚資產階級的樓房、工廠，再過幾小時，它就永遠是我們無產階級和全國人民的財產，因此，我們必須盡最大的努力去保全它！」其實在這裡，師長對於上海「無產階級」與「資產階級的大樓」的兩分法已經為軍長的回答提供了一種邏輯可能，他只是沒有讓「無產階級」的邏輯上升為新的上海一元性的認識而已。《霓虹燈下的哨兵》則將這一思考凝集於一個典型的空間——南京路上。老工人周德貴將南京路歸之為「英國強盜、東洋鬼子、美國赤佬」，「國民黨反動派」以及「革命同志和工人兄弟」三種線索，而其結論則是上海是「我們勞苦大眾雙手托起來的！是烈士們用鮮血鋪起來的！」有意思的是周德貴話中使用的「赤佬」帶有典型「上海灘」的味道，其民間色彩與典型的「革命政治」解析話語顯示出不和諧音。

　　《戰上海》一類描寫上海解放題材的作品，其重點不僅在於對上海殖民主義、帝國主義特性的消除，更重要的是革命力量的「回歸」。這使上海左翼政治史得到了體現。如果說《戰上海》一劇兼有「佔領」與「保全」兩重含義的話，杜宣創作於 1959 年的話劇《上海戰歌》〔註 27〕則在「軍政全勝」的主題之下，特別強調了「保存上海」的意義，將敘述重點放在護廠的情節當中。同樣是在攻打蘇州河時，「究竟是資產階級的樓房重要，還是我們革命戰士的鮮血重要」這一問題，並沒有像《戰上海》一劇中引起過分的焦慮。在劇終，葉峰師長的劇終結語沒有突出強調打倒資產階級帝國主義一類「佔領」意義，而是強調「磁器店裏捉老鼠的任務，我們是完成了，上海是全部解放了，又完整的保全了」。在劇中，關於「保全上海」的主題大大超過了關於「解放上海」的主題。事實上，「保全上海」即隱含著上海作為無產階級城市的左翼邏輯，它不僅指向過去，而且指向未來——上海作為社會主義工業化城市的意義。此劇創作於 1959年，從中我們也似乎可以窺見到大躍進時代對上海工業化特徵的某種強調。

〔註 27〕杜宣：《上海戰歌》，《上海十年文學選集·話劇選集》，上海文藝出版社 1960年版。

　　對於上海無產階級血統的挖掘，造成了一大批直接以舊上海為背景的無產階級鬥爭主題的作品出現，並引發大量描寫工人階級反抗帝國主義與國內反動勢力壓迫的國家敘事作品。如電影劇本《黃浦江故事》（艾明之、陳西禾）、《我的一家》（夏衍、水華），《七月流火》（于伶）、話劇《上海戰歌》（杜宣）、《地下少先隊》（奚里德）、《難忘的歲月》、《動盪的年代》與《無名英雄》（合稱《青春三部曲》，杜宣）以及小說《照片引起的記憶》（趙自）等等。即使是以描寫資本家為主的作品，也通常輔之以左翼政治革命史線索。如電影《不夜城》（于伶）、話劇《上海灘的春天》（熊佛西）與《上海的早晨》（周而復）、《春風化雨》（徐昌霖、羽山）等小說。《上海的早晨》與《春風化雨》都有較詳盡的關於工人鬥爭的表現篇幅，其中主要人物由舊日的工人而成為新上海企業的領導，是這種歷史結構的必然結果。《春風化雨》更加突出。在對民族資產階級從掙扎到破產的總體敘事中，硬性加入了無產階級鬥爭線索，這一點與茅盾《子夜》有相似之處。雖然工人運動並未在敘述上與之構成一體，但作品中還是不厭其煩地寫進了工人秘密建黨、罷工等內容。

　　這些作品首先表現出時間性線索，以符合中國革命各個歷史階段的劃分。陶承《我的一家》（後被夏衍、水華改編為電影）的敘述空間是長沙—漢口—上海，這恰是自北伐開始至 30 年代左翼政治史的時間轉換線索。在以上海為背景的敘事作品中，無產階級革命被完整地以幾個歷史階段形式表現出來，並經常以人物代際的「事業繼承」為敘事線索。《黃浦江故事》中敘述了造船工人一家兩代的歷史，而家族歷史與政治史是完全迭合的：滿清末年、民初、北伐、淪陷、解放戰爭、解放後等等。在空間形式上，這類作品往往選取既有舊上海代表性，同時又具有左翼政治含義的場景。電影《我的一家》中，當陶珍帶著孩子們來到上海的時候，出現這樣的一幕：「（溶入）音樂、汽笛聲迭印」，「（溶入）上海的馬路，大世界後面，殺牛公司附近……」、「一個瘌三纏住陶珍乞討」。這是一個慣常的空間形式，將上海作為有錢人的天堂與窮人的地獄出現，與 30、40 年代左翼電影《馬路天使》、《萬家燈火》等等極其相似。《霓虹燈下的哨兵》「全劇用一個襯景，全部是高樓大廈，好像在外灘，又像在日升樓一帶」，〔註28〕但同時，童阿男的家作為舊上海無產階級的空間符號出現：「仍然是上海灘，仍然可見南京路的建築群，但就在這些

_____

〔註28〕白文：《談話劇〈霓虹燈下的哨兵〉》，《談〈霓虹燈下的哨兵〉》，上海文化出版社 1964 年版，第 56 頁。

幽靈般的影子的後面，還有一個與解放後的景色極不協調的世界──蘇州河畔的棚戶區」〔註29〕這一表現模式使劇中第七場竟採用電影式的「閃回」手法，即在周老伯講述罷工故事時直接出現童阿大在罷工中與敵搏鬥的場面。六場話劇《一家人》（胡萬春、陳恭敏、費禮文、洪寶堃著）雖屬大躍進時期的工業題材，但在第一場場景說明中，專意安排了一棵銀杏樹下的「本地老式房子──小工房」作為舊上海工人階級受壓迫的表述，劇中楊家第一代工人因研究發動機裝置而遭英國人毆打，死於銀杏樹下。因此，它既是對上海左翼歷史的重溫，又是「為中國工人爭一口氣」的關於新上海工業化圖景的起點。兩者共同構成了新舊上海在社會主義邏輯下的歷史銜接。楊家兩代人，特別是楊國興在技術落後的情形下，所進行的技術革新成功，恰是這種邏輯在後來的一個指向。可以認為，關於上海血統論的表現，雖以舊上海為敘述起點，但同時往往以上海未來工業圖景為終點，表現出一種完整的政治歷史邏輯：工人階級不僅反抗舊社會，同時也能創造新社會。

在文革時期上海題材文學中，血統論有了進一步的深化。一方面是上海的革命血統還具有了十七年「社會主義條件下繼續革命」的內容，如趙四海有接受毛主席視察鋼鐵廠的親歷（《火紅的年代》，盧朝暉小說《三進校門》〔註30〕中的趙平江解放前因大鬧校長室而退學，在文革前又因反對修正主義教育路線被開除，直至文革後又重新回到大學；段瑞夏的《特別觀眾》〔註31〕中季長春不僅有父親在舊上海拉黃包車的無產階級家族史，而且還有自己作為解放軍海軍的「十七年革命」的歷史等等。此外還有清明《初春的早晨》〔註32〕中的郭子坤，立夏《金鐘長鳴》〔註33〕中的巧姑，上海港工人業餘寫作組《迎風展翅》〔註34〕中的方曉等等。由於文革時期這一類作品大都屬於

〔註29〕桂中生：《淺談〈霓虹燈下的哨兵〉舞臺美術設計》，《談〈霓虹燈下的哨兵〉》，上海文化出版社 1964 版，第 155 頁。

〔註30〕盧朝暉：《三進校門》，載《解放日報》1971 年 1 月 24 日。作者身份為盧灣區工人文化科技館工人創作學習班學員。

〔註31〕段瑞夏：《特別觀眾》，載《上海文藝叢刊》第一輯《朝霞》，上海人民出版社 1973 年版。

〔註32〕清明：《初春的早晨》，載《上海文藝叢刊》第一輯《朝霞》，上海人民出版社 1973 年版。

〔註33〕立夏：《金鐘長鳴》，載《上海文藝叢刊》第二輯《金鐘長鳴》，收入《上海短篇小說選》1971.1～1973.12，上海人民出版社 1974 年版。

〔註34〕上海港工人業餘寫作組：《迎風展翅》，《上海短篇小說選》（1971.1～1973.12），上海人民出版社 1974 年版。

「社會主義歷史條件下繼續革命」反「走資派」的主題表述，人物大都被處理為中青年，其倫理色彩有所減弱，加之「造反」型的主題類型，使作品呈現出一種不穩定的主題結構。作品中的上海色彩，也已經非常之弱，只是通過諸如「浦江兩岸」、「新滬中學」、「滬江醫院」、「江浦路」、「滬光廠」等機構名稱大略可以顯示出上海地域背景，人物所體現的也不能算是上海作為地方的左翼歷史邏輯了。另一類作品較多存在於知青題材，其革命史邏輯則幾乎直接與紅色根據地地域有關，上接的是解放區政治傳統。如華彤《延安的種子》〔註35〕的紀延風，史漢富《朝霞》〔註36〕中的葉紅等等。主人公的紅色背景（其父都是根據地延安地區的老戰士），與其離開上海奔赴農村都表明了一種追尋紅色傳統的意味。因為「十七年」既然屬於修正主義路線大行其道，因此「革命傳統」只能從革命聖地直接獲取。這一時期文學中的舊上海紅色血統已漸漸消失，不再被納入文學表現視域中。

二、左翼的城市史與紅色家族史

在關於上海左翼血統的敘事中，廣泛存在倫理結構的支撐，即革命者與其後代在革命意義上的階級血統與身體血統的同構關係。它將關於革命的敘事變為一種倫理敘事，以不可抗拒的倫理關係鞏固加強左翼革命血統的穩定性。在此情形下，人物大體依倫理秩序而被分為老一代與年青一代。其間，對於革命傳統的認同與教育，使兩代人具有了倫理上的等級關係。當然，這種敘事文學模式在整個50～70年代都廣泛地存在，並不唯上海題材的文學所獨有。但是有關上海工人運動、革命歷史與資產階級消費享樂的想像使這種模式被空前強化，顯示出題材的巨大等級優勢。〔註37〕

在以解放後新上海為題材的作品中，通常都會有一位或幾位父輩（或祖輩）具有舊上海左翼政治的經歷。比如《戰上海》中的軍長、《霓虹燈下的哨兵》中的老工人周德貴、話劇《年青的一代》中的林堅與肖奶奶、《鋼鐵世家》中的孟廣發、《一家人》中楊老師傅、方言話劇《鍛鍊》中姚祖勤與馬奶奶、《黃浦江故事》中的常信根與常桂山、現代京劇《海港》中的馬洪亮、電影

〔註35〕華彤：《延安的種子》，載《文匯報》1972年4月28日。

〔註36〕史漢富：《朝霞》，載《解放日報》1973年6月17日，收入《上海文藝叢刊》第一輯《朝霞》，上海人民出版社1973年版。

〔註37〕在表現同類模式的作品中，取材於其他城市或地域的要少得多。有的則模糊不清，如《千萬不要忘記》應取材於哈爾濱，但作品並未點明。

《我的一家》中的陶珍、《火紅的年代》中的田老師傅等等。即使是《火紅的年代》中以落伍人物出現的白顯舟廠長，也有當年在敵後根據地建設兵工廠的經歷（當然，這一經歷並不在上海，但根據地與新上海構成的仍是一種革命史的邏輯對應）。這種人物經歷有時在作品中直接出現，但大多數是一種背景，一種人物身份體現出的關於上海乃至整個中國革命的背景。《年青的一代》中的林堅非常典型，他兼有了各種革命史意義上的身份：既是舊上海學徒，又是工運幹部，還參加過解放軍。在劇中，他的身份被看作老幹部，但實際職務是總工程師，具有了工人、工運、軍事各種革命史上的一切優勢，包括知識與文化上的優勢；而在家庭中，他又是林育生的父親，具有倫理優勢。肖奶奶同樣具有左翼政治史的身份。她作為舊上海時期的工運骨幹，坐過牢，並且因丈夫的犧牲具有了更強化的政治身份，其經歷在「講打鬼子，打老蔣，三天三夜講不完」的傳說中得到傳奇般的評價。同時，她的倫理身份也很明顯，其職責似乎是專門教育青年。在作品中，父輩（祖輩）人物與作品中主要人物構成了血緣上的倫理關係。比如林堅是林育生的養父（《年青的一代》），馬洪亮是韓小強的舅父（《海港》），周德貴雖非童阿男的直系親屬，但曾與其父共同參加罷工（《霓虹燈下的哨兵》），仍可視為父權人物。這種角色使其對青年的革命歷史教育，成為一種倫理感化形式，從而構成一種基於父權組織原則的社會控制與動員力量，而革命歷史也借助父權的倫理權威具有了天然的合法性。

倫理感化方式表現為「痛說革命家史」模式。學者黃擎在《廢墟上的狂歡》中認為，文革期間的文學在歷史記憶的時代闡釋方式主要表現為「痛說革命家史」與「重溫戰鬥故事」兩種類型。其中「痛說革命家史」更是「樣板戲」常規的概述性設置，大體可以分為「主動型」與「誘說型」兩種情況。〔註38〕對上海左翼歷史記憶的回顧以家史回憶為形式，使之更加具有了倫理色彩。這種通行模式，在文革前的上海題材中，仍不失上海特徵。比如林育生的父母在舊上海監牢裏犧牲，林堅以教父身份行使著雙重監護權力。林堅在斥責林育生時，使用了一連串「你對不起……，」在歷數了「黨」、「老師」之後，將重點放在了其生身父母上：「更對不起……對不起你死去了的親生父母」。《鍛鍊》中馬奶奶斥責孫子馬一龍時所使用的也仍然是關於背叛

〔註38〕黃擎：《廢墟上的狂歡——文革文學的敘述研究》，作家出版社2004年版，第91頁。

血統的譴責言辭:「你忘了你爺爺和你爸爸受的苦。」《霓虹燈下的哨兵》中,童阿男與陳喜都被設置在一個接受教育的情境中,教育者與教育題材卻各有不同。對於童阿男,其教育職責由老工人周德貴承擔,受教題材是關於南京路上的罷工遊行:「阿男的爹英勇地犧牲在南京路上」;而對陳喜來說,教育者是具有鄉土背景的指導員、連長、伙夫洪滿堂,教育題材則是關於解放區樸素的生活作風。也就是說,在對童阿男的倫理感化中,對上海革命史的記憶仍具有優勢。《海港》則是通過階級教育展覽會中的一根「槓棒」以及種種「過山跳」、「皮鞭」、「鐐銬」、「絕命橋」等舊上海海港碼頭的器物來進行,其與韓小強的「大紅的工作證」形成鮮明比照。按當時人的看法:「一根杆棒,銘刻著碼頭工人的階級仇、民族恨,代表著工人階級的革命傳統;一張工作證,體現著『共產黨毛主席恩比天高』,反映著翻了身、作了主人的碼頭工人幸福生活」。〔註39〕林堅、馬洪亮、馬奶奶等人,不僅是政權文化的人格化,同時也是倫理文化的人格角色。對階級血統的繼承伴隨著倫理控制,幾乎牢不可破。

在政治革命與倫理雙重結構當中,小字輩的從屬依附角色得以確定。因為,一旦忘卻「革命的家世」,則不僅意味著對左翼歷史的背叛,同時也是對倫理的反動。在小字輩人物當中,大多存在兩種類型,一類是自覺遵循革命邏輯的,如肖繼業(《年青的一代》)、衛奮華(《鍛鍊》)。肖繼業的紅色身份似乎來自於對革命歷史的親歷:「當童工的時候怎樣給塌鼻子工頭吃苦頭,快解放時候給護廠隊傳遞消息,還把傳單貼在國民黨的崗亭上」。但,通常第二類人物更多一些,即需要教育才能繼承革命事業的小字輩。如前所述,這一類人物被置於強大的倫理與政治雙重結構之中。從其姓名的語義社會學分析來看,「育」(林育生)、「繼」(蕭繼業)、「小」(韓小強)、「童」(童阿男)等,不僅暗喻了「革命後代」之意,同時也顯示出倫理上的等級弱勢,而「繼業」與「育生」兩個名字雖在倫理等級上並無差別,但在「革命接班人」這一政治邏輯上則顯示出等級性。

三、斷裂論:新舊上海的不同意義

對上海歷史的認識,伴隨著血統論的是對上海城市歷史邏輯的「斷裂」

〔註39〕聞軍:《無產階級專政下繼續革命的光輝典型——贊方海珍形象塑造》,《紅旗》雜誌1972年第2期。

理解。本文第一章中談到，這種斷裂論理解，早在上海開埠時就已開始，並
在與古代中國的斷裂中給予「歷史終結」式的判斷。對國人來說，上海史是
一部近代史，並依照不同時期現代性的獲得而不斷得到其新的歷史起點。
在近代以來上海城市史中，總會伴隨著重大的歷史性事件而產生出所謂
「新」的上海。換句話說，上海的歷史總是依照現代性方案的轉換而處於變
化狀態。正如杜維明所說：「很明顯，上海價值，不是靜態結構，而是動態
結構。上海的價值體系是在變動不居的時空中轉化」，所以他認為：「既然是
動態過程而非靜態過程，就必須避免本質主義的描述。」〔註40〕所以，在
討論上海歷史的價值時，杜維明認為應該包括三個時段來認識，「第一時段
是 1949 年以前，第二個時段是 1949 年到 1992 年，第三個時段 1992 年到
現在。〔註41〕」當然，這並不是說其他城市沒有過斷裂性現象的存在，比
如改革開放便是改變中國所有城市邏輯的一個重大轉折，而只是說，較之
其他城市，上海所體現出的斷裂性更加突出。它幾乎包括了中國近代以來
的任何歷史階段，因而，其在斷裂性上所表現出的歷史變遷又比任何一個
城市更加深切而突出。

　　「解放」，對於上海來說，承續的是上海無產階級革命史的結果，中止的
是上海作為資本主義城市的歷史邏輯。在文學中，周而復的《上海的早晨》，
徐昌霖、羽山的《東風化雨》，于伶的電影劇本《不夜城》以及熊佛西的話劇
《上海灘的春天》便闡釋了這一點。除《東風化雨》以外，三部作品都最終涉
及到中國資本主義史的完結，即「資本主義工商業的社會主義改造」，並以「公
私合營」的完成作為這一部歷史的終結。《不夜城》的創作意義，帶有《子夜》
影響的痕跡，即民族資本家的走投無路。留英的張伯韓從父親手中接過紗廠
艱難經營，並不時與宗貽春代表的買辦勢力衝突，十幾萬美元期貨投機的失
利，以至於最終徹底破產則宣告民族資產階級在帝國主義重壓之下的失敗。
同時，仲鳴夫婦錯失香港航班與大年夫婦在香港經營失敗，則說明民族資產
階級經濟跨國背景的喪失。同屬資本主義史中止的描述，《上海的早晨》要比
《不夜城》意義更複雜。我們看到，資本主義經濟體制及在解放後的狀態分
別以徐義德、朱延年、馮永祥、馬慕韓等人為代表。其中，朱延年屬於頑抗到
底的一種情形，馮永祥與馬慕韓則代表了資產階級在新中國紅色政權下主動

〔註40〕杜維明：《全球化與上海價值》，載《史林》2004 年第 2 期。
〔註41〕杜維明：《全球化與上海價值》，載《史林》2004 年第 2 期。

爭取政治空間的類型，而徐義德則體現出上海資本主義史中止的「被迫性」。徐義德身上體現了中國資產階級多重特徵，即殖民性、封建性與反動性。他首先將六千錠黃金與巨額資金運往香港，又將兒子送往香港讀書，另外還有存款在紐約。上海—香港—紐約這三條防線，其實包含了上海資本主義經濟體制中的世界性。其次，他的二房太太朱瑞芳的娘家是無錫大地主，而朱瑞芳的堂兄朱暮堂則有日偽、國民黨種種背景。以上兩者都被認為是「資產階級的特點——一方面不能不依賴帝國主義，另一方面又跟封建地主階級有密切的關係〔註 42〕」。其三，他指使梅佐賢企圖控制工會，並收買稅局駐廠幹部，這是他的反動性的寫照。以上三者，其實是上海資本主義產生、發展的幾種基本形式，在其他幾部作品也有表述。與《子夜》不同的是，《上海的早晨》與《不夜城》在宣告上海資本主義歷史終結的同時，也在說明「在這個階級中的大多數個人卻又可以獲得光明這樣一種特殊的歷史際遇」。〔註 43〕這種「際遇」說的理論外觀是毛澤東關於民族資產階級在民主革命時期與社會主義革命時期都具有「兩面性」的論斷，同時，也是對中國資本主義進行社會主義改造兩個階段——資本主義企業變成國家資本主義企業，再把國家資本主義企業變成社會主義企業——的圖解。《上海的早晨》、《上海灘的春天》以及《不夜城》都「贈與」了上海資產階級一個出路，但卻是在社會主義新的政治空間裏被消滅、轉化的「際遇」。

　　與《子夜》另一個不同在於，以上幾種作品同時也具有血統論的色彩。它們將上海左翼政治的邏輯作為結果表現出來，這與《子夜》描寫工人運動毫無結果以致在結構上游離全書不同。《上海的早晨》中湯阿英、《上海灘的春天》中的田英、孫達與《不夜城》中銀娣夫婦都意在說明無產階級政治的成長，在上海解放後，成為宣告徐義德等資產階級歷史結束的新上海政治主人，馬慕韓、馮永祥、王子澄與《不夜城》中張伯韓的女兒張文崢、《上海灘的春天》中王子明的妻子與兒女同時也歸入新上海政治，無疑也在說明上海資產階級在中止資本主義歷史之後轉向社會主義政治的巨大可能。〔註 44〕

〔註 42〕王西彥：《讀〈上海的早晨〉》，載《文藝報》1959 年第 13 期。
〔註 43〕張炯、鄧紹基、樊駿主編：《中華文學通史》第 12 卷，《當代文學編‧小說戲劇》，華藝出版社 1997 年版，第 109 頁。
〔註 44〕在《上海灘的春天》中，王子明的妻子丁靜芳參加了里弄工作，其子王長華參加海軍幹校學習、入黨，女兒王秀珍大學畢業後到邊疆工作。《不夜城》中的張文崢參加了邊區礦勘隊，成為地質工作者。

　　表現上海資本主義被改造題材的作品，其實是以上海為文本，藉以說明中國國家性質的變遷。其間關於徐義德、張伯韓等人在這種改造中的彷徨、牴觸與被迫接受以致消亡，確屬歷史中應有的一幕，並非想像意義上的完全虛設，但是關於「在社會主義制度下資本家的命運和前途是光輝燦爛的〔註45〕」的說法卻未免誇張。這種情形並不在於作品結尾設定的情節結局是否構成真實的中國資本主義歷史，而在於，這一結論完全被關於社會主義革命理論所預設，從而構成了一部想像性的文本。我們看到，幾部作品中關於民族資本家的茫然、惶惑之情都較真切，但倒向社會主義政治的情節一般都是急轉之下。這種情形在《東風化雨》中更加明顯。作者雖然在小說中設置了工人在廠裏建黨、罷工等情節，但僅僅是作為上海左翼政治血統的一種說明，並沒有顯示出其能挽救長江廠的任何跡象。但在結尾處，長江廠關門和孫敬煊破產後，突然出現王少堂與馬仲伯在走投無路之際路遇上海民眾抵抗日貨的遊行隊伍這一情節。作品在這時寫道：「詭計多端的王少堂費盡心機，無法挽救長江廠的危機，實力雄厚、老謀深算的孫敬煊絞盡腦汁，也無法挽救長江廠的危機，只有中國工人、學生與中國人民，只有共產黨領導的轟轟烈烈的抵制日貨的愛國運動，才挽救了長江橡膠廠和其他無數正在死亡線上垂死掙扎的中國民族資本家和他們的工廠，使他們免於破產的命運」。這實在是一種想像，因為作品並未涉及長江廠被挽救。一方面是長江廠已經破產，一方面又是「被挽救」，兩種關於上海想像構成的矛盾，顯然是作者無法解決的。

　　「滅亡」也好，「挽救」也好，其實都是在借上海資本主義史的消亡，來說明《子夜》沒有機會表述的新的國家意義。如同《子夜》回答托派關於中國社會性質問題一樣，在海外左翼學者看來：「《上海的早晨》這部書的成功所在，同樣也是沒有避開當時上海的里巷間人物所認為的『重慶是共產主義，武漢是社會主義，北京是新民主主義，上海是資本主義，香港是帝國主義』的現實」，「讀者認真讀過這本書後，就可以從上海這個窗口窺視整個中國革命面貌」。〔註46〕這種意義如果放在更大範圍來看，則是國際性的世界社會主義

〔註45〕虞留德：《他傾盡心血創造〈上海灘的春天〉》，《現代戲劇家熊佛西》，中國戲劇出版社 1985 年版第 390 頁。

〔註46〕岡本隆：《〈上海的早晨〉第一部日文譯本前言》，《中國當代文學研究資料·周而復研究專集》，上海師範大學中文系 1979 年 10 月（內刊本）第 191～195 頁。

問題，如同越南文譯者所說：「讀到這部作品（指《上海的早晨》──引者）就不禁聯想到越南的資產階級，聯想到河內、海防……」〔註47〕

自「社會主義改造」主題之後，文學中所出現的舊上海資本主義史，通常被理解為一種「遺存」，並主要體現在反動人物或落後人物身上，成為某種人格化體現。細分之下又有幾種類型：其一是上海史中的右翼成份與西方背景，比如《鍛鍊》中白步能，原名楊老七，是出賣衛奮華父親的叛徒；《火紅的年代》中的應家培，是國民黨老牌特務；《海港》中的錢守維是「哪個朝代都幹過的」賬房先生；《鋼鐵世家》中的特務原是解放前工廠裏的職員。這種情形也包括《春滿人間》（柯靈、桑弧等）《枯木逢春》（王煉）中知識人物對西方醫學文獻的迷信等等。其消亡的結局，不啻說明帝國主義、封建主義、右翼政治在上海乃至全國的結束。其二是作為日常中生活原則的市儈主義，特別是作為上海資本主義經濟關係中「等價交換」市場原則，這在文革上海題材文學中頗為多見。比如《特別觀眾》中老技術員蘇琪滿口「活絡生意」一類舊上海商業語言；電影《無影燈下頌銀針》〔註48〕羅醫生醉心於一百例成功的胸科手術，而將重病人趕出醫院的名利思想；小說《號子嘹亮》〔註49〕裝御工趙祥根自覺低人一等的舊上海等級觀念；《新店員》（上海戲劇學院戲劇文學史編劇專業一年級集體創作）中壞分子梁德鑫的舊上海小業主背景與食堂負責人顧月英「怕賠本」的「等價」思維等。值得注意的是，文革上海題材小說，不僅強調與舊上海的斷裂，同時亦強調與「十七年」上海的斷裂（這種情形，恰好也印證了本節開頭所說的關於上海現代性不同時期多變的狀況）。雖然在這一類作品中，舊上海資本主義政治、經濟原則作為一種「遺存」，構成了與新上海社會主義政治經濟空間的鬥爭衝突，但是千篇一律的「滅亡」模式所製造的，恰是一箇舊上海已經完全「覆滅」的神話。此類作品的層出不窮，不能認為是資產階級「遺存」繼續大規模存在的依據，從另一個意義上說，不過是對於「滅亡」概念的重申罷了。在這一點上，它與《子夜》所寫的封建勢力在上海的「滅亡」具有異曲同工之妙。

〔註47〕張政、德超：《〈上海的早晨〉越南文譯本序》，《中國當代文學研究資料‧周而復研究專集》，上海師大中文系 1979 年 10 月（內刊本），第 223 頁。
〔註48〕上海市胸科醫院業餘文藝創作組創作，原為話劇，電影為桑弧導演。
〔註49〕邊風豪、包裕成：《號子嘹亮》，載《朝霞》1974 年 3 期。

第三節 「十七年」與「文革」時期文學中上海的城市空間敘述

對於 1950～1970 年代的中國社會主義社會實驗來說，許多學者認為，可以將實驗的核心內容概括為「公共化」和「現代化」。〔註50〕「十七年」和「文革」時期表現上海的文學，承繼著百年來上海城市現代性形象的譜系，表現出極其強烈的現代性訴求。在這方面，對上海建築與空間的表現是一個極其重要的領域。

一、高大洋房的政治：從殖民性到現代性

公劉的《上海夜歌（二）》可以看作一個宣言，它表明了即使是在社會主義時期，現代主義的手法依然是表現上海城市物質場景的基本策略：「輪船，火車，工廠，全都在對我叫喊：拋開你的牧歌吧，詩人！」。這種情形，與施蟄存在 1930 年代的詩歌主張所闡明的，基本上是同樣的道理。施蟄存將現代詩歌看作是「現代人在現代生活中所感受到的現代的情緒，用現代的詞藻排列成現代的詩形」。〔註51〕而所謂「現代生活」，在公劉的主張中，也是現代性的物質性場景，只不過是排除了施蟄存所列舉的「爵士樂」、「競馬場」等具有消費意義的場所之外。從中，我們也可以看出「十七年」上海城市文學在表現現代性場景方面對於「舊上海」文學的某種承繼性。《上海夜歌（一）》可視為公劉詩歌主張的實踐，在對於上海場景現代性的描繪中，完全使用了現代場景寫作的傳統，選取了城市中心的外灘和南京路作為中心性的空間體現。這首詩在表達城市的空間感和時間感時，不僅採用了「並置」的蒙太奇手法，給人完全的電影鏡頭感。而且，視覺的效果，看得出其對城市建築高度的強調，也採用了從高到低的順序。還有對於「夜色」的使用，也來自於現代主義文學的城市興趣。詩歌分別使用了海關大樓和南京路的國際飯店作為參照，既高下參差，又縱橫成行。這三者都遵循了自新感覺派以來的上海文學傳統。只不過，詩歌在篇尾出現了「六百萬人民」的句子，以符合當時的意識形態「共名」。

〔註50〕 關於這一點，可參考劉曉楓的《現代性社會理論緒論》，上海三聯書店 1998 年版；王一川的《中國現代卡里斯瑪——二十世紀小說人物的修辭論闡釋》，雲南人民出版社 1994 年版。

〔註51〕 施蟄存：《關於本刊的詩》，載《現代》雜誌 4 卷 1 號。

　　但是，在繼承 1930 年代以來的現代場景寫作傳統時，發生了一個重要的問題。在 1950～1970 年代的上海空間建設方面，由於「新政權直接利用了舊上海的空間結構，確立了自身在城市的權力地位。象徵舊上海各種政治、經濟、文化權力的符號性建築，多被移用於新政權的各種機構」〔註52〕。所以，就對於上海「斷裂」性理解而言，如何借助「舊上海」的物質空間（特別是建築空間）來表達「新上海」主題恰是一個難題。其複雜性在於，上海歷來以其建築空間上的現代性而獲得其「現代」意義，不借助於此，很難獲得對於上海地域的指認。同時，上海高大的洋房又是一種跨越地域性的世界性現代化符號。在 1950 年代以後，對國家工業化藍圖的憧憬，高大建築還被作為一種工業化現代性符號而必須加以強化。因而，在表現上海空間時，中心區的殖民時代的建築是無法迴避的。但是，上海殖民時代的建築大面積存在，又使人無法迴避它的殖民記憶。一旦進入文學表現領域，不僅可能無法獲得其在斷裂層面上作為社會主義「新上海」的政治身份，甚至於還可能造成殖民主義的重溫。這一類建築空間，除了高大的洋房，也包括上海作為現代經濟中心符號的碼頭、廠房、道路，還有作為「舊上海」主要居住形式的弄堂與棚戶。上述種種情形決定了，在進行「新上海」社會主義的空間想像中，既必須借助於舊上海建築空間形式的表現，但同時又要賦予其嶄新的社會主義的城市意義。更由於關於上海作為工業、商業、港口中心的身份指認已經符號化，在消泯了外灘大樓、國際飯店、百老匯大樓等建築場景原有的西方建築形式中殖民與消費的文化含義之後，成為典型的城市現代性符號式表述。

　　對殖民時代建築本身的詳細描寫是較少見的。肖崗的詩歌《上海，英雄的城》與蘆芒的詩歌《東方升起玫瑰色的朝霞》對上海市委大樓的建築樣式、材質的西方性有涉及。比如：「在上海市人委拱形花崗石大門裏，／走出聽完傳達報告的人群。／挺立的大石柱，／烏亮的銅質大門，／門旁臥著黑黝黝的一對銅獅……」〔註53〕但由於此處屬於對新上海市委大樓會議的描寫，其政治性意義超過了建築因素的含義。一般來說，新舊上海的空間標誌雖仍是

〔註52〕陳映芳：《空間與社會：作為社會主義實踐的城市改造──上海棚戶區的實例（1949～1979）》，載《熱風學術》第一輯，廣西師範大學 2008 年。
〔註53〕新上海的市委大樓為原英國滙豐銀行大樓，屬羅馬復興式古典主義建築樣式，其門前有一對銅獅。

外灘大樓。但在舊上海場景體現上，通常會出現實指的舊上海建築。比如在話劇《霓虹燈下的哨兵》、《七月流火》、電影《聶耳》、《為了和平》等文本中，常常出現「百老匯大廈」、「國際飯店」、「跑馬廳」、「銅人碼頭」、「江海關」、「寓滬西人工部局」、「虞洽卿路」、「愛多亞路」等具有實指含義的舊上海空間。有時，電影作品還會用照片形式呈現出歐戰和平紀念碑〔註54〕角度的外灘，或者海關前的「赫德」銅像〔註55〕，這似乎成了新舊上海不同外灘的標誌，因為紀念碑與銅像都建造於世紀初，其所包含的恰是舊上海殖民歷史的符碼意義。在電影劇本《為了和平》中，凡涉及解放前的建築空間時，常常進行實寫，而在表現解放後的上海時，雖然同樣涉及外灘地區，卻相當的虛化和空洞。結尾，孟輝與她的引路人楊健見面，被安排在一個意義極其模糊的地方：「在靠近外白渡橋的一座大廈裏面，臨窗可見黃浦江和江上的點點帆輪船」。這裡，作品明顯呈現出一種意義構成上的矛盾和虛弱。因為要表現「左翼」政治在上海的勝利，所以劇本必須將兩人「會師」的地點放在「舊上海」的核心空間，也即外灘，藉以表現出勝利者對「舊上海」的征服。但同時，它又必須小心翼翼地規避這棟樓宇的實體含義，並虛化「大廈」的真實名稱，以免使觀眾在歷史經驗裏可能喚起的對於高大樓房本身的殖民意義的記憶。否則，就無法完成對上海舊樓宇的無產階級政治意義建構。

這裡就涉及到對殖民時代建築空間在解放後狀況的表現。一般來說，表現新上海的敘事類文學，開頭部分大都採用了「巡禮」式表現方式，其目的是既突出上海城市的現代性風貌，也便於放棄對有關建築場景所包含的殖民意義與市民消費意義的深究。這似乎同新感覺派使用「巡禮」手法描述高大洋房而迴避其背後小巷一樣，但意義又有不同。新感覺派要突出的是建築空間上的西方性，要迴避的是小巷里弄中的東方性內容，而1950～1970年代的文學則強調建築空間的現代性，而迴避其西方性。因此，這一時期文學雖大都以高大樓房作為背景出現，但在敘述中又常常將空間迅速轉移至他處，很少將高大洋房放進實寫範圍。電影劇本《黃浦江故事》第一章在「景漸顯」的說明中特意交待：「這是解放後的上海，草木蔥蘢的外灘，車水馬龍人來

〔註54〕位於延安路外灘路口，為紀念「一戰」時歐洲上海外僑回國參戰而建，用於紀念歐戰死難者者。上海淪陷後為日軍拆毀。
〔註55〕赫德：（1835～1911），英國人，擔任中國海關總稅務司長達40餘年。銅像在上海淪陷後為日軍拆毀。電影《聶耳》就出現了銅像附近的「銅人碼頭」。

人往，海關大樓響起悠揚的鐘聲，黃浦江上灑散了陽光的金點」。在第十章中，外灘建築的成份減弱，而「煙囱林立」、「輪船穿梭」的黃浦江景象，在重要性漸取代外灘。話劇《霓虹燈下的哨兵》開頭的場景是「火光中時而看到百老匯大樓的輪廓，時而看到江海關的剪影」，但結尾處，空間重點轉移至軍民聯歡的公園。通常來說，新上海題材文學的空間描寫熱點仍是外灘與黃浦江一帶，以至於海關大樓〔註56〕、市委大樓〔註57〕、外白渡橋、人民廣場〔註 58〕等詞彙出現頻率極高，而黃浦江兩岸與江中的輪船則成為泛化的「上海」城市概念的指代。但作為關於上海現代化的觀念性意象，有時僅僅出現空間區域的名稱。像《火紅的年代》中外灘場景：「寬調的黃浦江正從曉霧中醒來。外灘，灑水車沖洗著寬闊平坦的馬路」，類似這樣的場景描寫數不勝數。

在工業題材的文學創作中，外灘一帶原殖民建築群的地域空間的複雜含義，也往往被文學作者們簡化為工業化表述，而將歐式建築的殖民符號減弱。它建立了這一帶空間的現代性意義的順序：高大樓房—工廠—黃浦江。前兩者是工業化的泛化符碼，後者則承載著輪船這一特定的現代化機械的符號指代。費禮文《黃浦江的浪潮》開頭結尾都有類似「巡禮」式的寫法，並由外灘高大建築的掠影迅速過渡到黃浦江岸的工業化雄偉圖景的描寫。這是一種很自然的銜接，常見於對上海現代性工業化場景的寫照。於是，上海現代性邏輯就這樣被天衣無縫地展延開來。但是，意義邏輯上的「自然」有時卻違背了實際的空間狀況。我們看結尾一段：

> 美麗的黃浦江兩岸呈現在他的眼前：巍峨、雄偉的建築物象奇異的山峰矗立著，海關大樓洪亮鐘聲「叮叮噹當」響著，綠化了的外灘，像一條翡翠的花邊鑲在江邊花崗石上；在它們的後面，煙囱像森林似的豎立天空，濃煙混合在藍天裏變成萬道彩霞；黃浦江裏汽笛長鳴，無數的船隻來回急駛著，突然，一條掛著五彩旗的嶄新

〔註56〕海關大樓原名江海關，舊上海時期即為海關。其他中國重要口岸城市的海港名稱大多與「江海關」相近，如漢口的「江漢關」，廣州的「粵海關」。

〔註57〕市委大樓原為英國匯豐銀行大樓，屬羅馬復興式建築，建成後有「從蘇伊士運河到白令海峽最漂亮建築」之稱。

〔註58〕原址為跑馬場，1952 年將跑馬場南部改為廣場，北部建成人民公園。原跑馬總會改為上海圖書館。1990 年代後，廣場和公園建成上海市市委、市政府，上海圖書館改為上海美術館。

輪船，乘風破浪，高唱著凱歌向吳淞口開去，黃浦江給它掀起了浪
潮，陽光照上去閃出萬條金光。

這段場景描寫頗令人驚詫，因為這似乎是在實際的城市空間中不可能實現的
視覺效果！文中的描述，首先存有大量的視覺焦點的混亂：其中，「矗立」、
「綠化的外灘」、「花崗岩」等描述，似乎表明描寫視線來自於外灘東面；可
是，再結合「在它們的後面」等語句，人物視線又應該來自於外灘以西。但
是，外灘西面，由於滿布著寫字樓，又絕不可能出現「煙囪」景象！而接下
來，文本描述黃浦江上的輪船，則又將視線移至外灘以東。這一處描寫發生
了數次視線的紊亂，表明了空間本身的意義與其被賦予意義之間意識形態詞
語的爭奪，以及由此而來的敘述焦慮。因此，可以說，這勿寧是一種關於工
業化的心理空間，經由建築（海關大樓）─工廠區─黃浦江這樣的工業化理
想展開，分別體現著現代機構、工業生產、交通等各方面高速運轉的城市的
現代性意義，其描寫功能在於集中關於工業化的物象，突出工業化的含義。

　　體現現代性的建築意義的，還有政治性意義方面的修辭。社會主義政治
在上海城市空間上的核心指認，應當是中蘇友好大廈〔註59〕。我們看到，在
《上海的早晨》、《不夜城》等眾多的作品中，這棟高大建築由於絕對高度超
過了國際飯店，構成了新上海的天際線。同時，它在文學文本結構中，不僅
在空間上，在時間上，都構成了中心位置，這無疑說明了在「新上海」這座城
市中，新的政治權力形態的所處的中心地位。電影劇本《不夜城》最後公私
合營成功的狂歡，就發生在中蘇友好大廈前。《不夜城》不僅在結尾敘述了「中
蘇友好大廈」前的歡騰場面，還安排了橫幅「上海市各界慶祝社會主義改造
勝利聯歡晚會」，以突出「中蘇友好大廈」體現的社會主義國家的慶典意義。
然後再將鏡頭推至萬家燈火的南京路永安公司、先施公司、大新公司等處。
在一些作品中，中蘇友好大廈還包含了中國在世界社會主義陣營的國際性意
義，甚至是中蘇之間的關係。如福庚的詩歌《在工業館裏》寫在參觀了新紡
織機、車床、精密儀器之後，「沿著工業館的大廳走，彷彿我已經來到了蘇聯
的城市。」

〔註59〕中蘇友好大廈是 1950 年代以後新上海的標誌性建築。此類建築在北京、武
　　　　漢、瀋陽等城市皆有，建築樣式為蘇聯時代的擬古典主義。中蘇關係破裂後，
　　　　各地此類建築統一改稱 XX 展覽館。中蘇友好大廈原址為猶太巨商哈同的私
　　　　人花園，名為愛儷園，俗稱哈同花園。

在敘事性的作品裏，中蘇友好大廈不僅有一種現代性修辭意義，同時也獲得了文本在敘事結構方面的中心地位。首先，中蘇友好大廈通常都是出現在情節的高潮，通常是在經過了「三反」、「五反」、公私合營等劇烈的鬥爭並取得重要勝利之後，又往往和慶祝勝利的重大的國家慶典、儀式相關聯，其本身的儀式性表明了它的神聖感。其次，在空間的呈現方面，人物必須經過了一個朝聖的過程，往往是在人們經過了眾多街區之後到達目的地，其在文本中出現的位置也說明了其「聖地」的含義。《上海的早晨》曾寫到了徐義德一家乘坐汽車來到這裡的情形：

> 汽車裏的指針很快地從 40 指到 60 公里。汽車順著遊行隊伍的側面，迅速地開過去，遠遠望見一顆光彩奪目的紅星在早晨的陽光中閃耀，像是懸在半空中似的。這是中蘇友好大廈屋頂上金黃柱子上端的紅星，直衝雲霄。

離中蘇友好大廈越近，人物所乘汽車越是以加速度行駛，呈現出「朝聖」時的激動情緒。而建築本身的高大，更是呈現出海市蜃樓般的「神聖感」，造成了整個上海空間上的制高點，也造成了整部小說的情節高潮。作品還寫到徐義德的三太太林宛芝來到這裡的感受：

> 林宛芝從來沒有進過中蘇友好大廈的大門，從前只是路過，看見壯麗堂皇的外觀，沒有見過裏面宏大的規模。當她一跨進大門，走進大廳，看見當中懸掛著一盞丈把長的大琉璃燈，玲瓏剔透，燈光璀璨。四周蔚藍色的牆壁上，飛舞著金黃的雕飾，頂上閃著點點星光，迎門是一個霓虹燈大「喜」字，使人感到身臨變幻迷離的世界。
>
> ……
>
> 過了大廳，是開闊的拱形屋頂的工業大廳，一片光亮使得林宛芝眼花繚亂。她定睛一看，才慢慢分辨清楚，像一串串彩虹掛在雪白屋頂上的是電燈。兩旁騎樓上彷彿飛舞著紅色巨龍的是兩幅巨大標語，紅底金字，一邊寫的是「要把全市公私合營工作做得又快又好」，另外一邊是「為加速徹底完成社會主義改造而奮鬥」。主席臺上排列著數面五星紅旗，當中掛著一幅毛主席油畫畫像，和主席臺遙遙相對的是一個巨大的霓虹燈製成的「喜」字，閃耀著喜氣洋洋的紅色的光芒。把這個莊嚴的會場點綴得歡樂又活潑，洋溢著節日的

氣氛。林宛芝看到那情形，她的心和霓虹燈的光芒一樣在歡樂地跳

躍。她從來沒有見過這樣莊嚴而又偉大的場面，到處都感到新鮮，

看看這邊，又看看那邊，眼睛簡直忙不過來。

上述心理描繪，其意圖是要在人物內心造成城市的高度。一方面，這也是一種實寫。由於林宛芝疏於社會接觸，上海中蘇友好大廈給予她的震撼是一種真實存在。同時，為了強化這一震撼，作者在描寫中讓林宛芝完全接受它的意義符號，而沒有讓這個長期生活於深閨中的女性有任何的不安與不適感，這就帶有了過強訴求表達的傾向。

二、「工人新村」住宅建築

除了高大洋房式建築，對上海空間的描述形式還有另外兩種，即一是抽象、泛化意義上的碼頭、工廠（這在後文中還有論述），二是以標準化的「工人新村」式住宅形式代替了老上海弄堂石庫門。眾所周知，上海最典型的住宅是「石庫門」里弄建築。作為舊上海中產階級的典型居住形式，已經成為了上海的符號。但在解放後的上海文學中，「石庫門」建築樣式，以及它所負載的上海市中心區的市民生活特性，已經退出了文學表現的興趣。在居住建築方面，新式「工人新村」以及其代表的工人生活成為幾乎唯一的上海城市生活題材。

「工人新村」在區別新舊上海的斷裂性意義上有重要作用，一方面，它與北京「龍鬚溝」有著同樣的「新舊社會兩重天」的政治意義，其典型性的例子是肇家浜與曹楊新村〔註60〕；另一方面，它又避免了描寫石庫門建築所可能帶來的舊上海市井消費性生活的內容。這一時期文學中，凡出現對居住形式的詳細介紹時，多為近郊「工人新村」等非傳統式樣的新式工業化住宅建築，如《鋼鐵世家》、《鍛鍊》、《家庭問題》等影劇作品。在「十七年」和「文革」時期城市題材文學中，「工人新村」更是占絕對了主導意義的居住形式。它的出現，並不是一般意義上居住形式的改進，而是具有中國社會主義政治經濟權力因素的重要的文化現象。

〔註60〕肇家浜為上海著名的「龍鬚溝」，1954 年改造填平，即今肇家浜路，一向被視為新舊上海兩重天的標誌；曹楊新村是上海最早的工人新村，舊時為荒地泥潭，至 1958 年建成居住 5 萬人口的工人城。解放前建的福履新村（1934年）、上海新村（1939 年）、永嘉新村（1947 年）不過是花園里弄而已，並非工人居住區。

　　事實上，具有意識形態性的空間也是上海作為「新中國」象徵的政治經濟學的標本，建築的烏托邦含義並不只是發生於文學文本中。「工人新村」的建設，是中國社會主義工業化進程的整體結構的結果。法國漢學家程若望說：「在上海之外建設上海，在外國人建起的城市之外建設中國的大城市，這個發展計劃（指國民黨大上海計劃）由此便被束之高閣。新中國建立以後，在最初的三十年裏採取了『反城市』的政策，主張把中國的大城市從消費城市轉變為生產城市；這使得上海除衛星城建設外，沒有進行任何意義上的空間擴展，甚至包括原有工業建設和住宅的現代化，即使是衛星城建設也在相當程度上是失敗的。相比之下，政府更加重視建設首都北京，因而對上海實施了十分不利的財政政策，這情況一直持續到 80 年代末。」〔註 61〕上海的「工人新村」，就是倡導城市的生產功能、盡可能地使生活功能服從於生產功能的一種居住形式。首先，「工人新村」大多位於當時的近郊區，並且靠近工廠。這與上海中心老城區的基本住宅石庫門形成對比。其次，居住者多來自於相同的廠區，其生活特性基本一致，以至人們經常結伴上班。這種情形導致了社區人緣的高度的「同質性」。因此，「工人新村」完全不同於老式里弄的複雜與多元性：一方面它最大程度地減少了人們生活中的其他功能，而將城市的生產功能極大的提升；另一方面，它最大程度的防止了人們生活的「私性」，而體現出社會主義城市的「公共性」。

　　工人新村是一種烏托邦建築。據有的學者的研究，1950 年代的曹楊新村，1960 年代的彭浦新村，1970 年代的曲陽新村和 1980 年代的田林新村，都屬於工人階級的「花園洋房」，曹楊新村甚至還是上海的涉外旅遊景點。「作為革命樣板房，工人新村是新中國的客廳，這使得工人新村的任何部位包括臥室都全面客廳化——甚至衛浴之類的私人空間，要麼被徹底刪除，要麼被公共化。與此相對照的是，合作社、衛生所、銀行、郵局、學校這些公共設施一應俱全，同時還預留文化館、運動場和電影院的建築位置。」〔註 62〕由此看來，社會主義新中國的上海並不缺少空間的現代性，缺少的只是個體「私性」範疇的現代性。這是「公共性」現代性被強調的結果，它可能發生在任何一個

〔註 61〕〔法〕程若望：《北京、上海、香港——不同宿命的中國城市》，載《法國漢學·第九輯人居環境專號》，中華書局 2004 年，第 397 頁。

〔註 62〕王曉漁：《霓虹光圈之外：工人新村的建築政治學》，載《上海文化》2005 年 2 期。

強調國家意義的時候。無獨有偶，在 1930 年代國民政府的「大上海」計劃中的居民建築也有「公共性」的特徵。比如，楊浦、盧灣與閘北分別要建成三所平民住宅區，都沒有獨立的衛生設備，但大禮堂、運動場和花圃等「公共性」設施則被優先考慮。

第一次「工人新村」的建設規劃始於 1952～1953 年，首先計劃在老工業區附近的城郊結合部的農業用地上建設 9 個「工人新村」，如在閘北和楊樹浦，同時拆除了 300 個簡陋居民點。每個「工人新村」的樓房都是 4～5 層，可以接納 40 萬名居民。當時總共建造了 2.2 套住房，每套住房面積約 30 平方。到 1973 年，已經有 76 個「工人新村」，占上海全部居住面積的四分之一。

上海的曹陽新村是新中國建立最早和最大的「工人新村」。其首期建設佔地 200 畝，共有三開間兩層樓 167 棟，可供 1002 戶五口之家入住。至 1958 年，其佔地擴大了十幾倍，有五萬人居住於此，並設有專線公交，成為滬西最大的工人居住區。這些住宅有時被成為「新公房」。不僅水電設備齊全，每戶還有獨立的衛生間，每三戶合用一間廚房。小區中心有大草坪、小學、診療所、合作社、文化館、露天電影場等公用設施，文化館內還有小劇場，擁有戲劇、舞蹈、音樂等十幾個演出隊，鼎盛時期，據說有近 200 名演員琴師。「工人新村」的入住條件極其嚴格，在其建設初期，「由於數量實在太少，大多解決勞動模範和由工人提拔的幹部的住房困難，一般的工人很難輪到分配住房」〔註 63〕，因而，首批入住者往往採用評選方式選出。據唐克新的散文特寫《曹陽新村的人們》介紹，首批入住者中有陸阿狗、裔式娟、戴可都、朱法弟等著名勞動模範。初次入住的居民，在搬進「工人新村」的時候，其喜悅之情在唐克新的一篇小說中可以看到：

> 這是個四層樓的房子，外面是奶油色的，裏面房間是一套一套的：大間、小間、浴間、抽水馬桶、廚房間……奚大媽走上陽臺，舉目一望，那青磚紅瓦的房子呀，一眼望不到邊，有二層的，有三層的，有四層的……她簡直好像掉在大海裏一樣，覺得自己簡直小得象一粒芝麻那樣。

這也許是一種真實的感受，特別是其中的人物在宏大規模的公共性建築群面前所感覺到的個體的「渺小」感。

〔註 63〕袁進、王有富：《略談 1950 年代工人的物質生活》，《熱風學術》第一輯，廣西師大出版社，2008 年版，第 111 頁。

　　由於政府的安排,「工人新村」式的居住區不斷出現。1953 年起,有計劃地對市區的棚戶區進行連片改造,成為新的「新村」。影響較大的有閘北的幡瓜弄,南市的桃源新村、瞿溪新村等。同時,又在市區邊緣地區新闢了控江、鞍山、天山、日暉、宜川等一批新村〔註64〕。從 1958 年開始,上海陸續新建、擴建了五個衛星城鎮和 10 個市郊工業區。衛星城鎮為閔行、吳涇、松江、嘉定、安亭。市郊工業區為吳淞、蘊藻浜、彭浦、桃浦、北新涇、漕河涇、長橋、周家渡、慶寧寺。在 1958 年,閔行據說有十萬人居住。在作家哈華的特寫《上海的衛星城市——閔行鎮》中介紹,「那些公寓式的高層樓房,與我們過去建設的工人新村大不相同了。奶油色的非常漂亮,藍色的象天幕一樣,朱紅色的鮮豔奪目,白色的潔淨無暇,全在陽光下閃著光彩」,「它還有漂亮的托兒所。玲瓏的小售店,正在修建的還有堂皇的學校,整潔的中心醫院。這些建築,都將被叢林和花草所綠化。一切都經過民用設計師的匠心的設計,上海的負責同志,還認真的研究過,才批准建造的」〔註65〕。

　　在周而復的小說《上海的早晨》裏,通過湯阿英一家入住曹陽新村(小說中名稱為「漕陽新邨」)的情節,我們可以看到新村居住形式方面極強的體制化特徵:漕陽新邨造好之後,湯阿英所在的滬江紗廠也分到四戶。究竟那些人具有入住資格,要由廠工會生活委員布置各個車間展開討論和評選才能選出。為了更慎重地選擇出合適人選,廠裏還到處張貼了標語,「一人住新村,全廠都光榮」。湯阿英因為工作積極,又是住房困難戶,祖孫三代擠在一間草棚裏,被分配了一套。廠工會主席余靜也獲分一套,但余靜出於「將困難留給自己」的領導者風格,放棄了住房。經過再次討論,因為細紗車間工人多,這一套住房被交給細紗間。又經過討論,這一套被分給秦媽媽。在湯阿英搬家的那天,由於余靜到區委開會,委託了工會副主席趙得寶主持搬家。「趙得寶率領大家敲著鑼打著鼓,歡天喜地走進來」。家具裝車之後,依舊是敲鑼打鼓,「卡車裏充滿著歡樂的咚咚鏘的音樂和恣情談笑聲,飛快地向著漕陽新村駛去。」在湯阿英一家入住新村之後,余靜等人前去探望。在婉辭了湯阿英一家的感謝之後,余靜開始以此進行革命傳統教育:「我們有今天這樣好的生活,是無數革命先烈的血汗換來的」,「新中國成立了,工人當家作主了,

<hr>

〔註64〕　見上海研究中心、上海人民出版社編:《上海 700 年》,上海人民出版社 1991
　　　　　年版,第 176 頁。
〔註65〕　《上海十年文學選集‧特寫報告選》,上海文藝出版社 1960 年版。

才蓋這些工人新邨來」。接下去，就是講述鄧中夏、劉華、顧正紅等人的革命事蹟。建築的功能轉向了意識形態的表述。由此可以看到，工人新村的入住或者遷出，都是一個體制化過程。

《上海的早晨》所敘述的漕陽新邨，其基本特徵是「公共性」。當湯阿英一家入住後，作者對於他們居住感受的描寫主要不是對於居室內的，而是第一次參觀室外「公共」場地給予他們「規則」與「公共性」的感覺。首先是「新村」的整齊和開闊：「和他們房屋平行的，是一排排兩層樓的新房，中間是一條廣闊的走道，對面玻璃窗前也和他們房屋一樣，種著一排柳樹。」、「新村」中的道路約有一般弄堂的五倍，「如茵」的草地極其廣大，以至湯阿英的女兒巧珠飛一般地在草地上奔跑，或者在草地上打滾；其次是「新村」公共設施的完備。先說學校：「經過一片遼闊的空地，巧珠奶奶遠望見一座大建築物，紅牆黑瓦，矮牆後面有一根旗杆矗立在晚霞裏，五星紅旗在空中呼啦啦飄揚。紅旗下面是一片操場，綠色的秋韆架和滑梯，觸目地呈現在人們的眼前。操場後面是一排整整齊齊的平房，紅色的油漆門，雪亮的玻璃窗，閃閃發著落日的光。」再說商店：晚間，「幢幢的人影在路上閃來閃去。整個新村，只有合作社那裡的電燈光亮最強，也只有那裡的人聲最高。從那裡，播送出丁是娥唱的滬劇，愉快的音樂飄蕩在天空，激動人們的心扉。」再說「新村」的交通：「一眨眼的工夫，新邨的路燈亮了。外邊開進來一輛又一輛的公共汽車，把勞動一天的工人們從工廠送到他們的新居來。」在講述曹陽新村室外「公共」空間特徵之後，作品才開始講述人們對於室內的感受。但是這種感受相當簡單，而且也是關於公共設計方面的，基本上不涉及屬於「私性」生活的器物或設施。湯家奶奶看到，「新粉的白牆，新油的綠窗，新裝的電燈，照得滿屋亮堂堂的喜洋洋的。」在這裡，對於「新村」建築由外而內的介紹順序，以及對於「新村」建築「公共」部分與「私性」部分介紹的詳略程度，均表明了新村建築本身的「公共性」與「私性」之間的等級關係，因而也具有完全的社會主義政治經濟學的意義。

在其他文學作品中，「工人新村」同樣表達了「公共性」的現代性訴求。「工人新村」給人的視覺特徵，首先是「整齊」。如胡萬春小說《家庭問題》中「四層的新式樓房，整齊地排列在一條街上」，小說《年代》中：「只見馬路兩旁整齊地排列著五層樓的三層樓的樓房。七年前，這裡完全是一片田野，現在已是一座衛星城了。整齊的行道樹，街沿旁的花圃，給人一種賞心悅目的感覺。」再如《鋼鐵世家》中的一段描寫文字：「工人新村的環境非常美麗，

到處是碧綠蒼翠的樹木，以及鮮豔的花草。住宅周圍，有小河、木橋以及修剪得很好的花園。無數幢兩層、三層、四層的樓房，都是紅瓦黃牆，玻璃窗子閃閃發光」。這些文字的含義在於「新村」式建築的標準化，它遵循的是統一的新中國國家生活對日常生活形態的統一規定。

　　將場景放在上海近郊工業區以及工業設置附屬的居住形式（包括以「工人新村」為主體的工人住宅，也包括筒子樓等簡易公房）還有一種敘述動能，即描述居住形式的目的並非展示上海工人的生活內容，而是作為了一種工業生產形態敘述的延伸。因為，近郊式「新村」式工人住宅由於地處上海新興工業區，不僅便於較多地體現出關於工廠、煙筒等現代化空間標誌，便於得到現代性的象徵意義，而且也避免因地處市中心與建築的傳統樣式而可能引起的關於舊上海的回憶，可謂一舉兩得。

　　絕大多數作品都將場景置於工業化背景中，其所顯示的含義在於壓制住宅建築的生活功能，最大程度地提升其生產功能。《一家人》開頭就點明了劇情發生的地點是「上海市郊某工業衛星城」。

　　　　楊家門外，屹立著一株百年銀杏樹，蒼勁挺拔，葉如散蓋。這是一幢老式本地房子，窗前花棚藤架，枝葉繁茂。
　　　　屋後，一座巨大的金屬結構車間正在興建。

這裡，故事發生在工人居所。而且，主人公楊家的居住環境還帶有農舍性質：「有高大銀杏樹，窗前有花棚，房子為本地老宅樣式」，看起來不是典型的工人居住形式，但這只是為了說明「血統論」意義上的楊家的革命歷史，因為楊家的第一代因反抗英國人的統治而犧牲於銀杏樹下。馬上，場景描述就轉向了工業化的意義敘述。屋後「一座巨大的金屬結構車間正在興起」一句，無疑表明了這所住宅已經面臨著工業化對生活領域的包圍。事實上，在另外一處說明中，這種「侵入」已經成為事實：「遠處可見上海動力機械廠的煙囪和高高的水塔，嶄新的一條街橫貫舞臺，寬闊的馬路向遠方延伸。兩旁種栽著樹木，樹蔭夾道，枝葉扶疏。商店，劇場、運動場的跳傘塔以及排列整齊的五層樓工房，鱗次櫛比，錯落有致」。作品中所敘述的多數其他人物的居所，如羅工程師的宿舍，就是典型的「工人新村」住宅：「這是在新建五層樓的三樓，透過窗戶可以望見工業新城的面貌。遠處，黃浦江波光閃閃，不時有小火輪遊弋江面。江對岸為造船廠，船塢中停泊著『和平號』巨輪。」看來，作者的表現興趣，並不在居室，而是在透過居室門窗見到的工業化景象。

從建築與空間上將上海視為社會主義「公共性」社區與工業化中心，原本也是新上海應當包含的國家意義，但誇大式地表現，無疑是不顧事實了，特別是無視 1950 年代石庫門民居中佔了上海百分之八十以上民居的這種事實。到 1973 年，上海共建成 76 個新村，其面積也僅占上海全部民居中的四分之一。即便到 1990 年代，也仍有 52%的上海市民仍居住在石庫門中這一事實〔註66〕。因此，這可以視為一種基於工業化的現代性想像性的表達。究其用意，當然在於凸現被意識形態認可的城市知識，當然也就忽略了一個真實的生活形態的上海，否則我們便無法解釋文學表現與實際城市狀況之間巨大的差異。另一個情況是，上海周圍在「大躍進」時期建設的七個衛星城市，其生活形態之弱也是顯而易見的。據資料說，1958 年建設的閔行新區是當時新區生活條件最好的，住房寬敞到人均 9 平方，但「儘管如此，在閔行上班的工人中只有四分之一的人同意遷來家屬，其他的人仍然願意住在上海，每天長距離跑通勤」，因為「衛星城地處偏遠，生產單位特別專業化」〔註67〕，完全不能滿足人們的生活需求。而根據 1990 年的人口普查，上海 7 個衛星城的總人口僅有 68 萬人，不到上海總人口的 10%。而且，這些居民也並非完全從市區遷來。依籍貫推斷，許多居民來自於鄰近浙江、江蘇的農村〔註68〕。因此可見，「工人新村」並不是上海普通工人的主要居住形式，至少是並未改變上海工人的基本居住方式。可是，對於意欲排除上海生活形態的工業題材文學來說，由於「工人新村」提供了一種對上海進行社會主義現代性想像性敘述的便利，便成為了文學敘事的熱點。

三、私人住宅建築的公共性意義

這一時期的文學作品，如同在人物屬性上要消除私性而突出其「公共」意義一樣，在空間處理上，私人住宅也要表達「公共性」的空間意義。

第一方面，在場景安排上，作品的空間設置多為車間與辦公室（既使是將場景設置在車間等微觀空間，也會在細節上在「生產性」的意義系統中加以

〔註66〕忻平：《從上海發現歷史——現代化進程中的上海人及其社會生活》，上海人民出版社 1996 年版，第 418 頁。
〔註67〕白吉爾：《上海史：走向現代之路》，王菊、趙念國譯，上海社會科學出版社 2005 年版，第 332 頁。
〔註68〕白吉爾：《上海史：走向現代之路》，王菊、趙念國譯，上海社會科學出版社 2005 年版，第 332 頁。

強調。如話劇《幸福》中的車間辦公室：「從窗口隱約可以看見裏面的機床、人」。這是上海題材文學在空間上表達新中國工業化邏輯的一種典型表現）。既使是私人居室，也多處理為客廳。這樣，既可以突出人物進行的「公共性」事務，同時也可避免因生活瑣事而導致的日常性生活內容的糾葛。在話劇《年青的一代》中，三幕場景都設在林堅家。其中兩幕在林家客廳，一幕在林家門前，居室的重要特徵完全是外向的。我們看一下第一幕中林家客廳裏的室內布置：

> 林堅家裏的小客廳。有樓梯通往樓上。有窗。透過窗口可以看見上海近郊景色和遠處的工廠……整個環境給人一種樸素的整潔的感覺。

再看第二幕：

> 林堅家門前，有樹、瓜架，架上枝蔓叢生，人們可以在這裡乘涼，在這裡工作，在這裡休息。右邊是林堅家屋子的一腳；左邊通向蕭奶奶家……附近學校傳來廣播操的音樂聲。

在這裡，空間的「公共性」與私性在大多數時間會成為「公」、「私」對照的一種暗示。舞臺場景的「公共性」首先是體現在窗外所見遠處的「工廠」與「近郊的景色」，這使私人居室完全處於公共場景的包圍之下。同時，這一處描寫也最大程度地壓抑了居室的私人性：樓梯本來是通向居室的隱秘空間的，但由於劇中情節並沒有發生於內室，所以，這裡樓梯所隱含的空間私秘性只是客廳一個不為人注意的延伸，而幾乎被人忽略，其脆弱性一目了然。在第二幕中，作品以「附近學校傳來廣播體操的音樂聲」構成了對門前「休息」、「乘涼」等生活內容的侵犯與壓制。

在方言話劇《鍛鍊》中，位於「工人新村」的姚慧英家的客廳，「布置簡單，但頗精緻，有木櫥，舒適的小沙發，立燈，小茶几上還有漂亮的收音機」，暗示出居室的主人對生活格調的講求。由於姚慧英的父親經常不在家，因此，這其實是對姚母與姚慧英狹窄生活的一種對應：

> 寧靜的夜晚，窗外深藍色的天空，沒有一絲雲霧，顯得那麼高不可測。潔白的月光，柔和地鋪灑在大地上。室內開著一盞燈，淡黃的燈光，與月光成為鮮明的對比，造成安靜而狹小的氛圍。

我們再看一下白天居室的情況。在姚慧英父親不在家的時候，「窗戶被厚厚的窗簾遮住，看不見外面的景色」。這裡，不管是夜間與靜謐的夜色相容，還是

白天與喧鬧的外界隔開，都代表了姚家母女居室的「私人」性質。特別是夜間的氛圍，還暗示著姚慧英個人熱愛自然的審美習性。因為姚慧英雖則喜好鄉野，但不過是個人的一點審美意義的享受罷了，並不意味著是「公共性」意義上社會主義農村的「廣闊天地」。但是，當主要人物衛奮華一進入客廳，就拉開窗簾，「明朗的天空和雄偉的工廠建築，立即展現在眼前」。此時，私人居室也就變成了「公共性」的處所。這一處交待，不僅構成了對衛奮華「公共性」人格的一種寫照，也是對姚家母女「私性」生活的批評。

最重要的家庭居室的內部空間是「客廳」。當然，在某些普通工人家庭，有時也會是兼有客廳功能的「起居室」。其實，客廳、起居室的功能都不是日常生活意義的，因為這裡幾乎不發生生活起居的事情。在作品的情節安排方面，客廳的最大功能首先是舉行會議（會議有家庭裏的，也有工作單位和社區的。在有些作品中，伴隨著激烈的政治性鬥爭），並通過家庭的或單位的「會議」，闡發「公共性」意義。這是在空間意義上將「公」與「私」整合統一的一種描寫策略。曼海姆曾說，在現代社會，「城市家庭與工廠辦公室之間的分離首先強化了私人領域之間的區分」〔註69〕，但在這一時期文學中，我們看到的恰恰是相反的情形。在《年青的一代》、《鍛鍊》等「教育劇」中，涉及對青年人的階級教育的情節幾乎都發生在客廳。在《年青的一代》中的結尾，由於眾青年湧入，使「臺上立刻變得活潑而有生氣」，同時，「幾輛滿載支持邊疆建設的青年卡車隊駛過，傳來了陣陣的歌聲，臺上青年熱情地對他們揮手」。在這裡，由於臺上青年向遠處「揮手」，作品的敘述重點就轉移到了室外。室內室外，構成對「知識青年到農村去」這一敘述的呼應性空間。其次，客廳的另一功能，則是通過室中設施，整體展現空間的社會主義政治特徵。比如電影劇本《不夜城》中的瞿海生一家，由於生活條件所限，沒有獨立的客廳，而與起居室功能合而為一。起居室最突出的視覺焦點是主牆正中的毛主席像。雖然在牆上也掛有瞿海生與銀娣的「並肩雙影」像，但不僅被置於旁側，而且被另一邊的沈銀娣「當選勞動模範的錦旗」所擠壓。同樣，《年青的一代》中第一幕，林育生要在客廳裏掛畫，而其父林崗卻令他把畫放在自己臥室，而將牆面上換成「四戰友」的照片，以突出家庭的革命史意義和意識形態教育的功能。這一描寫是一處伏筆，在後來教育林育生的場景中果然得到了呼應。看來，客廳的「公共性」是不能夠被任何私性的因素所侵擾的。

〔註69〕曼海姆：《卡爾·曼海姆精粹》，徐彬譯，南京大學出版社2002年版，第224頁。

讓人吃驚的是,「文革」時期的話劇《戰船臺》中的雷海生的家,屬於工人新村式建築,其房間總是約集了許多的工人和幹部,甚至一些關於工廠的重大事情,也是在這裡決定的。更讓人吃驚的是,第二場,在雷海生家,許多工人們為技術問題在爭論,廠革委會副主任趙平也正從二樓走下來,可雷海生居然並不在家!也就是說,家裏的主人在不在家,都不妨礙在家裏進行「公共性」的事務。

第二方面,是上海舊城區的里弄式社區的「公共化」問題。相對於「工人新村」等具有工業附屬組織的新型社區來說,上海城市中心區域的里弄社區空間具有明顯的「私性」。由於里弄居住著大量無職業的底層居民,使城市領導者無法將傳統社區居民,特別是一些年老而又沒有職業的居民用現代形式組織起來。於是,里弄「公共化」進程首先發生在政治層面。1958 年,當上海城市郊區紛紛建立人民公社的時候,上海已經在傳統社區進行「公共化」組織形式的實驗。市區已經建立了 829 座食堂,約有 8 萬人用餐。1958 年 11 月初,上海市第三屆人大第一次會議通過決議,要求根據市區的特點和具體情況,有領導、有計劃地逐步成立城市人民公社。到 1960 年,中央作出了建立「城市人民公社」的批示,上海開始試辦。1960 年 3 月 25 日,上海市委成立城市人民公社領導小組,各區也先後成立了相應的領導機構,開始試點建設工作。根據設想,城市人民公社是政治、社會合一的社會基層組織,由職工家屬和其他社會人員構成其主體。通過在傳統社區興辦小型工業企業、生活服務站、居民食堂、托兒所、文化補習班等,組織並動員廣大無業人員,特別是家庭婦女參加生產和社會服務工作。從「大躍進」到 1960 年初,上海約有 20 萬人參加了 8000 多個里弄生產組。1960 年上半年,上海有 40 萬居民在 1667 個公共食堂吃飯,並興辦了 2117 個托兒所,約有 12 萬兒童入托。此外,還有數以千計的服務站、業餘中學和小學。小學生人數已達 15 萬人,占全市小學生的百分之 15%。〔註 70〕在當時的文化界,也配合城市人民公社的建設,製作了一排反映這一事件的宣傳品,著名的電影、故事如《女理髮師》、《雞毛飛上天的故事》都產生於這一時期。從某種意義上說,「城市人民公社」對於中國城市底層人員空間意識的改變,遠比「工人新村」這一類新型居住社區要大,這種改變,包括了生活方式的,也包括心理和精神狀況。

〔註 70〕熊月之、周武主編:《上海——一座現代化城市的編年史》,上海書店出版社 2007 年版,第 530 頁。

電影《萬紫千紅總是春》（沉浮、翟白音、田念萱著）是一部為數極少的描寫里弄生活的劇作，但是它突出的卻是里弄「私性」日常生活形態向「公共性」社群形態的過渡，以及最終被取代的過程。劇本以一種較平易的方式，敘述里弄的日常「私性」形態怎麼樣被工業化組織改造為「公共」的工業生產。在劇本中，家庭婦女的生活技能逐漸變成「公共性」的意義，較多的室內生活讓位於「公共化」的室外生活。居民小組是城市底層的「公共」組織，起初是做一些幫助政府收購廢品一類的事情，後來則開始組織生產。召集方式一般是用搖鈴通知，並以會議布置工作。有論者認為，該劇反映的是「為爭取婦女解放和家庭制、與大男子主義思想作鬥爭」的主題〔註71〕，在我看來，實際情形卻複雜的多。我們不妨以茹志鵑同時期的作品為例，試加論析。茹志娟的《如願》，儘管也涉及到街道生活，但其著眼的是街道的生產小組、食堂、托兒所、掃盲班等等「公共」生產事物，並作為「大躍進」的一種寫照。〔註72〕篇中，這些婦女「工人」的含義不在於其經濟與人格上是否「獨立」，而在於是否參加了生產——「公共性」的勞動。比如，何大媽並不缺少勞動，只是這個「勞動」究竟是「公共性」的，還是純粹家務的。再進一步說，是否具有「公共化」勞動的形式。這才是問題的關鍵。在何大媽的空間概念中，在家吃飯和在食堂吃飯意義非常不同。何大媽早就非常嚮往向「公家人」那樣「吃食堂」了：「只要你高興吃，食堂裏熱騰騰的粥已等著了」。其實，「吃食堂」對於何大媽的工作並沒有實際作用，其之所以重要，是何大媽需要具有「公共化」勞動的形式外觀，即「像媳婦那樣」。這一情形，顯然是「大躍進」時代的生活特徵。

在空間敘述方面，這些作品著意將里弄式建築的封閉式空間特徵向「公共性」轉換。請看《萬紫千紅總是春》開頭的一段：

> 秋天早晨的上海小菜場。每個攤頭、店鋪的周圍都聚集著或流動著許多挎藍提袋的婦女。有的選購菜蔬、蝦蟹、家禽、肉類、或蛋類；有的在挑選枕花、鞋面布、綢帶或鋼針；有的在選購糕點、水果或鮮花；有的為小孩買玩具；有的在買鉛筆，練習薄、小筆記本這類的東西。

〔註71〕瞿白音：《略談上海十年來的電影文學創作》，載《上海文學》1959 年第 12 期。

〔註72〕茹志娟：《如願》，載《文藝月報》1959 年 5 月號。

這是關於里弄私人生活空間的描述，是一處有著較多的物質性的場景。但是，「物質性」場景不是作者要表達的。馬上，作品所要表述的國家「公共性」內容便將里弄的私人性質瓦解：

在建築物的牆上，到處掛著紅布橫幅並帖有許多張大字報、服務公約和清潔衛生公約等等。

這裡，劇本明顯地顯示出里弄敘述的展延線索：從空間來說，是由里弄的「私人」空間到「公共空間」，再到生產空間；從生活邏輯來說，是從日常形態，到「公共」生活形態，再到工業邏輯。由於里弄成為了「公共性」空間，便瓦解了里弄原有的私性。恰如人物屬性上，徐大媽雖是有名的烹飪高手，卻只是給自己家人做飯。但此後，卻成為了公共食堂的負責人。也就是說，人物的屬性，也從「私性」轉變為國家的「公共性」了，值得注意的還有，作品中的里弄里居然還有一個廣場，甚至於還弄堂裏還出現了禮堂這種建築，許多「公共性」社會動員大多在這裡發生。因此，這個劇本不是為了表現里弄生活，而是恰恰相反，是為了表現里弄裏個體為主的私性市民生活的消亡。說的更清楚一點，是要表現里弄生活的滅亡！

事實證明，住宅生活的「公共化」可能是一種新的奴役過程，其表明了強大的國家權力對於私性生活的壓制。就里弄「城市人民公社」而言，在真實的歷史事實中，多數家庭婦女是勉強出來工作，並無真實的意願，是典型的「大躍進」的產物。因此不管是新村式建築，還是老式里弄，其「公共性」根本是虛妄的。

第四節　《上海的早晨》中的物質性描寫

在《上海的早晨》中，資產階級的人物塑造被認為較是成功的。其中原因，通常被表述為所謂的「熟悉」說。其實，從深層意義上看，乃是因為作者將人物塑造與上海城市所遺留的資產階級城市形態取得了關聯，從而與「十七年」文學漠視城市形態有著極大的不同。《上海的早晨》對城市形態表現的一個方面，就是圍繞著大量的物質性描寫展開。通常，在「十七年」文學中，物質性描寫是不被鼓勵的。

在論及《上海的早晨》時，對以徐義德為代表的民族資產階級和以余靜、湯阿英為代表的工人階級兩個陣營的階級鬥爭的表現，學界通常認為，周而

復對於工人和黨員幹部的表現是失敗的，表現為刻畫乏力，人物性格缺乏個性。對於這種情況，有人認為是「作者對於政府工作人員和工人群眾不如對資本家那樣熟悉」所致。這當然是一種合理的解釋，但過於表面化了。還有的學者從敘事角度和方式出發，指出：「如果我們進入文本的敘事層面，就會發現敘事人敘述關於工人、黨員幹部的故事與敘述資本家的故事用的是不同的敘事眼光。敘事眼光的不同是造成了不同的敘事效果的直接原因。」對於作品中工人和資本家的表現，這位論者還分析說：「敘述人講述工人的生活和鬥爭基本上採用的是意識形態的眼光。由於意識形態眼光處處要對情節和人物進行符合政治訓誡的宣傳、引導和提升。因而，經過意識形態眼光過濾後的工人生活是由階級、壓迫、鬥爭、反抗這些關鍵詞組成的。日常生活的瑣碎、人物情感的波動等等與政治訓誡無關的因素均被排斥在文本之外。於是，在關於工人階級的故事中出現了眾多我們在十七年其他作品中早已熟知的場景和情節」。對於資產階級的表現，論者還說：「敘述人講述資本家的生產經營和日常生活基本上採用的是生活化的眼光。生活化的眼光不承擔意識形態功能，不必從普通的情節、平凡的人物中提煉出符合主流意識形態的宏大意義。因而其所觀照的對象有日常生活中的衣食住行、人物內心喜怒哀樂的細膩情緒，瑣碎而繁雜，有著濃重的生活氣息。」〔註73〕這裡，論者將人物塑造成功與否完全歸之於敘事「眼光」，並且將「資本家的故事」敘事看作是「生活化的眼光」。這種看法，比之前的論點較有見地。但這一看法仍不夠深入。因為，《上海的早晨》中對於資本家的生活描寫雖較為詳盡，但仍不脫意識形態的功能。

比如，論者說：「生活化的敘事眼光十分注重對環境的攝取和描述，而意識形態的敘事眼光往往不把景物作為主要觀照對象」。論者曾分別引述作品對徐義德書房和區委會客室的環境描寫為例。為了說明問題，我們不妨也將徐義德的書房一段引述如下：

> 書房裏的擺設相當雅致：貼壁爐上首是三個玻璃書櫥，裏面裝了一部《四部叢刊》和一部《萬有文庫》。這些書買來以後，就被主人冷落在一邊，到現在還沒有翻過一本。徐守仁（徐義德之子——引者）對這些書也沒有興趣。書櫥上面放了一個康熙年間出品的白底蘭花的大磁盤，用一個紅木矮架子架起。大磁盤的兩邊放著兩個

〔註73〕郭冰茹：《十七年（1949～1966）小說的敘事張力》，嶽麓書店2007年版，第92～93頁。

一尺多高的織錦緞子邊的玻璃盒子，嵌在蔚藍色素綢裏的是一塊漢
玉做的如來佛和唐朝的銅佛像。壁爐上面的伸出部分放了一排小古
玩，放在近窗的下沿左邊的角落上的是一個宋朝的大磁花瓶，色調
矚目，但很樸素，線條柔和，卻很明晰。面對壁爐的牆上掛了吳昌
碩的四個條幅，畫的是紫藤和葡萄什麼的。書房當中掛著唐代的《紈
扇侍女圖》。畫面上表現了古代宮闈生活的逸樂有閒，栩栩如生地描
寫了宮女們倦繡無聊的情態。她們被幽閉在宮闈裏，戴了花冠，穿
著美麗的服裝，可是陪伴著她們的只是七絃琴和寂寞的梧桐樹。

論者認為，這是極其「生活化」的敘述。但是，我們看到，這一段描寫，仍包
含了對於徐義德作為資產階級「階級性」的某種特徵：首先是其客廳陳設表
現出的資產者的富有。這是毋庸置疑的；其次是徐義德不學無術、附庸風雅
的諷刺性寫照：徐義德父子根本就不看這些書，「到現在還沒有翻過一本」。
書房裏固然擺放了許多金石字畫，但是，徐義德既不懂書畫古玩，也非常吝
嗇。其綽號「徐一萬」，就表明了他由於不辨古玩真偽，又由於根本不願花鉅
資去買真品，大多以贗品做做樣子。從小說第三部中古玩商向徐義德兜售鄭
板橋的畫而遭徐義德拒絕一段可以推斷，徐義德客廳裏懸掛的所謂《紈扇侍
女圖》，肯定也是仿製品。因此，這一段描寫無疑是要說明徐義德身上的銅臭
氣，一種沒有士大夫文化浸漬的中國早期資產者性格。其三，《紈扇侍女圖》
中所描繪的「有閒」、「無聊」、「寂寞」的宮女生活，其實是對徐義德的三姨太
林宛芝的比附。這樣一段描寫，我們很難完全將其視為完全的「生活化眼光」。
環境描寫所要傳達出的，仍然是徐義德作為特定階級的性格。只不過，作者
的敘述在「階級論」的意識形態之外，還有著貶斥資產者的文人視角。其對
於古玩字畫不厭其詳的細節描述，可以看出作為熟稔高雅文化的知識分子的
優越姿態。這同樣也不是完全的「生活的眼光」。

在小說中，徐義德的主導性格是唯利是圖，一切圍繞著「利益原則」處
理與他人的關係。這是典型的資產階級的階級性格。我們承認，小說在徐義
德的人際周圍，設置了與其有著關聯的各色人物，但這種寫作方法與茅盾《子
夜》一樣，都是為了補充說明徐義德的階級性格。比如，他交好馮永祥，是為
了獲取其參加「星二聚餐會」的資格。正因此，馮永祥不斷出入徐府，並以教
唱京戲等各種名目與林宛芝接觸並約會，而徐義德卻視而不見。甚至在親眼
看見了馮與林宛芝熱情擁吻的場面時，徐義德仍不為所動，其原因正是不願

為此得罪馮永祥而失去在工商界活動的圈子。再看他與江菊霞的曖昧關係，
「他對她並沒有真正的感情，和她親近主要是因為她是史步雲的表妹，通過
她，可以和工商界巨頭史步雲往來。江菊霞在徐義德的眼中，不過是他在工
商界活動的籌碼。」他與妻弟朱延年，更是以利益來決定是親是疏。其與朱
延年，雖是親戚，但處理關係的基礎也是利益。在朱延年因要開張福佑藥店
而求助於徐義德與姐姐朱瑞芳的時候，他不得已支持了朱。但在朱延年因製
售假藥犯罪的時候，他迫不得已又出來揭發。至於他與工商界前輩潘信誠、
「紅色小開」馬慕韓等人，也以利益關係相處。另外，徐義德等資產階級人
物的生活細節也是與其階級性有關的。參加「過關會」的時候，徐義德一改
從來都是西裝革履的裝束，改而穿上灰色嗶嘰布的人民裝，以便在衣著上減
少與工人的對抗性。這仍是一種「階級性」的體現。還有，徐義德的道德問
題，他與江菊霞、馬麗琳等女性的關係，也都是「左翼」文學中「資產者生活
必然腐朽」的表現理念。甚至於，在勞資衝突談判的時候，徐義德雖遭湯阿
英質問，但依然流連於湯的美色，以至忘了回應湯的問話。其情形，也與《子
夜》中的吳蓀甫一樣，表現出將道德問題與政治相關聯的「階級性」寫作原
則。其他人物的階級特性與利益關係也是相似的。比如，徐義德三位太太的
關係，甚至大太太與徐守仁的關係；朱瑞芳的兒子徐守仁和大太太的侄女吳
蘭珍的婚事，也都是「利益」在驅動。換言之，作者並沒有以「生活化眼光」
去寫作人物，其表現出的主要仍是意識形態準則。

　　不過，客觀地說，《上海的早晨》是在「階級性」原則之下，的確涉及到
較多的生活形態與物質性描寫。其中最重要的原因是，在「左翼」的理論中，
資產階級的政治特性往往與「物質性」相關，甚至於，階級性就是通過資產
階級人物的「物質性」體現的。所以，越是寫資產階級生活的「物質性」，就
越是獲得了人物的「階級性」。這就是為什麼當代文學中的反動人物、落後人
物都與較強的「物質性」有關的原因。

　　比如朱延年，他與劉蕙蕙、馬麗琳的婚姻，完全是等價或不等價的交易。
他與劉蕙蕙相識，「這可以說是朱延年平生第一筆生意。有了資本，他就希望
做第二筆生意，賺更多的錢。」而後，朱延年與劉離婚，也是因為「目前她的
經濟能力已經是油盡燈乾，沒啥苗頭，而他卻有了轉機，漸漸感到她對他只
是一種負擔了。」在朱延年與馬麗琳的交往中，作者對馬麗琳的家居布置十
分有興趣地進行介紹：

　　　　客堂當中掛的是一幅東海日出圖，那紅豔豔的太陽就好像把整
　　個客堂照得更亮，左右兩邊的牆壁上掛著四幅杭州織錦：平湖秋月，
　　柳浪聞鶯，三潭映月和雷峰夕照。一堂紅木家具很整齊地排列在客
　　堂上：上面是一張橫幾，緊靠橫幾是一張八仙桌，貼著左右兩邊牆
　　壁各放著兩張太師椅，兩張太師椅之間都有一個茶几。在東海日出
　　圖左下邊，供了一個江西景德鎮出品的小小的磁的觀音菩薩，小香
　　爐的香還有一根沒有燒完，飄散著輕輕的乳白色的煙，縈繞在觀音
　　菩薩的上面。

對資產者家庭物質環境如此繁瑣的介紹，幾乎是《上海的早晨》的一個寫作
特點。這裡，作者的意圖是要突出朱延年觀察馬麗琳家居時的感受，以說明
朱延年的投機者性格。以朱延年投機者的眼光，他關心的是馬麗琳是否富有，
而不是雅俗：「這個客堂的擺設雖說很不協調，甚至使人一看到就察覺出主人
有點庸俗，許多東西是拼湊起來的，原先缺乏一個完整的計劃，但是朱延年
很滿意，因為從這個客堂間可以看出它的主人是很富有的，不是一般舞女的
住宅」。類似這樣帶有意識形態的生活形態描寫，在《上海的早晨》中相當多。

　　對於資產者人物形貌的重視也是作品的一個特點，因為人物的形貌通常
與物質性有著不可分的關聯。在文本中，徐義德、江菊霞、林宛芝等人表現
的尤為突出。特別是對林宛芝的形貌描寫，其繁複之處，仔細到髮卡的樣式
與鞋子的款式。這種描寫看上去是中性的，但其實也是為了說明其作為「消
費」的資產階級共性與「某類」的資產階級「個性」。比如，林宛芝的衣飾細
節，說明了她對細節的講求，不是極其有閒的人是不可能做到的，這恰恰是
作者對於林宛芝被「豢養」生活的說明。而江菊霞的衣飾則大紅大紫，是要
說明其誇飾、豪氣的「強人」特徵。馮永祥在第一次在徐公館見到林宛芝光
華豔麗的美貌時，感覺到了自己衣飾的寒磣：「當然，他也是早就想瞻仰瞻仰
三太太的儀容的，不料來的這麼迅速而又突然，使得他毫無準備，想到今天
穿的那身淺灰色的英國呢的西裝，本來以為還不錯，現在覺得有點寒傖了，
不夠漂亮。領帶也不像樣，灰溜溜的，怪自己為啥不換一條呢？」有學者認
為這是寫到了男女情感交往時的性愛心理，其實，這時的馮永祥與林宛芝第
一次見面，根本還來不及有非分之想，其心理其實是舊上海掮客慣有的「場
面」意識。因為馮永祥雖然各路吃得開，但畢竟「無產無業」，一切全靠「派
頭」。失去了「派頭」，也就失去了可供與人「交易」的資本。

　　綜上，可以認為，《上海的早晨》雖然寫進了較多的資本家的生活內容，但明顯地帶有「階級性」的寫作原則。那麼，我們還是要辯析，既然「物慾」和「性慾」是「十七年」文壇強烈反對的寫作題材，那麼，《上海的早晨》為什麼作品要涉及較多的資本家生活內容與細節，而且還被認為是較為成功呢？原因很簡單，徐義德的經營和家庭生活內容，根本上屬於完的「私人」屬性，不可避免地與「私性」、「物質性」、「欲望」相關，這反而更能進入資本家人性當中最隱秘的深處，也能夠與當時上海遺留的複雜多元的資本主義生活形態緊密結合。由於這種生活和社會關係所體現的是資產階級命運的「沒落」，不僅屬於「階級性」的一種寫照，而且還可能因之更能表現資產階級的「滅亡」主題。因此，其對於資本家形象塑造，是具有合法性的。也即，在理論上，講求物質的消費和享受，是資產階級的生活「符碼」。越是描寫其生活細節，越是被認為是符合資產階級的「私性」的生活特徵，也就越是符合資產階級的「沒落」的現實主義原則。這不僅不違背「左翼」的寫作原則，也不是寫作的「失敗」。恰恰相反，這反而更加被認為是一種創作上的「成功」。

　　《上海的早晨》對於資本家日常生活的描寫，是參照了1930年代上海殖民時代生活的感性經驗的。所以，作者可以無所顧忌地將其寫進文本，而不必顧及其是否構成對於社會主義文學對於「公共性」的妨害。我們看到，在小說中，涉及資產階級生活的描寫，大多具有實寫的性質。比如，「星二聚餐會」會址「在法租界思南路路東的一座花園洋房裏」〔註74〕。同時，還大量出現了上海實際的消費性場所，如大世界、永安公司、五層樓、老大房、美琪大戲院、新雅餐廳、華懋大廈、水上飯店、國際飯店、滄州書場，還有榮康酒家、莫有才廚房、弟弟斯咖啡館、沙利文點心店、南京路永興珠寶店等。所有場景，幾乎都是寫實的。即使是像「莫有才廚房」這樣的地方，作者也會詳細介紹：它位於江西中路以座灰色大樓的寫字間當中，是著名的維揚菜館；

〔註74〕思南路舊稱馬斯南路。由於處於法租界，其路名來自於法國人名字，現在通譯「馬斯涅」。曾樸曾描述過馬斯南路的異域風情：「馬斯南是法國一個現代作曲家的名字，一旦我步入這條街，他的歌劇 Leroide Lahore 和 Werther 就馬上在我心裏響起。黃昏的時候，當我漫步在濃陰下的人行道，Lecid 和 Horace 的悲劇故事就會在我的左邊，朝著橐乃依路上演。而我的右側，在莫里哀路的方向上，Tartuffe 或 Misanthrope 那嘲諷的笑聲就會傳入我的耳朵。辣斐德路在我的前方展開……法國公園是我的盧森堡公園，霞飛路是我的香榭麗舍大街。我一直願意住在這裡就是因為她們賜我這古怪美好的異域感。」從曾樸的描述中，我們可以見到西方風格與資產階級生活的對應性。

過去是銀行家們出入的地方，現在是棉紡業老闆們碰頭的地方。在《上海的早晨》中，「物質性」描寫幾乎比比皆是，甚至有時不免表現出作者對於「物質性」知識的賣弄。我們看小說開頭，梅佐賢前去晉見徐義德的等待場面：

> 梅佐賢揭開矮圓桌上的那聽三五牌香煙，他抽了一支出來，就從西裝口袋裏掏出一個銀色的煙盒子，很自然地把三五牌的香煙往自己的煙盒子裏裝。然後拿起矮圓桌上的銀色的朗生打火機，燃著了煙在抽，怡然地望著客體角落裏的那架大鋼琴。鋼琴後面是落地的大玻璃窗，透過乳白色的團花窗帷，他欣賞著窗外花園裏翠綠的龍柏。

這裡，對於「物」的繁複修飾和交代相當之多：香煙是「三五牌」的，打火機是「朗生」牌的，窗簾是「團花」圖案，柏樹的品種屬於「龍柏」。這一方面體現著作者對於這種生活的熟稔，同時也不無賣弄高雅生活知識的自賞之意。這種情形，在《上海的早晨》對於資本家生活的敘述隨處可見。比如，僅僅在徐義德家中，對於所謂「風雅」的敘述就有藏書、字畫、古董、京戲和盆景等等。至少可以認定，其「物質性」的描寫幾乎成了作者的某種癖好。同時，也從另一個角度說明，這種描寫也是被認可，且受贊許的。於是，在「物質性」描寫方面，《上海的早晨》獲得了一定尺度的寬鬆，甚至是某種寫作上的「放肆」。

而一旦將帶有「物質性」、「欲望」等人性內容寫進工人階級的生活，那就是不被許可的。因為，「物質性」屬於「私性」，只與資產階級有關，而無產階級的階級性「公共性」的，也是「反物質」的。革命陣營中的人員，如果與「物質性」有關，則意味著其墮落的開始。比如，來自蘇北的張科長，被朱延年等人帶進大世界、永安公司的七重天舞廳白相，在惠中旅館住宿，坐「祥生」出租車，就被認為是「墮落」。所以，對無產階級陣營特別是對幹部階層的物質生活，作品簡化到如小說中人物所說：「幹部不論大小，一律穿著布衣服，有的穿藍色卡其布的軍裝，有的穿灰色的人民裝。猛一下見到，叫你分不出哪一個的高級幹部，哪一個是下級幹部」。余靜與湯阿英等人，雖然解放後她們的生活已經日漸好過，但作者仍然小心翼翼，不敢涉及到她們的日常生活，特別是物質生活。因為，「物質性」被認為只與資產者相關。所以，儘管湯阿英住進了曹陽新村，但文本只是寫了一家人對新居室外整個新村的外部特徵，如場地的開闊、學校和合作社等公共設施的完備等等，卻不敢對室內

特別是日用物事作哪怕是簡略的交代。連人物感覺到的電燈的「亮」、牆壁的「白」與「油漆味」、「石灰味」等，也都是附屬於建築本身的「公共」部分的。即由「公家」提供的，而且還是體現著「公共性」的超物質的意義，而不是生活意義上的。因為，這個小細節馬上就被過渡到「全靠黨和毛主席領導我們鬥爭，才有今天的幸福的生活」的超驗的意義化展延。原因很簡單，因為工人階級的生活是「公共性」的存在，工人最大的屬性是「公共性生產」而非「生活」，過多的「生活」細節當然是會妨礙「公共性」的。只是在小說最後，當公私合營宣告成功，在中蘇友好大廈舉行慶祝大會的「慶典」場面時，由於涉及到「公共性」勝利的慶祝行為，才出現了湯阿英穿著簇新的紫紅對襟棉襖和藍色嗶嘰布西式女褲，頭髮燙成波浪式的這種資產階級女性的裝束。在這裡，生活的「公共性」，被等同於「工人階級」生活，繼之被等同於「新上海」的城市生活；生活的「私性」，被等同於資產階級，繼之被等同於「舊上海」的口岸城市特性。這是新中國文學寫作的鐵律，《上海的早晨》不過是仍然延續了這一原則。因此，雖然作者寫進了相當多的「物質性」，卻仍然被認可，甚至還被認為是在人物塑造方面「相當熟悉」和「成功」的。

第五節　「上海懷舊」與新的全球化想像

一

　　90 年代，中國文學進入個體時代，一些本地作家開始在文學中挖掘「上海特性」。有趣的是，挖掘對象恰恰是以前上海文學中較為缺乏的東西，即中產階級傳統。最初的創作是程乃珊的《藍屋》、《女兒經》，之後有大量上海作家加入，如王安憶、王曉玉、趙長天、沈善增、陳丹燕、孫、王周生、殷慧芬等。其中，王安憶的《「文革」軼事》，程乃珊的《藍屋》、《女兒經》、《金融家》，王曉玉的《上海女性》系列（包括《阿花》、《阿貞》、《阿惠》等篇）、《紫藤花園》以及陳丹燕的《上海的風花雪月》、《上海的金枝玉葉》等等，是較重要的作品。其創作的動機是在經歷了大的國家動盪之後，尋找與自己個體經驗和記憶有關的老上海遺存，以抵制過去有關上海想像的宏大國家敘事。諸如雖然困頓但不失精緻且有些許榮光的中等階層的生活方式，舊日的顯赫在資本家後裔的心理中喚起的微妙自尊等等。不管是現實題材還是歷史題材，由於作者大都以舊上海中等階層的生活與精神遺存為基礎，因而構成文壇上

「上海懷舊」熱潮。這一情形甚至已經改變了以前關於上海文學以國家政治代替上海日常生活形態的狀況，在敘事策略上與張愛玲創造的上海文學小傳統接壤，「上海」獲得了敘述上的獨立性，因而王安憶等人被稱為「張愛玲的傳人」。

　　一般來說，這種創作來自於個體的經驗與記憶，試圖建立一種在中產階級層面上的上海身份認同，倒是與舊上海市民社會的某些真實形態相吻合。在 30 年代至 40 年代上海，中等階層已成為上海社會的主體。上海在 19 世紀與 20 世紀初形成後來所稱的「上海勢力」。這是一個脫離了原有中國社會「官─民」結構，不大從屬於統治集團的新的工商業力量，也是一種新的上海「精英集團」。清末民初，這一群體還僅限於經濟領域。至 30 年代，工商業的極度繁榮，使上海人在職業、財產、教育、欲望等等各方面形成定型化趨勢，並逐漸形成一個以公司職員為主體，包括中小商人、公職人員、醫生、律師、記者、中小學教員在內的中等階層。他們大都受到過良好的教育，擁有穩定的職業與收入，並分布於各種社會主導領域。而工人群體，也由於大工業的確立，改變了以往的傳統手工業、個體勞動為主的非產業性。一些較多分布於電車、煙草、印刷、棉紡行業的技術工人，也在觀念、趣味上較多地被吸納到市民生活方式之中，使這個階級更為龐大。一般而言，中等階層在政治上較少有對現行體制的暴力反抗（比如當時復旦大學的學生，大都以「循序而不為國家生事」為學生運動的準則），社會行為上帶上了有益社會的實用理性與職業特徵，日常生活則注重實用功利性與西方式的消費享樂等需求。鄒韜奮接編《生活》雜誌，其倡導的「以民眾的福利為前提」、「有效率的樂觀主義」、「肯切實的負責」、「有細密的精神」都屬典型的中等階層價值標準。應當說，舊上海中等階層的文化已經構成上海城市人的「共享」空間與核心精神特質。程乃珊在比較老香港與老上海「雙城」時認為：兩座城市的最大區別即在於「上海已有相當完整的中產文化」，而「早年香港由英國貴族文化一統天下，中產文化遠不及老上海堅實」〔註75〕。特別是在解放後，上海工商精英集團因沒收、贖買、公私合營形式被剝奪了其原有的尊貴的政治經濟地位，「上海城市人格與精神氣質的塑造，由舊上海以商業精英為中堅，轉變為以職員階級為中堅」。『城市人格』的普同性、階級對立和差別的消失、經濟生活的

〔註75〕程乃珊：《老香港》，江蘇美術出版社，2000 年版，第 9 頁。

平均性，使上海城市社會呈現高度均質化。在一體化的社會生活中，幹部、知識分子、職員、工人這些『非一致性中層』以職員階層為基準發展共同的生活方式，構築城市人的群體形象。幹部階層的世俗化或工人階層的『貴族化』，其含義相同，均意味著向職員為典型的生活方式靠攏的市民化。上海人由是形成了超越個體職業、教育、家庭背景的共同面貌」〔註76〕。正因此，不管是30年代、40年代，還是解放後，中等階層的生活精神，已成為上海社會文化的主導方面。〔註77〕文學中的上海中產階層傳統書寫，也許因作家而異，而呈現出一種個體特徵。但它將城市的經驗化為歷史的，並以不被知曉的潛在狀態的民間形式表現出來。寫弄堂，而不是寫洋房或棚戶，構成了一部真正的城市精神。而且，即便是舊日顯赫的大資產者的生活形態，經歷解放後幾十年的消磨，已不再是一種外在呈現，而顯得極其內在化，反而構成了獨特的城市民間邏輯。應當說，這也是50年代以來上海的城市史邏輯，類似王安憶筆下的「平安里」與程乃珊記憶中的「藍屋」、王曉玉記憶中的「永安里」以及「教會學校女生」、「留法的少爺」、「上海小姐」等等構成了這種邏輯在精神與城市空間上的起點。上海的精神就存在於這些日常狀態之中。恰如王安憶說的，《長恨歌》要尋找的是「城市的街道，城市的氣氛，城市的思想和精神」〔註78〕。這種書寫，較大程度上克服了關於上海在國家意義與現代化意義想像上所造成的本地特性的缺乏。從某種意義上說，這也是當初張愛玲創作的路數。或許，只有脫離了宏大的現代性想像，作為「本地」的上海特性才被充分地表現出來。

二

　　但歷史仍如宿命般不可抗拒。上海本地的中產階層傳統的書寫，原本是要在國家意義與現代性意義的宏大想像性敘事之外尋找邊緣的、個體的上海

〔註76〕楊東平：《城市季風——北京與上海的文化精神》，東方出版社，1994年版，第349頁。

〔註77〕有相當多的論述將上海定性為「石庫門」文化，而非洋房或棚戶文化，即是從中產階級角度看待上海的結果。石庫門為上海典型民居，建築格式上融中西之長，總體布置採用歐洲連排式，單位平面則脫胎於傳統院落。既有西方民居的現代生活功能，亦滿足東方倫理性的居住要求，大多為中產階級居住。據1950年的數字，上海新舊里弄石庫門建築與棚戶區面積是上海所有居住面積的88%。見忻平：《從上海發現歷史——現代化進程中的上海人及其社會生活》，上海人民出版社，1996年版，第418～419頁。

〔註78〕王安憶：《尋找上海》，學林出版社，2001年版，第22頁。

經驗表達，但卻在 90 年代宏大的舊上海集體「想像的共同體」中成為玩偶。羅蘭・羅伯森在《全球化：社會理論與全球化》中認為：「20 世紀的全球化，尤其是當代階段，以各種方式加劇了懷舊的傾向」〔註 79〕。由於 90 年代中國全球化的迅速推進，中國又一次被捲入一種關於世界主義的「世界化」、「全球化」的神話魔咒中。浦東開發與上海重新進入改革前沿地帶之後，舊上海被不可思議地重新賦予了現代性發達的、充分「全球化」的想像，從各個角度討論表現上海的全球化圖景成為國際性的文化時尚。在這種情形中，浦東開發後，「新上海」被嫁接於 30 年代舊上海的「全球化邏輯之中」，成為一種「生產」和「創造」，「新舊上海在一個特殊的歷史瞬間構成了一種奇妙的互文性關係，它們相互印證交相輝映，舊上海借助於新上海的身體而獲得重生，新上海借助於舊上海的靈魂而獲得歷史」。〔註 80〕1994 年，《上海文化》創刊，創刊號上題為《重建上海都市形象》等文章，將「懷舊」作為了「重塑」上海的最簡潔的方式。之後，素素的《前世今生》與陳丹燕的舊上海系列作品風靡一時。2001 年《上海文化》推出「想像上海」欄目，《上海文學》則開闢「記憶・時間」與「上海辭典」欄目，通體以對舊上海的懷戀為內容。1998 年，《萬象》雜誌創辦，它直接借用了 40 年代上海淪陷時的一份出版物刊名，「籠罩著一股對三四十年代上海奢靡文化的懷舊氣息」〔註 81〕。凡此種種，都力求塑造一個曾經似乎有過但又消失多年的舊上海身份。2003 年 11 月，時值上海開埠 160 週年，全城幾乎處於「市慶」的狂歡中，各大媒體都相繼出了專刊，甚至還有 160 版的特刊。與開埠相伴隨的左翼史角度的「淪陷」、「不平等條約」等含義，早已不知所終。上海這個不斷在不同層面上被轉喻意義的城市，終於在 30 年代上海的全球化現代性當中重新獲得意義。解放後不斷賦予上海的社會主義工業化城市、「工人階級的老大哥」、「文化大革命的中心」等等符碼，又讓位於「國際大都市」、「十里洋場」、「冒險家的樂園」等不同於中國國家的「世界」身份，凝聚著中國人渴望進入世界和與西方「接軌」的現代身份訴求。

在這種「上海懷舊」的國際性熱浪當中，王家衛、侯孝賢等港臺電影導演

〔註 79〕羅蘭・羅伯森：《全球化：社會理論與全球文化》，梁光嚴譯，上海人民出版社，2000 年版，第 232 頁。

〔註 80〕曠新年：《另一種「上海摩登」》，載《中國現代文學研究叢刊》2004 年第 1 期。

〔註 81〕洪子誠：《問題與方法》，三聯書店 2002 年版，第 42 頁。

亦成為一種推動力量。在國內，舊上海題材的電影紛紛出籠，如陳逸飛《海上舊夢》、《人約黃昏》，謝晉《最後的貴族》，李少紅的《紅粉》，張藝謀的《搖啊搖，搖到外婆橋》（原名《上海故事》），陳凱歌的《風月》〔註82〕以及第六代導演的商業電影，李俊的《上海往事》以及蘇童、須蘭等人的小說，還有種種不可計數的關於舊上海的記敘性跨文體寫作及掌故類、介紹類文字，「在90年代的文化翻轉中，上海，壓抑並提示著帝國主義、半殖民地、民族創傷、金錢奇觀與全球化圖景」〔註83〕，大量舊上海題材的文學影視作品亦是泛濫成災。這樣，原本健康的上海中產階層傳統的邊緣性敘事再一次脫離個性層面，開始加入「上海懷舊」，成為上海「想像的共同體」當中的一種。其間只有王安憶等少數作家突圍而出。她的《長恨歌》〔註84〕、《富萍》、《上種紅菱下種藕》等分別以里弄、「梅家橋」、「華舍鎮」等上海民間的空間指喻替代「霞飛路」、「法租界」等上海懷舊的霸權性、全球化指稱。但是，這一行為並未中止「上海懷舊」浪潮的持續蔓延。

　　有學者認為，「老上海懷舊本身就是歷史片面性的生動體現，因為這是一種意識形態的產物，是一部沒有社會衝突的歷史，一個浮華四溢的富人歷史，一部絕對消費性的歷史。在這樣的語境，革命似乎變得不合時宜，甚至不再可能。」〔註85〕以「新上海」〔註86〕為背景題材的文學，大多墮入一種時尚的製造品。它們承續了對上海懷舊所製造出的上海想像譜系，表述其對未來中國全球性想像的圖景，如「上海摩登」、「國際大都市」、「欲望」、「消費文化」、「白領」、「小資」、「時尚」等等，並以城市外在物質場景與個體消費經驗的

〔註82〕謝晉：《最後的貴族》改編自白先勇《謫仙人》，上海電影製片廠1994年；陳逸飛：《海上舊夢》，思遠影業公司1990年，《人約黃昏》，上海電影製片廠1995年；張藝謀：《搖啊搖，搖到外婆橋》，上海電影製片廠1995年；李少紅：《紅粉》，北京電影製片廠1994年；陳凱歌：《風月》，香港湯臣公司1996年。

〔註83〕戴錦華：《隱性書寫——90年代中國文化研究》，江蘇人民出版社，1999年版，第125頁。

〔註84〕《長恨歌》出版於1993年，恰逢「上海懷舊」浪潮興起之時，以致被不少人誤讀為「上海懷舊」類的作品，有的還稱之為「推向高潮」。但是作者堅決反對這一看法。她認為《長恨歌》是現時的故事，表明了軟弱的布爾喬亞覆滅在無產階級的汪洋大海中。見王安憶、王雪瑛：《〈長恨歌〉不是懷舊》，載《新民晚報》2000年10月8日。

〔註85〕包亞明、王宏圖、朱生堅等著：《上海酒吧：空間消費與想像》，江蘇人民出版社，2001年版，第70頁。

〔註86〕此處的「新上海」之「新」，意即浦東開放後的上海，並非解放後之「新上海」。

核心式描述呈現出來，不僅高度彌合了上海城市文化自身的差異性，也彌合了上海與歐美城市的異質性。新感覺派劉吶鷗、穆時英等人的城市想像性敘事正在被發揚光大，如衛慧與棉棉等人的作品，也包括唐穎、殷慧芬、陳丹燕等「老作家」〔註87〕。其中，像周勵的《曼哈頓的中國女人》與陳丹燕的《慢船去中國》，把上海現代性邏輯嫁接到世界性的「美國邏輯」的想像當中，在所謂的「留學生」文學、「移民文學」中，以上海來表達對歐美的想像性敘事，獲得了比之其他地方的等級優勢。在90年代初、中期上海小劇場戲劇中，表現歐美跨國經驗的劇目在劇目表中占壓倒多數，如《留守女士》、《美國來的妻子》、《東京的月亮》、《喜福會》等劇長演不衰。上海的現代性邏輯為這些作品的歐美想像提供了最大的可能性。在這種邏輯中，上海的經驗竟直接與歐美想像相通。在陳丹燕的《慢船去中國》中，主人公抓住了上海，成為了抓住「美國」的前奏。郜元寶認為：「《慢船去中國》一類小說，既不曾觸及多少此地的現實，也不曾觸及多少彼地的文化，而只是將此地的現實和彼地的文化傳統籠罩在作者所接受、所演繹的某種關於上海、關於美國、關於當代生活的制度性想像之中」〔註88〕。

　　殷慧芬〔註89〕與衛慧、棉棉等人的作品，主要以上海為背景，其間，大量關於「機場」、「酒吧」、「大飯店」、「跨國」等等高度全球化圖景的拙劣描述表達了一種「世界居民」的身份想像，但上海城市的階級、種族、殖民性等全球化圖景中的應有之物統統被清除掉，更不必說上海城市的東方性以及解放後社會主義上海的政治性遺存了。以至有人這樣概述衛慧等人上海書寫的「現代性」乃至「後現代性」特徵：「酒吧、手機、同性戀、雙性戀、吸毒、亂交、性超人、性無能、自慰、焦慮、搖滾樂、飆車、跨國戀、深市、滬市、奔騰電腦、上網、電子郵件、心理醫生、施虐與受虐、自戀狂、戀母情結、母女衝突、憶舊、拼貼、顛覆、多元化」〔註90〕。

　　有人這樣評述《上海寶貝》：

〔註87〕如唐穎的《紅顏》、《糜爛》、《麗人公寓》，殷慧芬的《紀念》，陳丹燕的《吧女琳達》、《慢船去中國》。

〔註88〕郜元寶：《一種新的上海文學的產生——以〈慢船去中國〉為例》，載《文藝爭鳴》2004年第1期。

〔註89〕其作品《焰玉》，講敘女主角都市化，白領化的過程，敘寫「墮落也要講品位，講格調」的上海小資故事。

〔註90〕劉俊：《論二十世紀中國文學中的上海書寫》，南京大學中國現代文學研究中心編：《中國現代文學傳統》，人民文學出版社，2002年版，第326頁。

　　《上海寶貝》是充滿矯情的謊言，虛榮的嘲弄、浮華的炫耀、誇張的細節，對於上海都市摩登事物的狂熱崇拜、淺薄的時間趣味，以及各種劣質的床幃噱頭、道聽途說的生命體驗，加上每一章前面的那些西方客人的格言，如此眾多的粉彩，拼貼成一個脆弱的脂粉話語格局。儘管衛慧在其後的幾部小說中調整了這種大驚小怪的話語姿態，但仍舊不能消除它的內在的虛假氣味。這情形就像衡山路上的歐洲情調的酒吧，所有的布景與道具都只是一堆文化代用品和幻想，或者說是沒有靈魂的物體空殼，閃爍著意識形態贗品的光澤。〔註91〕

　　從中我們可以看到，在企圖接近全球性、世界性圖景中，上海想像所暴露出的虛假（諸如在高級賓館裏面煮方便麵與餛飩），以至有人譏之為「在一切作秀後面，我們看到了一個江南女子的小聰明，勢力與刻薄，沒有頹廢、甚至沒有沉淪」〔註92〕。在這部作品的人物關係設置上，也包含了東方民族追求全球化現代性的心態：也許精神上依戀東方男子，但肉體享樂上卻離不開西方男人。這也許與王安憶《我愛比爾》中阿三與美國人比爾、法國人馬丁的性關係一樣，阿三與其說是愛比爾與馬丁，不如說是希望獲得一種國際身份的幻想。但阿三最終被關進了中國農村的勞教所，並戲劇性地獲得了一個綽號「白做」──中國娼妓制度的最低層──這無疑預示著這一幻想的破滅與真實的中國狀況，而衛慧等人則索性將這一虛假幻想瞞騙到底。

三

　　由此，90年代以來的一部分上海書寫，再次出現了新感覺派文學在「上海─西方」、「中國─西方」想像中的情形。韓少功在《暗示·地圖》中說：「高速公路和噴氣客機的出現，改變了時間與空間的原始關係。時間而不是空間成為距離的更重要內涵，因此需要一種新的地圖。由於交通工具的不同，從上海到郊縣的漁村，可能比從上海到香港更慢」〔註93〕。我們可以想像，上海與歐美新的空間距離，實是建立在一種新的全球化財富權力的邏輯之上。它並沒有遵循上海作為中國城市的常識，卻再一次放在了與巴黎、紐約、倫敦、

〔註91〕　朱大可《：上海：情慾在尖叫》，朱大可、張閎主編：《21世紀中國文化地圖》（第一卷），廣西師大出版社，2003年版，第176頁。

〔註92〕　陸興華：《〈上海寶貝〉到西方及其他》，朱大可、張閎主編：《21世紀中國文化地圖》（第一卷），廣西師大出版社，2003年版，第44頁。

〔註93〕　韓少功：《暗示》，人民文學出版社，2002年版，第375頁。

法蘭克福等國際都市的身份比較與認同之中。在這個意義上,「上海和倫敦以及巴黎的距離就比和中國內地的距離更近」〔註 94〕。而且,這種關於對中國大都市的想像性表達正在彌漫全國,關於中國的國際性身份與中國大都市在財富和消費享樂意義上與歐美都市的同步,正在形成全國性風潮。〔註 95〕有人甚至認為:90 年代中期以後,「關於上海的制度性想像的介入,不僅改變了上海文學的素材與色彩,也改變了它的地位和性質,使得一種相對獨立於整體的中國文學而又在某種程度上引領著整體的中國文學隨它一起發生變革的新的上海文學成為可能」。如果我們再把眼光上溯幾十年,可以說,茅盾等人的上海敘述與 50 年代至 70 年代的上海題材文學,從屬於整個的中國文學、國家文學,它在國家的意義上,在關於國家的想像中表達著上海,從而將上海文學混同於整個中國文學,以至喪失了上海特徵;而 90 年代,則上承新感覺派,在全球化、西方化的想像中,卻脫離了中國文學與中國特性,再一次喪失了上海特徵。不管哪一種文學,卻都以丟掉「上海」為前提。

其實,不管是 30 年代還是 90 年代,「舊上海」也好,「新上海」也好,乃至包括今天的上海,其充分的「全球化」根本未曾完全實現,它不過表現了國人對全球化、現代性的迫切嚮往而已。而對於「上海懷舊」來說,其所尋找的「舊上海」,已如同「新天地」、石庫門一樣,是一種想像中的贗品。正如王安憶在評論「上海懷舊」時說的:「看見的是時尚,不是上海」,「又發現上海也不在這城市裏」,「再要尋找上海,就只能到概念裏去找了」。

傑姆遜在談到美國根據小說改編的電影時曾說:「懷舊」的模式,成為「現在」的殖民工具,它的效果是難以叫人信服。換句話說,作為影片的觀眾,我們正身處「文本互涉」的架構之中。這個「互文性」(interte-xtuality)的特徵,已經成為電影美感效果的固有成分,它賦予「過去特性」以新的內涵,新的「虛構歷史」的深度。在這種嶄新的美感構成之下,美感風格的歷史也就輕易地取代了「真正」歷史的地位了。〔註 96〕

傑姆遜認為後現代文化的一個主要特徵就是懷舊,李歐梵對此進行了闡述。他認為:「傑姆遜用的詞是 nostalgia,可能不能譯為『懷舊』,因為所謂的

〔註 94〕曠新年:《另一種「上海摩登」》,載《中國現代文學研究叢刊》2004 年第 1 期。
〔註 95〕如邱華棟關於北京的小說,也完全沒有了帝都、家園與新中國首都的身份敘述,變成了單一的國際都市的摹本。
〔註 96〕詹明信:《晚期資本主義的文化邏輯》,張旭東編,陳清僑等譯,三聯書店,1997 年版,第 459 頁。

『舊』是相對於現在的舊，而不是真的舊。從他的理論上說，所謂懷舊並不是真的對過去有興趣，而是想模擬表現現代人的某種心態，因而採用了懷舊的方式來滿足這種心態。換言之，懷舊也是一種商品」〔註97〕。在這一層面上，「上海懷舊」其實與衛慧、棉棉的創作殊途同歸，一者是對去的想像，一者是對未來的想像，但都在表達著對上海公共的「世界性」神話。只是相對茅盾等人而言，悄悄地把「全球化」過程當中的殖民性抹掉了。上海城市的多元與複雜，又在這樣一個層面被加以普遍化、中心化地推廣，公共的、清晰的世界性意義再一次取代了複雜多元的本地意義。「上海性」再一次被等同於「世界性」了。

〔註97〕李歐梵：《當代中國文化的現代性與後現代性》，《中國現代文學十五講》，復旦大學出版社，2002年版，第93頁。

第四章　當代文學中的北京

第一節　文學中的「新北京」城市形象——以「十七年」與「文革」詩歌為例

在近代至當代以來的文學中，北京的城市形象基本上可分為三種。其一是對典型中國傳統古都形態的體現，其二是作為傳統城市形態在中國知識分子文化心理中所賦予的「家園」意義。這兩者基本上不屬於近代以來的現代性城市敘述，也不構成新文學的主流。其三是所謂「新北京」，即 1950 年代以來作為新中國首都所體現的社會主義中心與世界社會主義陣營的國際性。在 1950～1970 年代，前兩種城市形象遭到極大削弱，唯有後者一枝獨秀。

在「五四」以後的整個現代階段，新文學中表現北京之「新」，幾乎是不可想像的。近代以來，北京的城市地位相當特別。在南京成為政治中心，上海成為繁華的現代都市的時候，北京只是仍然牢牢佔據著文化中心的位置。雖然北京城一直是知識分子樂於表現的地方，但是，由於北京屬於故都，在當時的知識分子筆下，北京多少是帶有落寞的「廢都」意味的，帶有文人的某些落寞、不平之氣。這從他們寫作的對象就可以看得出來。郁達夫曾經寫過「遊京日記」，其中提到，他曾經去過的北京勝景有北京大學、天壇、景山、故宮博物院、北海、中央公園、琉璃廠、天橋、東安市場以及北京的各種飯店[註1]。事實上，這些地方基本體現了當時知識分子筆下的北京的空間構成。在整個

〔註 1〕郁達夫：《故都日記》，姜德明編：《北京乎——現代作家筆下的北京》，三聯書店 2005 年版，第 268 頁。

民國時期，出現在知識分子筆下的北京城市空間主要是天壇、北海、陶然亭、
釣魚臺、盧溝橋、西山、松堂、圓明園、清華、八達嶺、長城、妙峰山、潭柘
寺、先農壇、天橋、胡同等舊京場景。可見，文人眼中的北京並不是一般的販
夫走卒、普通百姓生活的北京，而是由「帝都」轉型過來的公共園林景觀和富
有文人氣息的文化之都。他們喜歡的，當然也是他們所描述的作為公共園林景
觀和作為文化中心的北京。當然，對於舊北京的描寫，也不乏脫開景物，直接
表達感情的，但這種情感式的表現，同樣脫離不開北京上述空間性因素的支撐。
比如，周作人雖是南方人，但是對北京卻情有獨鍾，「不佞住在北平已有二十個
年頭了。其間曾經回紹興去三次，往日本去三次，時間不過一兩個月，又到過
濟南一次，定縣一次，保定兩次，天津四次，通州三次，多則五六日，少或一
天而已。因此北平於我確可以算是第二故鄉，與我很有些情分」〔註2〕。

到 1930 年代，「文學中的北京」基本上已經是一種「邊疆敘事」了。恰
如當時京派和海派對於北京的表現，是相對於發達的上海而言的。郁達夫當
年就說過：北京是「具城市之外形，而又富有鄉村的景象之田園都市」〔註3〕。
葉靈鳳則將北京喚作「沉睡中的故都」〔註4〕。知識分子，特別是南方文人，
對於北京的感受，可以從林庚的一段話中看出來：林庚曾說：

> 所說北平的城市，並非即指北平今日的人，今昔人之不同千百
> 年來已有很大的劃分了。也正是因此地人工所該做的前人已做得太
> 好，這些今日的人，雖仍所受的陶冶與江南不同，且時時因前人偉
> 大的遺跡而得著雄厚深遠的啟示，但如今剩下的似只有那若近消極
> 的沉著的風度，卻不見那追上前去的勇敢了！久住在江南的人若初
> 來北平，必仍有一種胸襟開闊的感覺，那是純由於前人歷史上的痕
> 跡是太足驚歎而動心了。而久住北平的人呢，卻是受了百年來旗人
> 懶惰的習氣；五四以來似有希望的一點朝氣，又被壓迫得只可閉門
> 讀書；因此如今的北平似更深沉，卻只是一種的風度了！九一八以
> 來，市面經濟的不景氣，使得北平故都的身份全然失去！漸來的是
> 邊疆之感了！〔註5〕。

〔註2〕周作人：《北平的好壞》，姜德明編：《北京乎──現代作家筆下的北京》，三
　　　聯書店 2005 年版，第 15 頁。
〔註3〕郁達夫：《住所的話》，載《文學》1935 年 5 卷 1 期。
〔註4〕葉靈鳳：《北遊漫筆》，《靈鳳小品集》，現代書局 1933 年版，第 96 頁。
〔註5〕林庚：《四大城市》，載《論語》1934 年第 49 期。

　　但是，在 1949 年之後，「文學中的北京」突然發生了巨大的變化，「北京」的城市概念裏被賦予了強烈的「新」的強大意義。以當時剛剛解放，還來不及有任何變化的北京城市情況來看，這種「新」的意義並不來自於城市自身的現代形態，而是剛剛誕生的外在的「新中國」國家意義強有力的賦予。事實上，新中國成立之初，文學創作上就已經掀起了一個歌頌「新北京」的高潮——這也是可以理解的。作為新中國的首都，這個城市身份已經先驗地獲得了社會主義政治歷史的意義。在國慶十週年前後，北京方面有組織地出版的關於北京的作品集。雖然不如上海方面此類書籍的規模，但也有詩集《北京的聲音》、《北京的歌》、《北京的詩》、《北京的節日》、《北京的早晨》、《北京的歌》、《十三陵前鎖蛟龍》以及小說集《北京短篇小說選》、戲劇集《北京短劇選》、理論集《把北京文藝工作推進一步》等等多達數十種，這還不算老舍等專門書寫北京的作家作品。但在文學體式上，寫北京的文學卻相對單一。如前所述，以詩歌為最多，其次是散文、戲劇，少有長篇敘事類作品。但考慮到新中國剛成立時文藝工作者的匱乏狀況，這已經是除上海之外城市題材文學最為龐大的一個地區了。

　　在詩歌作品中，有一個比較共同的傾向，那就是基本不涉及北京的傳統古都歷史，而往往是對「新北京」的歌頌。比如置身在天安門廣場、人民英雄紀念碑、中南海紅牆外的讚歌，以及對當時各種行業的產業工人的歌頌和吟唱。換言之，眾多「北京頌歌」吟唱的只是當時社會主義的首都的「新北京」，而不是解放前的古都與故都。所有的作者，在寫到北京的時候，總是情不自禁的表達對「新北京」的嚮往，要充分地將「新中國」的國家意義體現在對「新北京」城市的表現中。這不是對於某個城市的情感，也不是作家個體對於北京的城市生活經驗，而是對「新中國」國家的一種群體的憧憬，是一種集體的「心理」行為。比如，李季的《致北京》這樣說道：「在我們談心的時候，／誰對誰也不隱瞞自己的感情：／哪怕是能在你的懷抱裏住上一天，／這就是我們一生最大的光榮！」也有很多人即使不居住在北京，也牽掛著北京。比如王希堅的《在千里之外》說道「在千里之外，／我遙望北京城。／我的思想，／追過那溫暖的南風，／夜裏，在晴朗的天空中／飛向那光輝的北斗。」在對「新北京」熱愛的表述中，最有代表性的是臧克家的詩歌《我愛新北京》：「我愛新北京，我愛／天安門的門樓在朝陽下發紅，／我愛白鴿子像小小的帆船，／在碧藍的天海上劃行。／／我愛新北京，／像彼此比賽著高大，

平地上拔起了許多煙囪，／工人宿舍，傍晚時候傳出來廣播的音樂，／幾年前，這些地方遍地石塊，荒草叢生。／／我愛新北京，我愛／拖拉機在近郊的田野上駛行；／新的樓房像從地底下冒出來，／塵土撲人的道路，柏油給它鋪一身青……／／我愛新北京，我愛／陶然亭變成了整潔的公園，／我愛金魚池，那一灣臭水，／今天清亮得照出人影。／／我愛新北京，我愛／農家大門上家家大門上那一團和平，／夜裏，不再怕走偏僻的小巷，／地下的電燈象天上的明星。／／我愛新北京／新北京是毛主席居住的城，／全國人民，全世界人民都仰望著它，／我光榮地住在這座城中。／／我愛新北京，／在節日裏，我看到過幾十萬人大遊行，／歡呼的聲浪像海濤，／裏面也有著我的呼聲。／／我愛新北京，／它是人民的首都，勝利的象徵，／我愛新北京，它是白天的太陽，夜晚的明燈，／我愛新北京，我愛新北京。」

在對「新北京」敘述中，所謂「新北京」之「新」的特質，與「新上海」之「新」，基本沒有差異。而且，與上海城市題材文學相類似的「血統論」與「斷裂論」的表達因素都存在。但是，較之「新上海」的文學敘述，還是出現了一些不同的因素。從中，我們可以窺見「新中國」城市敘述的一般狀況。

其一，較之「新上海」城市敘述，「新北京」城市形象敘述最明顯的特點，是在現代性表達上等級性的弱小。作為國家的首都，自然應該有著龐大產業工人群體的現代性的革命歷史和工業化歷史，但是在這一點上，北京似乎有著天然的欠缺。在民國時期，北京是作為一個廢都、舊京的形象存在的。從人口來說，北京城市的「異質性」不強。1930 年代，有學者分析舊北京的人口構成有五類。一是舊日滿清皇室、親貴、旗丁、內監等依附宮廷者，二是晚清以至民國在京為宦者，三是民國以來的來自遼、津、保〔註6〕的北洋軍政人員，四是老北京市民及周邊農民，這四者都沒有「異質性」。只有民初在北大、清華、輔仁、燕京等各大學的師生，具有城市「異質性」，但自首都南遷之後，其大多數又遷往了滬寧〔註7〕。在經濟上，北京少有機器大工業與產業工人工人，其形態屬於以農耕為主，兼有游牧、漁獵、傳統手工業的混合型經濟，現代產業性極弱。據 1915 年的統計，北京的 222 個工場中，只有 6 個有動力設備，其餘皆為手工業作坊〔註8〕，而且，還以生產傳統器物為主。北京無疑屬於

〔註 6〕即奉系、直系軍政人員。保指保定，為曹錕、曹銳兄弟的發跡地。
〔註 7〕銖庵：《北平漫話》，載《宇宙風》1936 年第 19 期。
〔註 8〕北京大學歷史系編：《北京史》，北京出版社，1985 年版，第 351 頁。

典型的消費型城市。這一點，趙樹理說得很明白：「北京城內是消費專家集中的地方，以前的代表人物是滿清的王爺，可是自從皇帝垮臺以後，他們的氣派漸漸小起來，搖搖擺擺遛鳥的也漸漸不存在了，可是另外有一種老爺又來了：鄉下的地主，刮地皮刮得鄉村供不起他的消費了，就搬進北京城來，置些房產，蓋個花園。軍閥政客們下野了，也拿著民脂民膏蓋房子買別墅，都以老爺的姿態來出現。有了『老爺』，就少不了有『太太』，也少不得有一幫捧老爺的人們，如姑爺、舅爺、表舅爺等一大串……更有一批侍候這些爺們的人，家裏的廚子、老媽子、丫頭等男女僕人，外邊如旅館、飯店、舞場、澡堂、古董店等，都專供爺們的享受……不但老爺太太們享受，附庸於老爺太太的也都要享受，整個社會都在供養他們，構成這麼一個消費城市。這些人也不能說他都不勞動，特別是供應他們衣食煤水車馬的幹粗活的，每天也是忙得要死，可惜他們的勞動只是侍候少數享福人，沒有生產意義。所以這一個城，除了三十多萬產業工人以外，勞動者固然還不少，可不能算是生產者。……日子久了，弄得北京顧不住北京，非仰仗帝國主義不可。這也就是領導上要我們把這消費城變成生產城的原因。」〔註9〕在上面的論述中，趙樹理所列舉的數字多少有些不太客觀的看法，比如說，他把三十萬產業工人算作生產者。其實，這個工人數量當中，許多是傳統體力勞動的車夫、雜役、學徒、轎夫等，不能算作現代產業工人。比如北京的車夫，其數量就相當巨大。據 1930 年代的資料，當時北平有 150 萬人，卻有人力車 4 萬輛，分拉早晚兩班，共有車夫 8 萬。〔註10〕但是，客觀而言，趙樹理對於北京城消費城市的認知還是正確的。在 1949 年北京剛剛解放的時候，常住人口是 208 萬。在當時的人口來說，北京已超過武漢，是僅次於上海的大城市。而 208 萬人口的城市中，即使有有 30 萬工人，這個比例也說明了較少的產業工人數量，說明當時的北京缺乏物質生產能力與城市的消費性。對於以工人階級為先導的「左翼」政治來說，這樣一個城市似乎也不能算作社會主義國家的首都。概而言之，由於北京城市現代性之缺乏，既難以找到北京城市經濟的現代性歷史，也很難從中尋找到產業工人主導的「左翼」城市的政治邏輯，並缺少體現主流「左翼」歷史進程的實際史實。

〔註 9〕趙樹理：《北京人寫什麼》，北京文藝社編：《把北京文藝工作推進一步》，新華書店發行，1950 年版，第 30 頁。
〔註10〕吞吐：《北平的洋車夫》，載《宇宙風》1936 年第 22 期。

其二，是文學體式上的不同。即：抒情類作品較多，而敘事作品不足。除了老舍的幾部話劇，其他的小說類作品，特別是長篇小說幾乎沒有。究其原因，由於北京城市「現代性」狀況的不發達，似乎不能承載類似上海題材中「血統論」的龐大的「左翼」政治性的敘事性作品的要求。但是，北京作為新興的社會主義國家的首都，這樣的城市身份，又使得在營構「文學中的北京」的過程中，必須強調其現代性特徵，特別是作為首都的社會主義性質，而且，不僅是政治的社會主義性質，還有作為社會主義首都「全能型」城市的經濟中心性質。相應的，只有將「新北京」作為新中國首都與北京之外的紅色革命史作非歷史狀態的橫向連接。這樣一來，採用純粹的修辭學方法來進行表現，可能是最好的一種辦法。具體來說，即採用類比、比喻、跳躍等方法，直接與蘇區紅色政治或者蘇聯蘇維埃政權連接。無疑，這是寫實的敘事類作品如小說特別是長篇小說無法表現的。另外，比較而言，「斷裂論」式的「新舊社會兩重天」主題表達，較之「血統論」表達要容易一些。這在老舍等人的話劇作品中可以見到。但是，就「斷裂論」主題慣常使用的「資本主義的消亡」題材，北京城市也以其資本主義城市史的缺乏，和社會生活中資本主義因素的薄弱，也無力承擔。我們看到，即使是表現「新舊社會兩重天」主題的老舍話劇，如《茶館》、《龍鬚溝》、《紅大院》、《方珍珠》、《全家福》等，也都遵循著北京城市傳統社區——胡同、院落——生活進行。而《春華秋實》一類的表現資產階級「沒落」主題的作品，根本無法營構在現代工業產業的典型資本主義社會結構。也就是說，北京城市的經濟狀況，完全無法構成典型環境。僅就劇本難產的狀況，已經足以說明老舍創作上的困難。比如，老舍在《春華秋實》的前四稿中，其設計劇中的資本家形象是從事營造業的，原因是營造業是當時「五反」鬥爭的重點對象，具有主題表現上的典型性。但是，這種主題和題材要求卻和北京的實際經濟狀況不符。這使老舍感到創作中的尷尬，他說：「可是，一般的營造廠是有個漂亮的辦公室就可以做生意，它只有店員與技術人員，沒有生產工人。當然，店員也是工人，也可以鬥爭資本家；但是，劇本中若只出現幾個店員，總顯著有些先天不足。況且，營造廠既不生產什麼，也就很難用以說明政策中的鬥爭與團結的關係」〔註11〕可見，北京實際的工業狀況，特別是產業工人力量之缺乏，並不是北京城市概念的變遷而改變，政治意識形態的要求，與北京城市實際的情形之間的巨大差異，

〔註11〕老舍《我怎麼寫的〈春華秋實〉劇本》，載《劇本》1953 年 5 月號。

正是造成老舍《春華秋實》難產的主要原因。〔註12〕所以，在體式上，在以北京為對象表達「血統論」和「斷裂論」的主導意識形態主題的作品，經常要迴避寫實的小說類作品，並不得不借助非敘事類的詩歌這種體式來完成。

　　同「文學中的上海」一樣，「新北京」形象的第一個方面，是「左翼」的城市史意義。雖然北京缺乏工人鬥爭的歷史，但曾有過長辛店罷工等著名的工運事件。這成為當時挖掘城市「左翼」城市歷史的重要材料，頻繁地見於各種散文、特寫中。1957 年 6 月 14 日《北京日報》的一篇文章《工人們不准動搖社會主義！》是批判儲安平等人的「反黨」言論的，文章列舉了一些人的發言，這些人不約而同的都是產業工人，而且有些人參加革命的經歷：

　　　　記者訪問了「二七」退休老工人郭銳銘。……他再也讀不下去了，蹭地從板凳上站起來，眼睛裏閃著憤怒的火花，陷入了很遠很遠的回憶。他指著門前的遠處告訴記者說：「南邊那是長辛店火車站。三十多年前，為了爭民主，爭自由，爭人的生活，我和窮哥兒們躺在鐵軌上，截住吳佩孚前去屠殺工人們的兵車。〔註13〕

由於北京缺乏「左翼」產業工人的革命歷史，因此，在表達「左翼」城市史主題方面，北京較上海要處於較低的層次。自近代一來，雖則北京作為新文化的中心，有著學生運動的強大意義，但比之工人運動，仍不能成為「左翼」政治的最好闡釋。在當時文學中，北京最重要的「左翼」城市史還是「五四」以來進步學生爭取自由、解放的進步的鬥爭傳統，於是，這一點構成對北京城市革命血統歌頌的核心，「五四」運動往往成為了「紅色」北京歷史譜系的起點。但，通常，「五四」運動必須與中國共產黨的誕生建立「左翼」政治意義的連接，否則就會停留在「五四」新文化運動的泛化的「資產階級文化」的意義上，而無法完成「左翼」政治意義的建構。朱子奇的《我漫步在天安門廣場上》在訴說了天安門當下的美麗之後，就轉向對「左翼」歷史的尋找：「……當眼看到五星紅旗在天空飛舞時，／當眼看到歡騰的人馬從這

〔註12〕老舍《春華秋實》寫出後，曾在領導和劇院同事的「幫助」下，先後改寫 12次。其難產情況充分說明了時代主題與北京城市社會之間的巨大差異。關於這一情況，參見老舍《我怎麼寫〈春華秋實〉劇本》，《老舍劇作全集》第二卷，中國戲劇出版社 1982 板，第 302～317 頁。

〔註13〕北京日報記者：《工人們不准動搖社會主義！》，見 1957 年 6 月 14 日《北京日報》，收入《北京在前進——北京通訊、特寫選集》，北京出版社 1959 年版，113 頁。

路上開過時，／我彷彿瞧見了『五四』的大旗飄在跟前，／我彷彿瞧見了『一二九』的大隊衝過身旁。／敬禮啊！這無數先烈用熱血鋪平的廣場，／敬禮啊！這毛主席宣布祖國誕生的廣場。……」〔註14〕通常，被賦予「新」意義的天安門廣場，其意義都指向的是新中國建國之後。但是，朱子奇的詩歌通過聯想，把「五四」、「一二九」這兩個北京歷史上具有強烈革命性的事件聯繫到了天安門廣場，然後發出感慨，使用「無數先烈用熱血鋪平的廣場」這一「遠譬」，從而使得天安門廣場的革命的意義向前延伸，也為北京建構起了紅色譜系。

比較系統地建構北京紅色歷史譜系的詩歌作品，是鄒荻帆的《北京》。這首詩首先敘說北京城美麗的景致，然後轉入對中國近代歷史的回憶。詩歌從八國聯軍攻佔北京開始寫起，表明北京是一個備受屈辱的城市，然後轉向對「五四」運動的書寫：「……我也看到北京從灰沙裏面／『吶喊』起來，／『五四』的青年用赤腳的步伐／把北京的街道和胡同塞滿，／向賣國賊放火！／向封建的宮殿放火！／破壞！破壞！／……」。接下來，寫到了民國時期的北京：「但是，／國民黨來了，／北京改名了『北平』。／什麼是『北平』呢？／是大刀向學生砍去的北平，／是水龍頭向救亡隊掃射的北平，／……北平被反動派拋棄／日本軍閥屠殺過北平，／北平被反動派出賣／沈崇被美帝的士兵姦淫在北平，／北平的『文學革命』的校長（應是指胡適——引者）／出賣他的學生，／北平的『國民革命』的司令／監禁他的市民，／紅樓、燕京、清華園／被特務和憲警包圍，／天安門不准高聲講話，／工廠充滿了恐怖，／工資被凍結、工運被鎮壓，／手槍點在工人的背後／要司機們去撥動電力，去操縱引擎／……北京，你的歷史／就是中國的受難民族的歷史！……」〔註15〕在這首詩中，「五四」運動和國民黨統制時期的種種學生運動成為北京革命的紅色譜系，然後，通過對北京歷史上所受屈辱的描寫，把北京的反抗「右翼」政治的紅色里程展現出來。通過這一節的最後一句「北京，你的歷史／就是中國的受難民族的歷史！」比較全面地概括了北京所經歷的壓迫—反抗—再壓迫—再反抗的歷程，從而有效地構建了北京城的革命歷史。不僅消解了舊北京的重要特性——消費性，發掘出了北京的革命

〔註14〕朱子奇：《我漫步在天安門廣場上》，收入《北京的詩》，北京出版社1957年版，第49頁。
〔註15〕鄒荻帆：《北京》，收入《北京的詩》，北京出版社1957年版，第110頁。

血統,也消解了北京作為新文化中心的城市現代性,使得北京擁有了一個紅色的城市革命譜系。

　　同上海的「左翼」城市史敘述一樣,關於北京的紅色血統敘事中,也廣泛存在著倫理結構的支撐,即「新北京」的建設者與其先輩在「左翼」政治意義上的階級血統與身體血統的同構關係。這可能是廣泛存在的一種城市文學的模式,並不唯上海文學所獨有。在這樣的敘事倫理中,政治倫理被轉化成為血緣倫理,又由血緣倫理不可改變的特徵,進而強化了政治倫理的穩定性。在「新北京」的敘述中,也出現了大量的詩歌,來重構革命家族史意義上的城市。在這種敘述中,一般都存在一個或幾個父輩人物,他們在舊北京有過「左翼」運動的經歷,而這種經歷也傳承給了自己的後代。通過這種血緣倫理和革命倫理的同構,論證了革命倫理的合法性。其倫理影響方式往往是一種行為的影響——不需要語言,革命的行為已經對後代構成影響。

　　王恩宇的《烈士的後代》就是典型的一種革命倫理與血緣倫理的同構敘述:「你的相片,常年落戶光榮榜,/來到你家,又見獎狀掛滿牆。/工廠裏一杆不到的旗呵,/你的名字像你父親一樣響亮。/『二七』罷工時,你還是個嬰兒,/睜開眼大地仍是黑夜茫茫,/你沒有見過自己的父親,/見的是他那身血染的衣裳。/未成年,你就懂得了仇恨,/未成年,你就走進了鍛工房,/掄起了父親掄過的大錘,/恨不得一下把舊世界砸成泥漿!/以後,你怎樣掩護地下黨員?/黎明前,你怎樣保護工廠?/你怎樣使氣錘恢復了青春?/大幹快上,又怎樣把技術難關連連闖?/這些,你一個字都不向我提,/總把前輩們的英勇滔滔來講/,你順手拿出父親的相片,/看得出,它給了你多麼大的力量!/談話間你的兒子放學歸來,/那紅領巾托著一臉剛強;/我問長大後叫他幹什麼,/你自豪地把臂一掄:『跟我一樣!』/啊!前輩的血液在後輩身上流,/輩輩英雄實現著一個理想,/革命重擔,一代接著一代挑,/未來的征程呵很長很長……」〔註16〕在這首詩歌中,先進工人是革命烈士的後代。詩歌說得很清楚,這種身份使他對舊社會產生了先驗性的仇恨情感,也他也成了一箇舊世界的破壞者,或者說,至少是舊世界破壞者的同謀。他曾經掩護過地下黨員,在反動派搞破壞的時候又保護過工廠。而且,在先進工人自己的話語邏輯中,他也強調,父輩的影響才是他力量的源泉「你順手拿出父親的相片,/看得出,它給了你多麼大的力量!」。另外,

―――――――――――

〔註16〕王恩宇:《烈士的後代》,王恩宇《北京的聲音》,天津人民出版社 1978 年版。

像王恩宇的《前輩》、《兩代人》、《血衣》、時永福的《北京郊區一家人》、揭培理的《鐵肩膀》等，也都遵循同樣的敘事邏輯——通過血緣倫理強調了革命倫理的合法性。值得注意的是，這樣的血緣倫理還有一個限定，即血緣倫理必須發生在產業工人階級的代際之間。在上面所舉的例子中，只有《北京郊區一家人》中的主人公例外。不僅僅是在虛構作品中，便是在當時的新聞類作品中，產業工人也是絕對的主角，而且，這些產業工人都有著紅色的革命鬥爭歷史。

　　這種強行尋找北京「左翼」城市史的狀況，顯然和老北京的城市形態有矛盾。前面已經說過，1949 年北京解放的時候，有常住人口 208 萬，其中有30 餘萬為產業工人（包括了各種手工業者、車夫、雜役等），也就說，產業工人人口只占北京總人口的 16%左右。而當時文壇的情況是，16%左右的產業工人在「左翼」城市史文學敘事中幾乎占到了 100%。所以，按照北京當時實際的狀況，工人階級的力量是無法體現出來的。上文所述，在創作話劇《春華秋實》時，即使老舍多次改變寫作策略，也仍然無法進行對產業工人稍微像點樣的表現。老捨心裏非常明白：「隨著運動的發展，大家看出第四稿的缺點——只見資本家的猖狂，不見工人階級打敗進攻的力量。故事始終圍繞著一兩個資本家的身邊發展，寫到了他們的家屬、朋友、親信，和被他們收買了的幹部，而沒有一個與他們對立的工人隊伍。這樣，所有的鬥爭就彷彿都由情感和道德觀念出發，而不是實打實的階級鬥爭。雖然他們的兒女、老婆、朋友也喊『要徹底坦白』等等，可是總使人覺得假若資本家把心眼擺正一點，不口是心非，也就過得去了。這樣的『兩面虎』，只是近似假冒為善的一個偽君子，不能表現資產階級的階級本質。這是暴露某些資本家私生活的醜惡，離著『五反』運動的階級鬥爭的主題還很遠。」〔註17〕對此，我們還可以用老舍關於《龍鬚溝》中人物設置為例進行分析。在交代《龍鬚溝》中人物的設置的時候，老舍這樣說道：「……在上述的三家子而外，我還需要一個具有領導才能與身份的人。蹬三輪的，做零活的，都不行：他必須是個真正的工人。……我需要這麼一個人。這樣，趙老頭兒就出了世。在龍鬚溝，我訪問過一位積極分子。他是一位七十來歲的健壯的老人，是那一區的治安委員。可惜，他是賣香煙與水果的。想來想去，我把他的積極與委員都放在了趙老頭兒

〔註17〕老舍：《我怎麼寫的〈春華秋實〉劇本》，載《劇本》1953 年 5 月號。

身上，而把香煙攤子交給娘子。」〔註18〕老舍說「我還需要一個具有領導才能與身份的人……他必須是個真正的工人」這句話大有深意。無論承認與否，在當時的中國社會所有等級中，無產階級工人毋庸置疑的是領導階級，這才是老舍說的具有領導身份的意義。這樣，老舍就在《龍鬚溝》中就必須虛構出了一個產業工人趙老頭兒。那我們顯然也可以理解，新中國北京敘事中工人形象眾多的原因了——要建構「左翼」的革命歷史，建構新北京的紅色血統，工人身份是必須的。換言之，在當時對於「新北京」的革命血統敘事中，不僅僅強調一種血緣倫理，而且還強調一種工人階級的政治倫理。正是這種血緣倫理與政治倫理的有效結合，才有效地建構了「紅色」北京的革命血統。

「新北京」城市形象的第二個方面，是直接歌詠現代性的場景、器物和人物。在「大躍進」期間尤其如此。比如，詩歌中的人物職業多是產業工人。李學鰲的《給一個姑娘》寫發電機女工，《北京夜歌》寫電車司機和排字工；《好啊，北京的街道》寫木工張百發與車間女貨郎；方殷的《人們微笑著向你走來》寫百貨大樓的女店員。在場景方面，李學鰲《光輝的里程——看彩色紀錄片〈歡慶十年〉》出現了北京站、人民大會堂等北京十大建築；《好啊，北京的街道》出現了公共性的設施，如「群星似的工廠」、「食堂」、「托兒所」、「有求必應的服務站」；巴牧《北京在前進》寫的是西郊工廠；馮至《我們的西郊》寫荒墳一樣的西區現在成了高樓；鄒荻帆《北京》寫無線電和煙囪；顧工《在北京獲得的靈感》寫新式賓館，等等。

第三種情形，是將北京作為社會主義中國的首都，對北京在共產主義陣營中的中心或次中心地位進行國際性的想像。從數量上來說，將北京與蘇聯城市的類比佔了絕對多數。鄒荻帆的《兩都賦》，其作品名稱就提供了一個最直接的國際想像方式。在作品中，與蘇聯城市一般性的類比較多。比如方殷《人們微笑者向你走來》中將百貨大樓女店員直接與蘇聯的列娜（蘇聯作家尼·伏爾科夫《我們切身的事業》中的女主人公。）的形象作比附；李學鰲《友誼花》寫技術員從莫斯科帶回種子，種在廠房旁。以「種子發芽」這種「介質」，暗喻北京與蘇聯在社會主義母體與東方摹本的淵源關係：「在北京溫暖的土地上啊，／就像在親愛的莫斯科一樣。」在空間概念上，體現最多的地域建築是

〔註18〕老舍：《〈龍鬚溝〉的人物》，原載《文藝報》第 3 卷第 9 期，1951 年 2 月 25 日出版，收入《老舍劇作全集 2》，中國戲劇出版社 1982 年版，180 頁。

西直門外的中蘇友好大廈。〔註19〕（必須指出的是，在這種國際性的表述中，有一種明確的等級傾向，即將中蘇友好大廈頂端鐘樓看作對社會主義中國的引導者的象徵，從而將中蘇關係置於一種國際共產主義中心／邊緣的依附／被依附的狀態之中。李學鼇《早晨》將中蘇友好大廈比為輪船的桅杆，而北京則是輪船：「展覽館的鎦金尖塔像一條桅杆，／高高的挺立在西直門前，／絢麗的北京城是巨大的船身。」沙鷗的《在金塔的紅星下》也是寫北京展覽館：「我在金色的高塔下，／見柔軟的白雲緊挨著紅星，／太陽在塔身上射出光彩，／那金色的光芒呦！／照耀著美麗的北京。」在詩中，「柔軟的白雲」是服從於柔弱的中國國家新政權服從於蘇聯的隱喻。李學鼇《蘇維埃人的眼睛》歌詠蘇聯放射的衛星，將這種關係表達的更直接：「一顆明亮的星，／在北京的夜空飛行，／又多像車頭的掛燈，／引著社會主義國家的人民。」此外，對於北京城市的域外想像，還多發生在朝鮮、越南、古巴等社會主義國家。如田間的《北京—平壤》，韓憶萍的《北京—仰光》等。不過，與同蘇聯城市類比的情況不同，在這些作品裏，作家將北京作為大國首都的「華／夷之辯」的中心性心態就開始表現出了。顧工《在北京獲得的靈感》中寫北京的賓館聚集著世界各社會主義地方的朝聖者：「你的膚色，／像南方的橡膠；／你的眼睛，／像北方的海洋；／你掛著／歐洲的微笑；／你帶著／美洲的話謎。」更有公劉《五月一日的夜晚》寫天安門前的盛大慶典，居然有「半個世界站在陽臺上觀看。」郭沫若《五一節天安門之夜》寫「天安門上勝友如雲」，「來自四十幾國的嘉賓，／一個個都在談笑風生。」青勃《北京頌》中，甚至連昆明湖的知春亭「遊艇上閃耀著全世界的目光。」朱子奇《我漫步在天安門廣場上》，不僅寫道北京之於中國國家的中心性，還有「走來了世界民主青年聯盟書記布加拉／榮獲列寧勳章的蘇聯人賽米恰斯尼／朝鮮英雄金京煥／與法國人廝殺過的越南武士武春榮」等北京作為社會主義世界中心的表達。在王綬青的成名作《手摸著中南海的紅牆》第三節中，詩歌雖仍以「手摸著中南海的紅牆」開始，但最後引申至從宇宙觀的角度表現出中心性思維：將北極星和中南海聯繫在一起，「好一個眾星捧月的秋夜喲，看北極星正跳在中南海的當央！」。

〔註19〕與上海的中蘇友好大廈相比，北京中蘇友好大廈在體量、規模、高度、裝修和藝術性方面，明顯較上海為遜，甚至還不如武漢的中蘇友好大廈。這也表明在現代性方面，京、滬兩個城市在現代性方面的等級差異。該大廈後改名為北京展覽館。

第二節　空間的意義轉移與社會主義「新北京」——以「十七年」與「文革」詩歌為例

很顯然，文學中的空間敘述，和作者對於敘事對象的認知和想像有直接的關係。一個非常典型的例子就是，同樣是民國時期的創作，老舍的北京敘述和沈從文、郁達夫等人就有著極大的差異——老舍的「北京」極少涉及天壇、北海、陶然亭、釣魚臺等這些皇權與文人化的空間，他指向的總是與胡同、四合院等傳統社區相關的場景。這是因為，老舍對於北京的城市知識，遠遠不同於來自南方而定居北京的知識分子。同樣，「新」、「舊」北京敘述的斷裂，其實正暗含了「新北京」敘事對社會主義空間的尋找。考察 1949 到 1976 年間的關於北京的文學創作，我們發現，解放後文學中「新北京」的城市形象，已經很少見到紫禁城、天壇、地壇、八大處、釣魚臺等等舊京勝景，而常常被以下景觀所代替：天安門、人民英雄紀念碑、西長安街、中南海、北京車站、人民大會堂、十三陵水庫以及一些面目模糊不清的高樓、工廠等等。這些「新北京」景象，基本都是舊京敘事中沒有或不可能有的。利用這些新的城市空間，「新北京」敘事建構了城市幾個方面的重要意義。

與此時期上海文學如何處理舊上海高大洋房建築的符號意義相似，文學中的「新北京」空間敘述，也會發生一個令人不安的問題，即如何利用舊京的傳統建築進行社會主義城市的空間構建。一般說來，解放後新興的蘇式建築（如人民大會堂、歷史博物館、軍事博物館）和民族風格建築（如民族文化宮、美術館、農業展覽館）一般都具有天然自明的社會主義政治意義。但與上海相比，「新北京」的城市建設完全放在了老城裏面。在所謂「十大建築」建成之前，北京的高大西式建築數量極其有限，同時還都是純消費性的場所，甚至是一些臭名昭著的「銷金窟」。〔註20〕所以，在「新北京」敘述中，完全不能依賴具有現代感的高大建築來體現，而只能繼續使用舊京時代的建築空間表達新主題。這樣一來，比之上海方面的文學，雖然不存在建築本身的殖民性問題，但究竟無法迴避舊京建築的封建性。那麼，「新北京」敘事又是

〔註20〕舊京最著名的現代設施很少有生產性的，基本上都是消費、享樂場所，如六國飯店、北京飯店等等。生產性機構建築規模都很小。比如大柵欄地區，雖是商號雲集，但其經營、布局與規模，基本上是舊式商業性質。王府井大街的東安市場，屬於市場而非商場。純西式的商業機構是前門外廊房頭條的勸業場，但其規模甚至不如上海的中型商場。

如何給舊京場景賦予新的意義呢？

在以北京為題的當代作品特別是詩歌中，空間表現大體以城市舊有格局的中心地標性的建築空間展開，出現最多的是天安門及天安門廣場與周圍道路。依其表現的等級性而論，其下者有中南海及新華門、北京展覽館、北海與昆明湖、永定河。再次，就是泛化了的東郊、西郊工業區。

最為重要的空間場景就是天安門。在當時描寫北京，表達對北京的嚮往的詩歌中，幾乎所有的詩歌都要涉及到天安門。臧克家的《我愛新北京》開篇第一句就說「我愛新北京，我愛／天安門的門樓在朝陽下發紅。」換言之，在某種程度上來說，天安門已經成了「新中國」的象徵。但是富有意味的是，天安門原為北京的皇城大門，以天安門為中心的古建築群原是古典性中國的象徵。按照新文化立場，這是應該被否定的一個建築空間符號。那麼，這個空間是怎麼獲得了其革命現代性的意義呢？

天安門之所以能夠被想像為「新北京」的代表，很重要的原因在於在這個地方發生的現代性事件。從「五四運動」、「一二九運動」到新中國宣布成立。由此，天安門先驗性地獲得了現代性意義，也帶來了後來文學對它作為新政治革命性不斷的想像和強調。但是，讓原先作為明清皇城城門的天安門去進行這樣的「左翼」敘述，顯然割斷了古典性民族歷史原有意義的線索。這是一個極大的難題！天安門原為皇城南大門，按照其最原初的建築意義，它首先應該和北部的皇城北大門——地安門構成意義連接；或者向南，與永定門、中華門、前門形成向南的中軸線的意義連接。但是，就像在建設方案上，必須將原來天安門地區中軸線上的中華門拆除，並將中軸線兩邊的六部等中央官署以及千步廊拆除，而代之以人民大會堂、中國革命博物館一樣〔註21〕，否則，天安門始終是皇城的代表，而不是新中國政治的首都。於是，在當代各種文學的空間結構上，天安門不再與北部的端門、午門、景山、地安門和

〔註21〕按照中國古代都城規制，北京城郭分為外城、內城和皇城。天安門原為明清兩代的皇城南城門，地安門為皇城北大門。天安門南面原本也並不是廣場，而是由自天安門、中華門（明代為大明門，清代為大清門，民國建立之後改為中華門，解放後拆除。今毛主席紀念堂即在其舊址）、前門箭樓、前門甕城為主的中軸線，以及兩旁中央六部和宗人府的衙署組成的地區，此被成為天安門地區。天安門地區原來完全是禁區，至天安門城牆下，其左右還有左長安門和右長安門。兩門與牆體在民初時被拆除，打通了天安門前的東西大街，並以兩門名稱名之「長安街」。前門以內即為內城，以外為外城，由前門大街至永定門構成中軸線。前門以外由於靠近北京城的南部，習慣上稱為南城。

南面的前門、永定門獲得古典性的皇城意義網絡，而是往往與南部廣場上的人民英雄紀念碑、廣場左右的長安街形成意義連接，從而轉向了對於「左翼」革命史的時間聯想，也即完全進入中共「黨史」的意義。在排除了古典性中國的意義之外，天安門敘述也排除了民族革命的意義構成，割斷了自鴉片戰爭以來的民族革命史的線索。這種闡釋上的困難，使得「北京」承載的「左翼」史意義更加具有修辭性，變得異常狹窄，只能直接以紀念碑浮雕對應紅色政治的各個階段，並以詩歌式的跳躍取代寫實性的敘事手法，否則，「左翼城市史」或者「左翼國家史」的敘述目的根本就無法完成。

　　在「新北京」敘事中，作為天安門地區的空間營構，人民英雄紀念碑是作為天安門的相關空間聯袂出現的，從而成為一種互文關係。或者說，在詩歌中，天安門的空間線索必然要向南延展，才能構成社會主義的政治意義。否則，它仍舊不過是皇城的大門！許多首詩歌都涉及到這樣一個標誌性建築。比如蕭三的《毛主席來到天安門》一開始就頌揚人民英雄紀念碑：「廣場萬樹旌旗飄，／紅林翻影生波濤。／百年英雄形象在，／紀念豐碑比天高。」應該注意的是，人民英雄紀念碑四面的浮雕，是詮釋現代革命的階段性政治意義的符碼。對於解放後的「新北京」來說，人民英雄紀念碑雖是一個新興的建築，但它體現著作為民族革命歷史的象徵。新興的政府需要強調其政權的合法性。既然政府樹立的是紀念人民英雄的紀念碑，那麼，天安門廣場的政治性就成為自太平天國、義和拳、辛亥革命、「五四」、北伐、抗日戰爭等民族獨立、解放革命的正統承繼者。這樣一來，新政權也成為了民族革命鬥爭勝利的合法繼承者，自然也具有了新的國家政治的合法性。而且，通過紀念碑這樣一個物質性的體現，新中國借歷史標明了自己未來的身份，那麼，此時對人民英雄紀念碑的歌頌，就恰好構成了對新中國的人民政府作為民族形象的建構。於是，抒情性的方法、簡單的比附方法開始大量出現。如丁力《人民英雄紀念碑》、《紅旗》等篇。「旗，滿場的旗，／數不清的旗／像一片紅色的森林」（《紅旗》），「碑座嵌浮雕，／先烈顯容貌；／鬥爭事蹟有多少，／刻也刻不了……」（《人民英雄紀念碑》）。由於北京在近代革命史蹟方面較上海更為缺乏，因此，純粹修辭意義的聯想幾乎無處不在。也正因此，文學史中的一個微妙情形產生了：一個原本古典性中國的最高等級的象徵物，成為社會主義中國的最高物質象徵。

　　到了 1960 和 1970 年代，詩歌中的修辭性手法愈加明顯。此時的「新北京」敘事，更加強調的是天安門包含的「左翼」革命的政治特性。在當時，

比較常用的一個方法是使用某種意象，把天安門和遙遠的革命聖地聯繫在一起。比如韓靜霆的《戰士愛北京》中的《天安門城樓比天高》以設問句「天安門的城樓呵，到底有多高」起句，接著進入井岡山、雪山、寶塔山等空間聯想，以喻其「高」：「天安門城樓呵，到底有多高？／登上她，革命路程知多少？／呵，萬里長征路途遙，／毛主席腳印做路標！／從井岡山直奔雪山頂，／雪山頂再攀寶塔山道……／毛主席登山天安門呵，／五星紅旗插九霄」。《我愛長安街的燈火》以「長安街的燈火」指喻革命時代的「火炬」，出現了「井岡山的火星」、「韶山的北斗」、「窯洞的燈光」、「赤衛隊火把」、「紅軍帽上星」等「燈火」的意象，然後與天安門、長安街建立意義聯繫。另外，徐剛的《天安門組詩》也是系統地對天安門意義進行「革命史」建構的作品。在《紅樓頌》中，以「水」的意象入手，將天安門與共產黨誕生的南湖煙雨樓和延安的延水河聯繫起來，最後發出感慨：「是煙雨樓，還是天安門城樓？／相隔萬里，卻又肩並肩、手攜手！／從南湖出發的航船在天安門前疾駛，／呵！兩座紅樓，托起了七億神州……」而在其《紅燈歌》中，他又使用「燈」的意象，把天安門和延安革命聖地棗園聯繫起來：「呵！從延安到北京，／棗園的燈連著長安街的燈！／紅呵，天安門上有一輪不落的太陽，／亮呵，中南海書房裏有無盡的熱能……」。在上述詩歌中，我們可以看到，天安門不斷與中國革命史上的革命聖地聯繫在一起。從最早的南湖煙雨樓到中國革命過程中的一個個富有意義的地點，通過這樣的強制性鏈接，天安門的「左翼」革命的神聖身份就不斷得到強調，成為「左翼」政治革命的自然延續。這樣，也就取消了其原來的封建皇權的符碼意義。

與此相似的，還有朱子奇的《我漫步在天安門廣場上》，以天安門引發中國近代史的兩大「左翼」事件：「五四的大旗飄在眼前」，「一二九的大隊衝過身旁」，等等。王綬青的《手摸著中南海的紅牆》寫於1959年國慶前夕，將天安門場景作了空間上和意義闡釋上的延伸與對應。第一節是寫詩人走到天安門廣場，手摸著中南海的紅牆：「傍晚，我走過火樹銀花的天安門，／徑直走進中南海。輕輕地，輕輕地，／手摸著中南海的紅牆」，詩句連用兩個「輕輕地」來表現了詩人的興奮和敬畏之情；第二節緊接著進行空間的意義添塞，「我知道一顆偉大的心靈正在工作，／怕打擾他老人家莊嚴的思想……」，詩人的感情又遞進了一個層次，雙手把「心」碰到中南海的牆上；第三節，詩歌仍以「手摸著中南海的紅牆」開始，在宇宙觀的角度表現出「左翼革命」的中心性思維。

　　除了天安門地區之外，「新北京」敘事經常涉及的建築空間還包括北京車站、人民大會堂等新北京十大建築和十三陵水庫以及一些面目模糊不清的高樓、工廠。這些建築是建國後新建的城市設施，而且，在當時來說，它們還具有特別的意義。我們先看李學鰲的《光輝的里程——看彩色紀錄片〈歡慶十年〉》。這首詩描寫了典型的新北京建築形象「我看見：／嶄新的北京車站，／用最響亮的鐘聲，／迎來優秀的兒女，／——各條戰線上的英雄，／向黨彙報大躍進的成就，／懷著更大的雄心！／／我看見：／人民大會堂的燈，／亮如天上的星，／莊嚴的主席臺上，／坐著八十多國的貴賓，／高歌我們的偉大友誼！／高歌反殖民主義的鬥爭！／／我看見——／天安門前紅旗入海，／天安門前掌聲歡騰，／毛主席在門樓上含笑指點⋯⋯／我們啊要開足馬力，／更勇敢地向前！」在空間結構上，詩歌使用了北京火車站和人民大會堂的「燈光」意象。前者是各個行業英雄群聚北京的喻指，後者是反殖民主義的意象。這首詩是詩人是在觀看彩色紀錄片《歡慶十年》之後所作，那麼，詩歌中出現的「新北京」場景顯然也是紀錄片重點播放的影像。這就說明，對「新北京」的建築物——北京車站、人民大會堂、天安門——的選擇性表述，已不僅僅是詩人的個人行為，而且還是紀錄片的一種集體意志。

　　新中國空間意義上的「新北京」建築景觀，除了天安門外，其他幾個建築都是建國後的新式建築：

> 為迎接國慶10週年，1958年8月中央決定建設國慶十大工程，又稱北京50年代十大建築。十大建築包括：人民大會堂，建築面積月17萬平方米；中國革命和中國歷史博物館，建築面積69510平方米；民族文化宮，建築面積31010平方米；民族飯店，建築面積34649平方米；釣魚臺國賓館（迎賓館），建築面積67383平方米；農業展覽館，建築面積29473平方米；工人體育場，建築面積80515平方米；華僑大廈，建築面積13343平方米；軍事博物館，建築面積60557平方米；北京車站，車站大樓建築面積47000多平方米。十大建築總建築面積61.5萬平方米，基本上是1958年開工，全部於1959年10月前竣工，創造了中外城市建設史上的奇蹟。十大建築設計一流，施工質量一流，裝修工藝複雜，建築形式既採用中國傳統建築風格，又具有時代特色，代表了當時中國建築的最高成就。〔註22〕

也就是說，這些建築在新中國、「新北京」修建之初就蘊含著意義——它們不是簡單的建築，而是既有「中國傳統建築風格，又具有時代特色」的建築。其實，「十大建築」在建築符號上，其來自蘇聯的建築因素明顯要大於「民族」的風格，它顯然暗含了「新北京」的一種帶有國際性的社會主義現代性想像，其莊重的風格和莊嚴的氣象顯示了經典社會主義時期對國家現代性的宏偉追求。

立足於新興建築所象徵的宏偉的國家現代性景象，對於「新北京」城市空間的表現，還有二種方法。一是使用「道路」意象，表達社會主義首都建設的現代性。這一主題較多地寫作於 1950 年代末「大躍進」時期，基本上屬於對城市現代性的想像性敘述。在空間表現上，出現最多的場景是拓寬了的馬路、東郊西郊的工廠區和永定河，還有北京十大建築（如北京火車站、人民大會堂）等。「道路」是這一類敘述的核心，因為「道路」意象的設置，可以突破文學對於老城與新城表現的空間界限，直接將老北京「城」的「封閉」意象打破，並與東郊、西郊的工廠區的生產意義網絡連接起來，進入工業化的意義指向。這一類作品較易出現對於「新」、「舊」北京的比較角度。典型的例子是艾青的《好！》：

> 一天早上，我從東四牌樓路過，〔註23〕
> 忽然覺得馬路很寬，很高，
> 原來那擋在十字路口的四個牌樓，
> 被工人們呼嚷著錘擊著拆掉了，
> 我朝著十字路口大喊一聲：「好！」
> 但聽說有人為了這件事哭泣，
> 淚水模糊了他的老花的眼鏡；
> 由此可見人的愛好是扁圓多樣，
> 當一些陳舊的東西消失的時候，
> 會引起陳舊的靈魂的暗暗歎息。

在作者的表現視角中，「道路」意味著走出「封閉」：「我們應該大膽地把馬路放寬，／曲折的路能拉直就儘量拉直，／我們的東西長安街將直通郊區，

〔註23〕「東四牌樓」因此處路口有四座牌樓而得名，簡稱「東四」；「東單牌樓」因此處只有一座牌樓而得名，簡稱「東單」。同樣，「西單」是「西單牌樓」的簡稱，「西四」是「西四牌樓」的簡稱。

／站在天安門上就看見正陽門外的景色；／百貨公司的門也要開得很大，／因為今天人民是我們的顧客；／讓我們的馬路有美麗的林蔭道，／林蔭道上發散出洋槐花的香氣，／讓年輕的母親推著睡車慢慢地走過，／讓我們在勞動後有愛情和友誼；」在詩中，以「拓寬」的馬路起首，是為了連接郊區和正陽門外的大街，即由內城向外城甚至城外連接。由此，詩歌將古老皇城的中心引向了充滿現代性的工廠區。再比如韓憶萍《東郊之春》：「沿著這通往城裏的寬闊的大路，／樹枝椏搖著綠霧彌滿著廠房。／新樓多得象山脈連綿不斷，／高大的煙囪噴吐著雲煙。」類似的情況還有丁力的《北京的早晨》：

> 我走出胡同，
>
> 走在寬闊的大街上，
>
> 這是長安街，
>
> 它延伸到建國門了！〔註24〕
>
> 向西一望──
>
> 又寬又光，
>
> 又直又長。
>
> 來來往往的車輛，
>
> 好像穿梭一樣。

寫道路，是為了與建設工地連接：「我跳上公共汽車，／到天安門前去義務勞動。／駛過東單，／這裡正翻修馬路，／碾路機、鏟運機大聲哄哄，／好像在說：／快把這條最好的路修好，／讓國慶十週年的遊行隊伍，／浩浩蕩蕩地暢通。」李瑛的同題詩歌作品同樣以道路為抒情核心：「北京，你每天都有一個太陽／升起來，從那／如林的建築的樓架後面，／當軋路機噴著氣／滾過一條街道又一條街道，／當起重機閃著耀眼的陽光，／電車響著笛子開出了車站。」李學鰲的《好啊，北京的街道》則以街道連接「群星似的工廠」與「食堂」、「托兒所」、「有求必應的服務站」等社會主義「公共性」空間。

事實上，在以後的「新北京」城市建設中，詩人們當時的想像性敘述都一一變成了事實。北京城市的東部與西部都建成了工業區。即使是在老城裏，

───────────

〔註24〕建國門是北京東城牆的大門之一，門外至今國貿地區是「新北京」的工業區。建國門西連長安街，東啟建國路，一直到北京東部的通州。

也建設了許多工廠。北京的城市功能，也由解放前的文化城市，轉變為以大工業為主導的全能型首位中心城市。巴牧的《北京在前進》、馮至的《我們的西郊》都涉及到北京西郊的工業區。應該說，文學中對「新北京」的設想，與當局的城市功能的觀念轉變是一致的。不管是文學中的表現，還是實際的城市建設，都是由國家的現代性憧憬而引發的現代化方案。

第二種情形，是將北京作為社會主義中國的首都，對北京在共產主義陣營中的中心或次中心地位進行國際性的想像。從數量上來說，將北京與蘇聯城市的類比佔了絕對多數。鄒荻帆的《兩都賦》，其作品名稱就提供了一個最直接的國際想像方式。在空間概念上，體現最多的建築是西直門外的北京展覽館。必須指出的是，在這種國際性表述中，有一種明確的等級傾向，即將中蘇友好大廈的頂端鐘樓看作對社會主義中國的引導者象徵，從而將中蘇關係置於一種國際共產主義權力關係之中。李學鰲《早晨》將中蘇友好大廈比為輪船的桅杆，而北京則被比作輪船：「展覽館的鎦金尖塔像一條桅杆，／高高的挺立在西直門前，／絢麗的北京城是巨大的船身。」沙鷗的《在金塔的紅星下》也是寫北京展覽館的：「我在金色的高塔下，／見柔軟的白雲緊挨著紅星，／太陽在塔身上射出光彩，／那金色的光芒呦！／照耀著美麗的北京。」在詩中，「柔軟的白雲」與「高塔」是中蘇微妙的等級關係的隱喻。

此外，對於北京城市的域外想像，還發生在朝鮮、越南、古巴等社會主義國家的城市類比中。如田間的《北京—平壤》，韓憶萍的《北京—仰光》等。不過，與同蘇聯城市類比的情況不同，在這些作品裏，作家將北京作為大國首都的「華／夷之辯」的中心性心態有所表露。顧工《在北京獲得的靈感》中寫北京的賓館聚集著世界各社會主義地方的朝聖者：「你的膚色，／像南方的橡膠；／你的眼睛，／像北方的海洋；／你掛著／歐洲的微笑；／你帶著／美洲的話謎。」更有公劉《五月一日的夜晚》寫天安門前的盛大慶典，有「半個世界站在陽臺上觀看。」郭沫若《五一節天安門之夜》寫「天安門上勝友如雲」，「來自四十幾國的嘉賓，／一個個都在談笑風生。」青勃《北京頌》中，昆明湖的知春亭「遊艇上閃耀著全世界的目光。」朱子奇《我漫步在天安門廣場上》，不僅寫北京之於中國國家的中心性，還有「走來了世界民主青年聯盟書記布加拉／榮獲列寧勳章的蘇聯人賽米恰斯尼／朝鮮英雄金京煥／與法國人廝殺過的越南武士武春榮」等北京作為社會主義世界中心的表達。

在王絟青的成名作《手摸著中南海的紅牆》第三節中，詩歌雖仍以「手摸著中南海的紅牆」開始，但最後引申至從宇宙觀的角度表現出中心性思維：將北極星和中南海聯繫在一起，「好一個眾星捧月的秋夜嘛，看北極星正跳在中南海的當央！」。

　　毋庸置疑，「新北京」敘事中呈現出來的景觀帶有了強烈的「新」城市想像的因素。其很重要的原因在於，「新北京」敘事有意遮掩舊的城市空間，特別是對北京明清以來舊建築的忽視。至少，這些舊建築在文學的層面，已經被遺忘了。偶有涉及的，也僅僅是要體現「改造舊城」的功用。典型者如艾青的《「好」！》。在艾青筆下，「牌樓」成了陳舊的「老中國」的象徵。正是這種極為強勢的敘事，遮蔽了關於北京的其他形態，特別是北京作為公共園林藝術空間和四合院民居的生活形態，只有老舍等有限的幾個作家創作涉及到四合院。原因就在於，描寫四合院，完全無法完成對於北京的紅色首都想像。而對於公共園林，一般說來，雖然並非不在「新北京」敘述的視野當中，只是，對於它的敘述，基本上與舊京文學的空間敘述不同，是另一種敘述了。也即，作家們只是選擇與新政府政治有關的舊京園林地區，如龍潭湖、陶然亭等等被改造的地區。這不僅僅是一種敘事空間的斷裂，事實上也正表徵了關於北京的以「新」代「舊」不同的城市想像。這個斷裂的形成，首先有其合理性的經驗性因素，因為新政府畢竟完成了對舊北京落後地方的修整。比如說對陶然亭、龍潭湖和龍鬚溝的修整。所以，臧克家的《我愛新北京》中，提到了陶然亭：「我愛新北京，我愛／陶然亭變成了整潔的公園，／我愛金魚池，那一灣臭水，／今天清亮得照出人影。」

　　或者我們可以這樣說，圍繞北京的紅色建築進行的紅色敘事，一方面的確是新社會的某種經驗表達，另一方面，又帶有強烈的社會主義首都現代性想像色彩。應該說，相對於 1949 年以前的北京敘事，新中國文學在敘事空間上與之完成了一個徹底的斷裂。如果說舊北京敘事中經常出現的北海、陶然亭等文人景觀隱含著知識分子對北京的「廢都」、文化之都的認知和想像的話，那麼解放後的「新北京」敘事中，北京形象被天安門、紀念碑、人民大會堂以及眾多工廠、高樓所代替，正隱含了新政府與知識分子對北京的社會主義首都的認知和想像。通過對這樣的全新的空間，以及被賦予新意義的空間的重新敘述，「新北京」敘事有效地構建了關於社會主義的政治空間：典型的社會主義紅色首都和世界革命中心的形象。

但是，從另一方面看，說到底，文學中的「新北京」與明清以來「老北京」敘事，根本上都是依據北京城市的總體布局，來表明北京所體現的政治學方面的宇宙意義的。不過是，明清以來的「北京」，是一個有著古典性中國政治倫理學上典型的空間構架，而「新北京」則在空間上體現著社會主義政治經濟學含義。而且，在不同的意義上，也都有著「世界性」，乃至宇宙觀意義。

第三節　傳統城市性的延續與現代性的建立──老舍話劇中的「新北京」

老舍話劇作品對於「新北京」的表現，依然遵循著其對北京一貫的表現策略，即從傳統社區的空間、人際組織、人物職業、語言出發，從而與同一時期的城市文學有較大不同。但同時，這種創作策略也開始發生了變化。由於要表現社會主義新的城市政治的內容，原有社區的傳統城市性漸漸讓位於以城市公共性為主的現代性表達。通常，這種轉化並非老舍所獨有。但是，由於老舍在現代階段確立的對「老北京」的基本範式根深蒂固，因此，這種轉化，要顯得曲折，並且，更加具有文學史的特殊意義。

老舍以「新北京」為題的作品，首先表現出與同一時期上海等城市文學的巨大不同。比如，「十七年」和「文革」時期文學中的上海，基本上已經不再表現里弄這樣的社區形態，也不表現上海城市特有的具有很強「物質性」的人際關係特徵，更沒有帶有上海本地特徵的人物語言。其所要表現的，是已經完全改變了基本邏輯的城市結構。從外在的主題形態來說，老舍對北京的表現雖也明顯地呈現出「斷裂論」特徵，也即表現「新」、「舊」北京天翻地覆地「變化」，這幾乎成為所有研究者公持的觀點。但是，在老舍的劇作中，即使是表現「新北京」，儘管承載的城市社會內容與「舊北京」不同，但承載的形式沒有大的變化。也就是說，「新北京」之「新」，與「老北京」之「老」，其遵循的都是一樣的原則，那就是，北京仍然是由傳統社區尤其是底層社區構成的，包括城市空間、人際組織、人物屬性和人物語言。因此，「新北京」仍舊是建立於與「舊」北京相同的城市邏輯之上的，不過是在這些原有社區的形態與內容上具有了某些新質而已，城市的邏輯也沒有改變。

我們看到，老舍在解放後的一系列話劇作品，都以具有典型北京傳統形態空間意義的胡同、小院、戲院等空間單位為剖析「新北京」的基本尺度。在《茶館》中，老舍見到的是「老北京」的生活：「這裡買簡單的點心與飯菜。玩鳥的人們，每天在溜夠了畫眉、黃鳥之後，要到這裡歇歇腿，喝喝茶，並使鳥兒表演歌唱。商議事情的，說媒拉縴的，也到這裡來。那年月，時常有打群架的，但是總會有朋友出頭給雙方調解；三五十口子大手，經調解人東說西說，便都喝碗茶、吃碗爛肉麵（大茶館特殊的食品，價錢便宜，做起來快當），就可以化干戈為玉帛了。總之，這是當日非常重要的地方，有事無事都可以坐半天」。在談到《龍鬚溝》的主題表現時，老舍明確地表示，其要尋找的是承載主題所必須遵循的「老北京」式的原則：

> 在寫這本戲之前，我閱讀了修建龍鬚溝的一些文件，……大致地明白了龍鬚溝是怎麼一回事之後，我開始想怎樣去寫它。想了半月之久，我想不出一點辦法來。可是，在這苦悶的半月中，時時有一座小雜院呈現在我眼前，那是我到龍鬚溝的時候，看見的一個小雜院——院子很小，屋子很小很低很破，窗前曬著濕漉漉的破衣與破被，有兩三個婦女在院中工作；這些，我都一眼看全，因為院牆已完全塌倒，毫無障礙。〔註25〕

這似乎早已成為老舍思考北京的隱形心理結構，即，像他在創作《離婚》、《月牙兒》時那樣，「求救於北京」。

所以，老舍沒有離開傳統社區去尋找承載城市內容的形式。比如，五幕話劇《方珍珠》將劇本故事放在胡同小院和戲院；《春華秋實》所寫的榮昌廠，雖是工業機構，但其工廠宿舍卻仍是好幾個院子，遠處則是天壇的祈年殿。這說明了廠子坐落在老北京南城的胡同裏面。三幕十三場話劇《女店員》更有意思。雖然所寫是「大躍進」時期街道大辦商業的題材，但劇本不僅將故事放在什剎海（俗稱「後海」）附近的胡同裏，而且所寫的這個區域極具典型的「後海」空間特徵：「一湖春水，岸柳初青，間有野桃三二，放豔春晴。」看起來，一切都仍舊具有老北京的鄉野特徵的城市空間與景觀。

因為要以傳統社區為表現對象，老舍的作品不可避免地要涉及傳統社區裏的人際和城市組織，即城市社會學意義上的「原始接觸」——由血緣倫理以及外戚、鄰里等構成的人情組織。《女店員》的全數人物幾乎都有親緣關係，

〔註25〕老舍：《〈龍鬚溝〉的人物》，載《文藝報》3 卷 9 期，1951 年 2 月 25 日。

故事也以家庭、家族關係出發構成故事。三幕七場話劇《全家福》敘王仁利一家淪陷時妻離子散的故事。王仁利在去張家口之後渺無音訊，其家人以為其死，妻李桂珍改嫁，並丟失一子一女，解放後，在派出所的協助下得以團聚。劇本的主題無疑是「新舊社會兩重天」的老套，但其出發點仍在於表達某種「中國性」，即關注家庭形態的完整，像作者所說的作品的寫作是「針對杜勒斯說中國不要家庭的偏見。」在創作《龍鬚溝》時，老舍在確立了以南城大院為表現空間後，就開始考慮傳統社區的人群結構：「我湊夠了小雜院裏的人。除了他們不同的生活而外，我交給他們兩項人物：（一）他們與臭溝的關係。（二）他們彼此間的關係。前者是戲劇的任務，後者是人情的表現。若只有前者，而無後者，此劇便必空洞如八股文。」〔註26〕也正因此，老舍往往在劇本開場，對人物關係作大篇幅的說明。比如《春華秋實》中，幾乎所有人物的性格都與「舊北京」有關，而且還來自於與主要人物丁翼平的關係。如：馮二爺「在廠內打雜兒，與廠主有點親戚關係」，李定國「他從前作過私塾先生，教過丁翼平」，唐子明「生意不大，往往受制於丁」。

因此，循由城市基本邏輯而來的劇本人物，都有著「老北京」城市基本特性的支撐。《龍鬚溝》裏趙老頭兒這個人物的由來，就有著老北京市井的職業準則：「我還需要一個具有領導才能與身份的人。蹬三輪的，作零活的，都不行；他必須是個真正的工人。龍鬚溝有各行各業的工人，可是我決定用個泥瓦工，因為他時常到各城去幹活，多知多懂，而且可以和挖修臭溝，填蓋廁所，有直接關係。就以形相來說，一般的瓦工都講究乾淨利落（北京俗語：乾淨瓦匠，邋遢木匠。）我需要這麼個人。」〔註27〕劇本中的另一個人物程瘋子，其所暗示的「老北京」的內在性更加具有深意。程瘋子作為藝人，與龍鬚溝附近的天橋遊藝場有著聯繫，因而也就暗示了北京南城一帶的城市性。比如他的講求禮節、長衫打扮，以及悲天憫人的精神高度，都說明他作為南城藝人的底色。並且，因其過去的演出活動，與黑社會、警察等人發生了關聯，也暗含著舊北京底層的社會結構和組織。所以，有人說：「程瘋子的數來寶藝人的身份明顯加重了《龍》劇的地方色彩。」〔註28〕

〔註26〕老舍：《〈龍鬚溝〉的人物》，《文藝報》3 卷 9 期，1951 年 2 月 25 日。
〔註27〕老舍：《〈龍鬚溝〉的人物》，《文藝報》3 卷 9 期，1951 年 2 月 25 日。
〔註28〕柏右銘：《城市景觀與歷史記憶——關於龍鬚溝》，陳平原、王德威主編：《北京：都市想像與文化記憶》，北京大學出版社，2006 年版，第 417 頁。

　　這種情形並非個例。事實上，它已成為老舍在寫人物時的一種習慣。我們還常常發現，在結構上，老舍的劇本，通常多採用「新舊對比」的手法。在每個劇本的人物表中，不僅對於人物習性、身份等有詳細的說明，而且，還專意將人物主導性格的來源加以說明。通常，這一性格的形成來自於「老北京」時期。這也是一種將人物作為城市內在邏輯的敘述方式。如，《生日》中的王寶初貪污，作品專意交代了其性格形成的緣由：因為過去習慣了官場，所以奸商劉老闆在解放後仍然給他送禮，「在機關庶務科作職員（留任），思想改造未能徹底」。其妻郭利芬慫恿丈夫貪污，有享樂惡習，也是淵源有自：「當初娘家闊綽，染了惡習，至今不能盡改」。再比如，話劇《方珍珠》中的方太太，「她娘也是作藝的，看慣了買賣人口，虐待養女，故不知不覺的顯出厲害」；「白花蛇」，「他可善可惡，不過既走江湖，時受壓迫，故無法不常常掏壞」。在《生日》裏面，王立言「以前作過機關裏的小職員，現在是街代表，知道些新社會的情形」；在《紅大院》中，吳老頭「從前作過些勤雜的工作，有點文化」；小唐「從前散漫，整風後表現不錯」；小唐嫂「好花錢，多嬌氣，整風後有了改變」。等等。同時，對於人物語言，老舍也遵循其一向的地域性原則。在談到《方珍珠》的語言時，老舍說：

　　　　要緊的倒不是我不願意模仿自有話劇以來的大家慣用的「舞臺語」。這種「舞臺語」是作家們特製的語言，裏面包括著藍青官話，歐化的文法，新名詞，都跟外國話翻譯過來的字樣……這種話會傳達思想，但是缺乏感情，因為它不是一般人心中所有的。用這種話作成的劇中對話自然顯得生硬，讓人一聽就知道它是臺詞，而不是來自生活中的……我避免了舞臺語，而用了我知道的北京話。〔註29〕

從這方面說，老舍《茶館》所用的結構方法，即「主要人物由壯到老，貫穿全劇」，「次要人物父子相承」〔註30〕，應當就是對於這種城市理解的一種寫作技術的實踐。

　　這裡，我們觸及到了一個悖論：老舍解放後的作品，除了《茶館》、《龍鬚溝》等之外，都被認為是失敗之作，其原因通常被認為是，老舍作品的主題表達都以意念為主，並不來自於實際的經驗。事實上，老舍在這裡表現出

〔註29〕老舍：《談〈方珍珠〉劇本》，《文藝報》3卷7期，1951年1月25日。
〔註30〕老舍：《答覆有關〈茶館〉的幾個問題》，《老舍研究資料》，北京十月文藝出版社，1985年版，第640頁。

與周而復《上海的早晨》等作品同樣的問題，即：凡敘寫「舊中國」城市或者寫城市的舊文化遺存，多來自於經驗；而寫「新中國」的「新」城市，則基本上來自於理念。其所導致的不成功是顯而易見的。所以，以「老北京」為主要內容的作品，往往在表達城市邏輯方面要可信的多，而純粹表達「新北京」主題的，通常是不成功的。作者本人未嘗不知道這樣一點。較典型的是《方珍珠》。內中敘寫鼓詞藝人方珍珠一家解放前後命運的變化。解放前，老方遭受官僚（李將軍）的壓迫，特務（向三元）的追逼，舊文人（孟小樵）的欺負，還有同行（「白花蛇」）的傾軋。劇本前幾幕取材於解放前，其人物與人物關係，都是真實可信的。而後，取材於解放後的幾幕，則完全源於觀念性。其實，老舍對這一點非常清楚。在創作之初，老舍還要求自己從城市生活邏輯出發，「儘量的少用標語口號，而一心一意的把真的生活寫出來。」〔註31〕但是，過於急迫的主題表達意願，使他接受了友人的勸告，把原來計劃的四幕改為五幕，為的是「多寫點解放後的光明。」〔註32〕老舍自己分析說：「此劇前三幕整齊，後三幕散碎。原因是：前三幕抱定一個線索，往下發展，而後二幕所談的問題太多，失去故事發展的線索」，至於原因，老舍自我分析說：「北京還沒有出現一個典型的女藝人⋯⋯我應當大膽的浪漫，不管實際上北京曲藝界有無典型人物，而硬創出一個。」〔註33〕這裡，老舍似乎是「正話反說」了。老舍表現出的創作處境是很明顯的：一方面，由於北京根本就沒有類似方珍珠這樣的女藝人，老舍也就根本找不出一個可以寫在劇本中的「典型」的形象。換句話說，要寫出「典型」的藝人，就必須「大膽的浪漫」，或者「硬創出」一個，也就是說，必須說假話！另一方面，由於作者硬要在後幾幕裏表現出社會主義的「新」主題，因此完全打破了前幾幕來自於經驗的舊藝場的生活經驗，完全理念化了。這時期的老舍，因急於表達對「新北京」的表述，不得不從理念出發。比如，《春華秋實》的創作，按照他的話說，「通過寫政策寫出『五反』的全面意義」，「急切地交代政策，恐怕人家說：這個』老』作家不行啊，不懂政策！」〔註34〕所以，老舍急於在「五反」運動剛剛開始的時候就開始寫作。因為，他「捨不得趁熱打鐵的好機會」，認為，「在運動中

〔註31〕老舍：《談〈方珍珠〉劇本》，《文藝報》第 3 卷第 7 期，1951 年 1 月。
〔註32〕老舍：《〈方珍珠〉的弱點》，《新民報》1951 年 1 月 11 日。
〔註33〕老舍：《談〈方珍珠〉劇本》，載《文藝報》3 卷 7 期，1951 年 1 月 25 日。
〔註34〕老舍：《我怎麼寫〈春華秋實〉劇本》，《老舍的話劇藝術》，文化藝術出版社 1982 年版，第 136 頁，144 頁。

寫這一運動，熱情必高於時過境遷的時候」。〔註35〕情形恰如茅盾所說：「頭腦中還沒有成熟的人物，卻先編個故事」，「而後配上人物」。〔註36〕所以，有論者指出，「這兩個劇本（指《龍鬚溝》和《方珍珠》——引者）由於都採用了『今（新）昔（舊）對比』的框架結構，因此，它們均顯得前半部『戲』足，能夠通過人物的行動和命運來映像現實；而後半部則由於影響人物的基本矛盾已經不復存在，因而只注重大擺新人新事新風氣，這就使作品顯得『議論性』過剩，而『戲劇性』不夠，致使人物也隨之呈現出蒼白乏力狀態。」〔註37〕

其實，早在1950年，趙樹理就以「北京人寫什麼」為題，討論過這個問題。趙樹理的看法是：「北京解放以來，十多個月的時間是有不少的變化的，這種變化有時不是老解放區的人所能瞭解的，因此北京人能寫出來的東西，往往不是老解放區的人們能寫出來的。我以為北京人寫東西倒不必非寫解放區和農村不可。人是社會的動物，是有社會性的，北京人脫離不開北京這個圈子」。他又說：「只要你的立場和觀點正確，這些材料寫出來都有助於革命，在未熟悉工農生活之前，不一定非寫工農不可」。那麼，要寫北京，又如何寫呢？他舉例說：

> 北京解放後，領導上指示我們：要把這一個消費城市變成生產城市，這一點就是為勞苦大眾著想的，如果你不站在大眾的立場，你就不明白為什麼要把消費城市變為生產城市。把消費城變為生產城是有重大意義的：北京城內是消費專家集中的地方，以前的代表人物是滿清的王爺，可是自從皇帝垮臺以後，他們的氣派漸漸小了起來，搖搖擺擺遛鳥的也漸漸不存在了，可是另外有一種老爺又來了：鄉下的地主，刮地皮刮的鄉村供不起他的消費了，就搬進北京城裏來，置些房產，蓋個花園。軍閥政客們下了野，也拿著民脂民膏蓋房子買別墅，都以老爺的姿態來出現。有了「老爺」，就少不了「太太」，也少不了得有一幫捧老爺的人們，如姑爺、舅爺、表舅爺等一大串——就像《紅樓夢》裏小紅嘴裏說的那一些人，姑奶奶、舅奶奶也來了。更有一批侍候這些老爺的人，家裏的廚子、老媽子、

〔註35〕老舍：《我怎麼寫〈春華秋實〉劇本》，《老舍的話劇藝術》，文化藝術出版社1982年版，第132頁。

〔註36〕茅盾：《在中、長篇小說座談會上的講話》，《茅盾文選》，四川人民出版社1985年版，第680～681頁。

〔註37〕劉增傑、關愛和：《中國近現代文學思潮史》下卷，上海文藝出版社2008年版，第238頁。

丫頭等男女僕人，外邊如旅館、飯店、舞場、澡堂、古董店等，都專供爺們的享受，許多店鋪為了招徠老爺，也都添上洋這個，洋那個，於是老爺家的設備也都洋起來。不但老爺太太們享受，附庸於老爺太太的也都要享受，整個社會在供養他們，構成這麼一個消費城市。這些人也不能說他都不勞動，特別是供應他們衣食煤水車馬的幹粗活的，每天也是忙得要死，可惜他們的勞動只是侍候少數享福人，沒有生產意義。所以這一個城，除了三十多萬產業工人以外，勞動者固然還不少，可不能算是生產者。好了，帝國主義的洋貨，也就乘虛而入，來給老爺們湊趣，日子久了弄得北京顧不住北京，非仰仗帝國主義不可。這也就是領導上要我們把這個消費城變為生產城的原因。

北京解放後，十多個月的變化很大，外來的人對這個變化觀察不大清楚，北京人可是一樁樁一件件都很清楚，那麼只要換一個立場──不為少數老爺們打算，而為勞苦大眾打算，那麼各個階級在這個變化中的材料，都是很豐富的。比方拿舞場或商店來說吧，舞場生意不不好了，首飾店洋貨店紛紛轉業了，旅館也蕭條了，尋找他的原因就是好材料。這還不過是本人浮淺的觀察，如果老北京從你熟悉的人中加以細心觀察，什麼人進步，哪些人沒有進步，像以前大家庭的人，或籍著國民黨的人情而做事的人，現在有的進了南下工作團，或是參加生產工作，有的卻還在出賣自己家中的古玩、字畫、皮貨，賣掉了改買落花生、白薯，可是漸漸地也會走上生產的。再如算卦的，沒人去問禍福也會轉業的，都是環境使得他們不得不改變過去的消費生活，而投入生產部門（王爺、老爺轉入生產的也不少），反正這些人誰是主動的，誰就是覺悟的，有便宜的；被動的就是落後的，吃虧的，你身邊周圍有這麼多的模型例子，假如去仔細問一下，就能得到不少轉變過程的材料。〔註38〕

這裡，趙樹理實際上闡明了一個道理，也即，認識「新北京」其實也就是認識「老北京」的過程。因為，「新北京」城市的邏輯仍然在「老北京」之中。所謂從「消費城市」變成「生產城市」的形態改變，也仍然建立在「老爺」、「王爺」、「姑奶奶」與「老媽子」、「廚子」這些人的生活的改變之上，並不是憑空

〔註38〕趙樹理：《北京人寫什麼》，見《把北京文藝工作推進一步》，北京文藝社編，新華書店發行，1950 年版。

出現一些「生產性」的人物。可惜這一點，並沒有如趙樹理所希望的那樣，即使是老舍這樣較為遵循城市傳統的作家，也往往忽視這一點。

這裡，我們要討論一個隱諱的案例，即：在當代文學初期，中國城市文學如何從傳統城市形態的表現轉化為新的城市表述。對於老舍來說，即如何以居住的傳統小型社區來體現向「新中國」城市「現代性」和「公共性」空間的轉換。比之上海方面，北京此類作品極度缺乏，我們不得不試圖在老舍的作品中找到範例。一般而言，老舍的北京題材文學，是當代文學史中最能表現出城市傳統邏輯的。這使他與同時期的作家有較大的區別，也是最能令我們尊敬的一點。老舍的小說與話劇，通常都以傳統社區，如大雜院、舊街巷為背景，即使連完整的四合院等中等人家的居室都很少見。而且，作品的背景，也能夠見出北京城市的傳統性。但在局部的某些細節上，如人際組織、人物屬性，特別是老舍最喜歡用的舞臺空間——庭院，還是能夠表現出傳達「新北京」的信息，即社會主義城市的「現代性」。

最明顯的城市現代性，是人物關係上公共性的建立，與新型公共性關係所建立的新的城市公共性空間。在老舍的劇作中，人物關係原本都為傳統社區或人際組織所支配。比如《方珍珠》中的京戲行當。雖然方老闆在解放後擺脫了李將軍（官僚）、向三元（特務）、孟小樵（文閥）的壓迫，但是，其與「白花蛇」彼此傾軋的同行關係並沒有改變。作為同行，這種關係可能也無法改變。但劇本後半，方老闆成為了京戲行業的政治權威的體現，其與「白花蛇」就不再是傳統行業性關係，而成為了一種「新型」的政治權力關係。「白花蛇」最終對於方老闆的服從，就是由這種關係所造成。在劇本結尾，方老闆的活動空間常常在舞臺之外的各種會議場。其間，雖則舞臺空間沒有改變，但劇本敘述中心已經轉向舞臺之外。在《生日》、《春華秋實》、《女店員》、《全家福》等劇中，雖則舞臺空間仍是傳統社區，但劇本情節的發動與推進，基本上都是公共性的群眾運動。比如《生日》、《春華秋實》中的「三反」、「五反」，《女店員》中的「大躍進」，《全家福》中派出所的新型警政等等。也就是說，核心劇情，其實已經不再舞臺上，而在舞臺之外。人物的屬性，當然也由舞臺之外的公共性社會所支配。像《女店員》中三個女孩因參加公共性領導而進入了新的公共性社會組織。其對長輩的頂撞，源於傳統人際關係權威的喪失和改變，也是因這種公共性關係所決定的。

我們以《龍鬚溝》為例。《龍鬚溝》以北京南城天橋附近為背景，包括

程瘋子、黑旋風等人物，都暗含著北京南城的城市傳統特性。但是，老舍劇本採用的舞臺「庭院」布景設計，就包含著從室內轉向室外的結構企圖。《龍鬚溝》中的舞臺布景，雖然幾乎都是大雜院的庭院，但是，其中人物的命運，都與龍鬚溝有關，也就是說，人物的命運都由「院外」的因素產生。如臭溝、黑旋風等，暗示著社區外環境的險惡。程瘋子從過去在天橋進行演出到回到家中，暗示著人物空間區域的不斷縮小，包括他的身體和他的藝術領地的縮小。而人物最終得到「解放」，也都與社區之外的情形有關，比如龍鬚溝的改造、道路的修整。這說明，人物的命運，被社區外的社會制度所改變。程瘋子這時又可以演出了。他歡天喜地地走出院落，重返院子之外的遊藝場和工地。另外，有學者注意到，在根據劇本改編的電影中，二春也嚮往著到外面去當工人。在這裡，包括工地、工廠，都是現代性城市的「公共」區域。還有，大雜院本身也在進行著「公共性」的改造。在解放後的院子裏，已經有了「工人合作社」。這就稍稍脫離了傳統城市自身的邏輯了。我們看到，改變人物命運的，首先是「現代性」的城市社會。上述學者注意到根據《龍鬚溝》電影場景，「電影的最後一個鏡頭有說服力地強調新北京已經與封閉的小雜院和寬闊的露天表演場所一起創設了一個新的都市景觀。佔據整幅銀幕的是一條寬闊筆直的新路（應該在今天天壇路的位置）。街道整潔，苗木成行，電線杆整齊地分列兩側。布景處聳立著一根煙囪。這是響應著毛澤東將重工業引入這座城市，並將樹立起煙囪之林的夢想。……這一進程，同時表現了城市空間、都市景觀與整個國家的三重解放。」〔註39〕這無疑含有一種對城市「現代性」曖昧的親近，也即，龍鬚溝由舊城的底層社區，開始進入了現代化的城市區域。而另一方面，城市的「公共性」已經建成，這包括工地、工廠，以及公共空地上的露天舞臺。更有代表性的，是這些區域上進行的「公共性」活動，比如慶祝會、領導人的出現、群眾的遊行等等。所以，雖然在老舍劇作中，舞臺空間仍然是老北京的庭院，但庭院所包含的，已不再是「室內」和含義，更多的是其與院落之外城市的聯繫。在相當程度上，劇本的故事或由「院外」發動或者是「院外」事件的延伸。由此，《龍鬚溝》完成了由「老北京」傳統社區到社會主義「新北京」公共性城市空間的轉換。這種情形甚為微妙，可以視作當代中國城市文學轉型的重要個案。其包含的文學史意義，值得深入地研究。

〔註39〕柏右銘：《城市景觀與歷史記憶——關於龍鬚溝》，陳平原、王德威主編：《北京：都市想像與文化記憶》，北京大學出版社 2006 年版，第 422 頁。

參考文獻

一、著作類

1. 嚴家炎：《中國現代小說流派史》，新星出版社，2021版。

2. 劉小楓：《現代性社會理論緒論》，上海三聯書店，1998年版。

3. 克勞斯・謝爾普：《作為敘述者的城市：阿爾弗雷德・多布林的〈亞力山大廣場〉》，載安德雷斯・於森、戴維・巴斯里克編《現代性和文本：德國現代主義的修正》，哥倫比亞大學出版社，1989年版。

4. 張京媛主編：《新歷史主義與文學批評》，北京大學出版社，1993年版。

5. 陳平原、王德威主編：《北京：都市想像與文化記憶》，北京大學出版社，2005年版。

6. 李歐梵：《漫談中國現代文學中的「頹廢」》，《中國現代文學與現代性十講》，復旦大學出版社，2002年版。

7. 羅鋼、劉象愚主編：《文化研究讀本》，中國社會科學出版社，2000年版。

8. 李青宜：《「西方馬克思主義」的當代資本主義理論》，重慶出版社，1990年版。

9. 梅斯納：《毛澤東的中國及其發展──中華人民共和國史》，張瑛等譯，社會科學文獻出版社，1992年版。

10. 韓毓海：《20世紀中國：學術與社會・文學卷》，山東人民出版社，2001年版。

11. 王一川：《中國現代的卡里斯馬典型》，雲南人民出版社，1994年版。

12. 老舍：《我怎麼寫〈春華秋實〉劇本》，《老舍的話劇藝術》，文化藝術出版社，1982 年版。

13. 茅盾：《在中、長篇小說座談會上的講話》，《茅盾文選》，四川人民出版社，1985 年版。

14. 劉增傑、關愛和：《中國近現代文學思潮史》下卷，上海文藝出版社，2008 年版。

15. 詹明信：《晚期資本主義的文化邏輯》，張旭東編，陳清僑等譯，三聯書店，1997 年版。

16. 李歐梵：《當代中國文化的現代性與後現代性》，《中國現代文學十五講》，復旦大學出版社，2002 年版。

二、期刊類

1. 汪暉：《當代中國的思想狀況與現代性問題》，載《天涯》1997 年 5 期。

2. 張鴻聲：《現代文學史敘述中的記憶與遺忘》，載《文藝報》2004 年 12 月 28 日。

3. 張英進：《都市的線條：三十年代中國現代派筆下的上海》，載《中國現代文學研究叢刊》1997 年第 3 期。

4. 張鴻聲：《當代文學中日常性敘事的消亡——重讀蕭也牧〈我們夫婦之間〉》，載《中國現代文學研究叢刊》2005 年 5 期。

5. 德里克：《世界資本主義視野下的兩個文化大革命》，載《二十一世紀》1996 年 10 月。

6. 羅蓀：《上海十年工人創作的輝煌成就》，載《上海文學》1959 年第 10 期。

7. 葉偉成，任壽城，華斌群（皆為楊浦圖書館工人業餘評論組成員）：《勢力揭示工人階級英雄形象的思想深度——讀幾篇工業題材小說有感》，載《朝霞》1975 年第 1 期。

8. 《上海馬橋人民公社歌謠》，載《上海文學》1959 年第 12 期。

9. 郁達夫：《住所的話》，載《文學》1935 年 5 卷 1 期。

10. 林庚：《四大城市》，載《論語》1934 年第 49 期。

11. 曠新年：《另一種「上海摩登」》，載《中國現代文學研究叢刊》2004 年第 1 期。

附錄一：城市現代性文化的性別呈現

　　陳惠芬等所著之《現代性的姿容—性別視角下的上海都市文化》（以下簡稱《現代性的姿容》）是近年來以性別視角下介入城市文化研究的一個學術總結，也是一項高端研究成果，堪稱力作。全書分為上、下兩篇，上篇為研究述評，回顧評介了近年通過各種視角對上海文化進行研究的國內外的重要研究成果，文字以評為主，以述為輔。其透徹有力的評論，漸漸引出作者的思考角度——性別與都市文化的關係；下篇為個案分析，以四部分展開對於城市文化的論述，從性別角度，借用晚近女性主義、文化研究等理論，集中研究了 20 世紀二三十年代上海城市化過程中性別與城市、消費、政治、大眾文化等現代性問題的關係，或者如書中所說，探討上海城市歷史、文化本身的有性化。

　　《現代性的姿容》首先對國內外城市研究的重要學術成果進行了梳理回顧，尤其注意到了其中性別視角的城市研究。20 世紀下半葉以來，性別問題逐漸成為世界範圍內文化研究的熱點。中國的學者在吸收借鑒國外學者研究成果的同時，運用性別的研究視角，對中國文學、文化傳統和現實進行研究探討。其中成果尤為突出的便是對上海都市文化的研究。陳惠芬等將近年這些優秀的研究成果以「性別與都市文化」之綫串聯起來，猶如展示了上海都市文化研究的「萬花筒」，在這個「萬花筒」中，以性別視角為中心，向消費文化、視覺文化、政治文化等四面八方擴散，眼花繚亂但不離其宗。

　　事實上，這種研究正逢其時。當重回舊上海的歷史語境，仔細剝離和審視交織在上海歷史的種種詞語，會發覺它們都與性別（以女性為主）有著重要的關聯。小到百貨商場一個櫥窗裏的商品變化，大到民族國家話語的變革，

「性別化」成為上海「現代性的姿容」最真實的寫照。當研究者通過性別的視角重新審視上海及其文化時，在繁雜的文學文化現象中，在曖昧和嫂變的政治語境中，在上海乃至中國的現代性的發生和發展中，那些在人類物質生存、精神生活和歷史演變中被覆蓋、被遮蔽、被忽視的一面逐漸浮出歷史地表正如作者在書中所說，上海城市文化的歷史充分顯現了性別的意義，無論是印刷文化、電影等現代媒介的興起，還是消費方式的變化方面，性別／女性都是最為積極重要的力量之一。也就是說，女性是在城市現代性之「內」而不是之「外」消費性是陳惠芬城市性別研究的第一個出發點。自然，消費性是上海自開埠以來最重要的也是最本質的屬性。因此，消費文化在上海文化中佔據著核心位置，「東方巴黎」、百貨公司、摩登女郎、海派文學、現代報刊與電影等，多數是城市現代性的性別呈現。作為《現代性的姿容》個案分析的第一部分，作者首先分析了「環球百貨」、「摩登女郎」與上海外觀現代性生成關係的性別原因。在現代城市中，消費是城市自身形態演變的發動方式之一。百貨公司充分地發揮了拱廊街的功效，產生於 19 世紀中期的百貨公司在西方炫耀性消費的發展中有著十分關鍵的作用。除了集購物、娛樂、休閒於一身的商業體制等前所未有的作用外，百貨公司還開了西方女性無須男性陪伴而自由上街的先河，從而引發了包括城市空間、視覺系統以及階級和性別重組等在內的一系列歷史變化。百貨公司為女性解除了長期被限定於家庭這一私人領域的枷鎖，「購物」成為了女性生活的「天職」，也成為她們走出家門首先的「合法」權利。女性在這一過程中改變了以往的「內囿」和「被動」，通過逛百貨公司而發現了「讓人激動」的生活，獲得了和男性同樣的社會角色的機會。這些女性成為環球百貨流行商品最有力的消費者，於是成為一群引領時尚的摩登女性百貨公司為這些女性提供了從家庭走向社會舞臺的同時，這些女性也將上海的炫耀性消費推向了一個新階段。原本社會地位卑微的女性可能借自我包裝／外觀的改變而獲得改變社會地位的憑證和進行社會競爭的資本。這一變化不僅僅是女性地位在社會中得到「晉升」，更意味著一種新的社會存在和組織方式的出現：炫耀性消費可以改變社會中個人的身份地位和發展機遇，傳統的社會等級制度受到顛覆，新的社會的階層流動和變化出現。這無疑使上海的現代化獲得了新的動因或者催化力量。女性在消費文化中的粉墨登場，改變的不僅僅是社會群體結構和城市公共空間，也徹底改變了傳統的性別空間觀念。

當然，作者也注意到，正如同以往的「左翼」視角一樣，「消費」所提供的，只是性別角度的城市文化眾多生成方式之一。對於近代中國城市來說，各種現代性，事實上都處於糾纏扭結狀態，絕非「線性時間進步觀」那樣單純。消費性源於西方，其移植中國的過程也伴隨著一種殖民性，加之消費性中原有的男女性別等級，構成了中國城市性別消費文化的某種弔詭之處。女性，這個曖昧角色定位給研究者提供了巨大的闡釋空間。作者通過對左翼電影的剖析，剝離出了政治意識中的男性中心話語，而被這種話語敘述的女性並非「真正的新女性這種論述可謂一種性別視角下的左翼電影話語解構，展示了女性所受到的另一種方式的」傷害應該說，對上海的研究離不開「左翼」這重要的一環。無論是左翼文學還是左翼電影，女性都是其中的「主角如果說對女性的文學想像多少帶有虛構的成分，那麼著者對於 1948 年舞潮案的解析，更讓人們看到了性別消費與社會變動的微妙結合。女性通過身體的舞動，不僅宣告了自身不可忽視的社會存在，而且演繹了一場身體政治的反抗劇。對於上述問題，性別視角是一個最佳的選擇，它首先與消費性有關，但又承載了城市政治和歷史的豐富信息。

視覺文化是該書通過性別視角解讀上海都市文化的另一個範式。上海是中國現代報刊發展的中心，報刊、漫畫等視覺文化形式成為了文明和文化的重要傳播者，也成為近代中國文學和文化變革重要的推動力量。從性別角度來說，報刊讓現代女性找到了一種性別表達的載體，女性報刊成為上海現代報刊中重要的一種。作者以《婦女時報》的封面女性形象為分析對象，論述了女性報刊在女性視覺文化發展中的重要作用，以及女性如何借助現代報刊媒介來表達和傳播自己。而通過對《上海漫畫》和《時代漫畫》的解讀，揭示了這種視覺文化在對女性形象的嘲諷中所傳達出的男性焦慮。此外，作者巧妙地抓住報刊、畫作及文學作品中的望遠鏡意象和性別的關係，探討「看」的背後所隱含的含義。女性借「看」表達認知社會的權利和渴望，而男性的「看」中則隱藏著性別中的權利優勢，以及政治的寓意指涉。由此，我們也可以想到，當前中國電子傳媒時代的「看」文化所隱含性別信息的豐富和複雜，雖然甚於傳統媒體時代，但其源頭，可以上溯到將近百年以前。因此，對上海文化的性別研究，也對當下社會文化的研究不無重要的啟示和參照意義。

《現代性的姿容》利用「城」與性別的「人」的特殊關係，揭開了上海都市文化的性別特徵，學術成就可謂斐然。當然，也並非十全十美。由於各章節

著者各異，個別章節在論析的深度和力度上略有不均。但總而言之，該書為
「性別視角下的中國文學與文化」課題研究增添了精彩的一筆，也為當下的
城市、城市文化和城市文學研究提供了重要的研究視角和學術參照。當揭開
「有性」的面紗，城市文學和文化的「現代性的姿容」的千姿百態必將更多
地被人認識。就像該課題研究的主持者喬以鋼先生在這本書的總序中所說的，
「性別視角下的中國文學與文化」作為一個具有特定內涵和學術指向的研究
命題，有待於在今後的實踐中持續關注。

附錄二：張鴻聲近期的城市文學研究論著

劉宏志

　　張鴻聲是中國傳媒大學文學院教授和博士生導師，以城市文學研究見長。1997年，他的專著《都市文化與中國現代都市小說》出版，是國內最早出版的都市文學研究專著之一。寫出這部專著後，他一直試圖突破傳統的城市文學研究範式。他曾使用大眾文化的理論與方法研究30年代海派文學，同時，還將都市文化理論運用到現代工業文學的研究，論析了整個現代階段的工業文學。由以上方法的使用，他出版了《孤獨與融入——中國新文學中的文化精神》一書。在這部專著中，他仍然將主要研究放在對都市文學的研究上，綜合來說，有三點值得注意。一是將海派文學的研究與中國30年代上海城市的大眾文化結合起來，從這一角度考察海派文學的特徵；二是從中國城市的鄉土形態看取其對海派文學的影響；三是從中國現代工業文化的角度，進行對現代城市文學的影響。種種方法的使用，可以見出張鴻聲在城市文學研究方面不斷嘗試突破的努力。

　　近兩年來，張鴻聲的研究開始出現新的變化，並逐漸形成新的學術研究的成熟路徑。他首先在《文藝報》發表《城市文化與城市文學》，開始了初步的思考。他的博士論文《文學中的上海想像》不僅是對百年來關於上海文學的整體研究，同時也試圖改變城市文學研究的範式與方法。此後，他在《文學評論》、《光明日報》、《新華文摘》、《中國現代文學研究叢刊》、《上海文化》、《文藝理論與批評》等刊物上發表的一系列文章，充分體現了這種研究範式的某些特徵。

　　他認為，上世紀 80 年代以來，對中國現當代（特別是現代）城市文學的
研究漸成熱點，而且造成了現代文學史敘述總體格局與方式的變化，甚至構
成了現代中國整體史觀的一種。可以看出，現當代城市文學研究大致經歷了
作家作品論—流派論—形態論—文學史論—現代中國史觀等各個階段，有日
漸超出傳統城市文學題材、流派、形態研究範圍的跡象。人們的關注點，從
「文學表現城市形態」開始轉移至「文學對城市性的表達」，甚至是基於城市
性表達而來的歷史觀念。這一現象說明，學界已經不能固守著傳統的城市文
學研究方法了。

　　他認為，傳統的城市文學研究隱含著巨大不足。這體現在：第一，在研
究對象上，多數研究將城市文學看做獨立的文學形態。某些涉及到城市表述
的文學作品，由於不是獨立的文學形態，或在研究中被略去，或者被肢解在
其他文學形態中（如工業文學、廠礦文學）作簡單描述。從目前所見幾種當
代城市文學研究專著來看，常見做法是將這些文學作品略去。這使某些雖屬
於城市題材但又不是典型城市文學的大量文本在研究中長期處於空缺位置。
比如對 1949～1976 年間城市題材文學研究的缺失，使整體的城市文學分裂為
1949 年以前與 80 年代以後，兩者之間的三十年完全被排除。第二，在方法
上，他認為，傳統的城市文學研究採用「反映論」模式，大都以題材為限定，
並以堅定的社會學、歷史學理論為基礎，它忽略了在敘述城市時，城市意識
與城市知識往往不等於城市客觀經驗。而且，中國現代最典型的城市文學並
不是寫實的，反而以注重對城市心理感覺的現代主義創作居多。目前，城市
文學闡釋的最大策略是城市的現代性，但大多被理解為日常性、消費性、公
共領域、市民文化一類，研究方法其實仍然沒有脫離「反映論」的基本範疇，
只不過是從過去認為城市文學是社會生活的反映轉而認為是對城市現代性的
反映。但這種方法也有缺陷，比如 50～70 年代的城市題材文學被認為沒有現
代性，當然也無法使用這種策略。由於沒有相應的研究方法，即使納入研究
之列，也無法研究。

　　基於上述情況，張鴻聲在《文學評論》等刊物的一系列文章認為，傳統
的城市文學研究，強調的是城市之於作家的經驗性，而忽視了文學的「文本
性」。城市文學之於城市，絕非只有「反映」、「再現」一種單純的關係，而可
能是一種超出經驗與「寫實」的複雜互動關聯。何況，城市經驗之於作家，也
是千差萬別。因此，城市的歷史與形態和城市文學文本之間構成了極其複雜的

非對應關係，這一切，可能會以對城市的不同表述體現出來。而城市敘述也絕不以城市題材為限，它可以存在於各種題材之中。所以，鑒於城市文學研究自身逐漸以「城市性表述」涵蓋了「文學再現城市」，從概念上來說，「文學中的城市」要比「城市文學」能夠揭示更多城市對文學的作用與兩者的複雜關聯。後者立足於城市題材與形態自身，揭示城市文學的發生、發展、流變過程以及其內在構成規律，基本上屬於傳統的文學研究或文學史研究；而前者並不侷限於城市題材與城市文學形態，它更關心城市所造成於人的城市知識，帶來的對城市的不同敘述，以印證於某一階段、某一地域的精神訴求。從方法論的角度來說，它更接近文化研究。

其實，中西方學界已經有關於「文學中的城市」概念的提出，如美國學者 Richrd Lehan（1998 年）與陳平原（2005 年），以及德國學者謝爾普的城市敘事（1989 年）和美籍華裔學者張英進「文學賦予城市意義」（1996 年）的研究方法。張鴻聲的研究也是建立於這些理念基礎上，但是，使用這種方法有意識對中國現代城市文學進行研究，並將 50～70 年代城市題材納入研究，則是張鴻聲的長處。

他在《文學評論》2005 年 4 期上發表《文學中的上海》一文，是他博士論文的綱要。在文中，他提出一個問題，即：在文本中，經驗與想像兩者共存，那麼，文學中的城市（如上海）究竟是經驗中的，還是被想像意義所賦予的？如果我們假定也有後者，那麼，它為什麼被賦予意義，被賦予什麼樣的意義，又是怎樣被賦予意義的？他認為，文學中的上海，並不完全來自於經驗敘述。在很大程度上，它是一個被賦予意義的城市，也即「文本上海」。在 20 世紀，它表現為一種現代性意義的堆積，甚至表現出某種現代性修辭策略，並主要被表達為為國家意義與工業化意義，以此構成了「文學中的上海」強大的，也是被誇大了的現代性身份。此間的主要原因在於，上海，作為中國的首位城市，導致了人們對上海現代性誇大想像的敘述。其間的一個副產品就是，海派文學對於中國鄉土也進行「城市想像」。這一觀點見他在《學術論壇》2007 年 12 期發表的並被《人大複印資料》2008 年 4 期全文轉載的《新感覺派小說的鄉土想像》一文。對於上海現代性的誇大表現的動機，源於世界主義背景下整體的對「中國現代性與中國現代化」這一民族「想像的共同體」的嚮往。也就是說，上海充當了民族國家建構中有關國家與現代化意義的最大載體。這是一個文本的上海，與作為地域的實際的上海是有差異的。

張鴻聲雖然使用了安德森「想像的共同體」理論，但是又看到了現代城市文學在現代性表述中的中國本土性。在《中國的公共領域及其他》(《首都師大學報》2006 年 6 期)中，他以「公共領域」為例指出，人們在認識上海現代性意義的同時，將上海等城市現代性誇大了。一個明顯了例子就是把中國近代的紳商社會誇大為西方式的「公共領域」。由於往往將上海的城市形態及其歷史理解為超越其自身與超越其特定區域的，城市邏輯也往往被等同於國家邏輯與現代化邏輯了，整體的現代性敘述代替了特定的、多元的上海敘述，沖淡甚至瓦解了作為實際地域城市的上海的複雜、混融、多元的特性。在文體形態上，也往往表現為凸顯其現代性普遍意義而忽視其本身的地域色彩，很難成為地域文學。

由以上的思考，張鴻聲在《「文學中的城市」與「城市想像」研究》(《文學評論》2007 年 1 期)提出了對於城市文學研究的一個變化，即由「城市文學」向「文學中的城市」研究的轉型，由反映論式的城市文學研究轉向注重城市意義表述的研究，並對其作了詳細闡釋。這篇文章在學界引起了相當的反響，《人大複印資料·中國現當代文學研究》2007 年 4 期全文轉載，2007 年 4 月 26 日的《中國社會科學院院報》「文摘」作了 2 千字的摘要。

其實，張鴻聲的其他論文也可視為這種方法的具體實踐。在《現代民族國家想像與上海城市身份敘述》(《上海文化》2006 年 5 期，《人大複印資料·文化研究》2007 年 1 期全文轉載)中認為，上海被各種意義所賦予。文本中的上海被賦予了強大的現代國家意義，被加以了想像性的敘述，並在現代性意義上將複雜、多元的上海城市身份統一起來，以滿足國人對民族國家的嚮往，上海的本地特性遭到極大削弱。這種觀點是第一次在學術界提出。在《文學中的上海想像》(《文學評論》2005 年 2 期，《新華文摘》2005 年 10 月摘要)一文中，張鴻聲梳理了百年來文學「上海想像」的歷程，從晚清、民國、三十年代、五六十年代、九〇年代不同時期「上海想像」的內容、含義、狀況與流變。他指出，在梁啟超等人的政治烏托邦小說、韓邦慶等人的俠邪小說與李伯元、劉鶚等人的譴責小說以及後來的鴛鴦蝴蝶派小說中，文學中的上海分別被賦予了現代民族國家、「文明的出張所」與隔離於內地的「飛地」等想像意義，呈現出近代以來上海想像的初步狀態。而且，幾種想像都以上海融入世界作為潛在框架，呈現出「去中國化」與「去內陸化」的特徵。在《茅盾小說的鄉土想像》(《文藝理論與批評》2006 年 5 期)中，他指出，左翼的

城市知識其實就是國家知識，城市敘述擴大為了國家意義的表現，其個體的城市經驗幾乎不存在。《子夜》對上海的敘述是茅盾對於國家問題的表達，城市構成了茅盾以上海表述中國國家性質的基礎；在《早期海派的空間想像》（《中國現代文學論叢》第一卷 1 期，人民文學出版社，2006 年）中，他認為早期海派以「去歷史」、「去東方」、「去鄉土」的想像性表現，實現對上海的西方想像。海派的鄉土想像或者將鄉土虛擬化，或將鄉土外化於上海，只有張愛玲將鄉土內容視為上海自身邏輯。在《「新上海」城市形象的國家意義》（《上海文化》2007 年 1 期）和《1950～1970 年代上海城市政治身份的敘述》（《上海師大學報》2007 年 2 期，《新華文摘》2007 年 12 期轉載）中，他認為解放後對上海理解中有「血統論」與「斷裂論」兩種因素，上海被作為社會主義的公共性意義表述，而各種與國家生活無關的城市其他形態與特性則被排除，城市現代性被高度集中於國家工業化方面。在工業題材中，上海被高度抽象為公共的工業邏輯，體現了推廣意義上的國家意義。這種觀點在學界基本上是新看法。從純學術的角度來說，由於將 50～70 年代的文學列入，特別是對於這一時期城市現代性的研究，填補了城市文學研究的一段空白，也可能會引起對 50～70 年代城市文學題材研究的重視。

事實上，當「上海想像」已經成為學界的常用詞時，張鴻聲又注意到「文學中的城市」、「城市想像」研究範式對於文學闡釋的有限性，提倡克服新的中心性思維。他認為：「文學中的城市」研究必須注意到對象的完整性，而不能遺忘大多數研究對象。對 20 世紀「文學中的城市」的研究，必須包括晚清和左翼文學，也應包括 50～70 年代的文學。同時他還在《現代文學史敘述中的記憶與遺忘》（《文藝報》2004 年 12 月 28 日）中指出，「文學中的城市」研究只能作為對城市與文學關係的一個方面的揭示，與以往的城市文學研究並不是替代關係，而是相互借鑒，相互補充。我們看到，張鴻聲的城市文學研究不僅新銳，而且已經相當成熟。